LA ASESINA INOCENTE

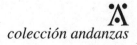

colección andanzas

ERMA CÁRDENAS
LA ASESINA INOCENTE

TUSQUETS
EDITORES

Para ti, Susana Lang,✡
por tu ayuda incondicional
a través de los años.

Nota para el lector

Mi novela se basa en hechos reales: la vida de María Teresa Landa y Ríos, primera Miss México (1928); pero, como siempre ocurre, en esta realidad hay mucho de ficción.

Capítulo 1
Infancia es destino

30 de noviembre de 1929

En esta maldita cárcel tengo demasiado tiempo y nada con qué matarlo. Si los nervios me dominan, echaré todo a perder. Con un poco de buena suerte, cadena perpetua... ¡No, por favor! No soportaría pasar la vida entre rejas. Mejor me suicido. Y habrá que ver de qué manera. Me vigilan día y noche. Solo uso cuchara. Sirven la carne en pedacitos porque un preso se cortó las venas con un cuchillo; otro le sacó un ojo a un compañero usando un tenedor. ¿Cómo los introdujeron en la cárcel? Quizá sobornaron a un guardia: con dinero baila el perro. Así que cuidado, mucho cuidado: quedarían bastante mal si una mujer, la primera Señorita México, amaneciera colgada de una soga. ¿Dónde la amarro? ¿En el barrote de la ventana? Mis pies tocarían el suelo.

Los presos repasan su vida para mantenerse cuerdos. Analizan sus errores, estudian el pasado y prometen... prometen todo si los liberan. Pensaré que retrocedo: antes del asesinato, de mi boda, del concurso en que me hicieron reina. 1925, cuando aún tenía la felicidad por delante. Ese tiempo me pareció tan, pero tan aburrido... y hoy lo extraño: 1925. Entonces tenía quince. En octubre, hace apenas un mes, cumplí diecinueve. Mamá trajo pastelito y velas. Cuatro años, solo cuatro más, y ya desbaraté mi vida. Gracias a Dios mi santa madre no cantó Las Mañanitas: se le quebró la voz por el llanto.

Mis padres me lo advirtieron; ¿y yo? Ni caso hice. Quiero que me duela cuando me muerda, que el sufrimiento me saque de esta indiferencia. No hago nada y cada día hago menos. Ni hambre tengo. Perdí veinte kilos. Me da flojera comer. Duermo diez, doce horas.

Hojeo el libro que mamá me trajo ayer. Desde luego, ella preferiría que me entretuviera bordando. ¡Genio y figura! Aprovecha que estoy encerrada, a su merced, para demostrar lo obvio: siempre tuvo razón. Si la hubiera obedecido, si hubiera aprendido labores femeninas, no estaría aquí. Si hubiera, si hubiera... Merezco un castigo. Que me duela, por lo menos mientras entierro las uñas en mi brazo. Bajo la manga, nadie verá los puntos rojos. Escurrirá poca sangre. Gotitas. Porque tampoco soportaría más. El encierro ahoga, lo mismo el licenciado, la rutina, la amenaza del próximo juicio, la comida, las pulgas, los piojos, harta, harta, ¡me tienen harta!

Diciembre, 1925

Acababa de terminar la secundaria y me creía invencible. Así que preparé los argumentos para ganar ese pleito, pues mis padres me tenían harta y yo a ellos.

—¡Nos estás sacando canas verdes! ¡Cuántas preocupaciones causan las hijas!

10

—¿Solo las hijas?

—María Teresa, no nos salgas otra vez con la defensa torpe de tu sexo, el sexo débil.

¡Don Rafael necesitaba recalcarlo como si hubiéramos ensayado esas ridiculeces y solo esperáramos a que nos tocara turno! Mi padre, un clasemediero, dueño de tres lecherías, ni siquiera lo disimulaba: a esa edad en que las niñas empiezan a independizarse, su única hija le caía en el hígado. Yo sentía su rechazo y me desquitaba atacándolo, su enojo era mi recompensa.

—Tienes razón, papá. Las mujeres somos lo peor: un pozo inagotable de gastos. Te he oído quejarte. Y, como nadie me garantiza que solo tendré hijos hombres, nunca seré mamá.

—¡Paciencia contigo! Si rehúsas la maternidad, no debería costarte un gran esfuerzo tomar el hábito. El convento evita las tentaciones y, al final del camino, alcanzarías la Gloria.

Su lenguaje, tan cuidado, tan dizque elegante, me repateaba.

—¡Ni amarrada me metes de monja!

—En esta casa se hace lo que yo ordeno y, si no te parece, te largas.

—Ya lo sé. ¿Cómo no voy a saberlo si lo repites todo el tiempo? Te debo mi sustento y debo agradecértelo de rodillas. ¡Pues espera sentado!

—¡Majadera!

—Yo no pedí que me trajeran al mundo.

—Por favor, gordo… te dará un infarto si no te controlas.

—Débora, la esposa perfecta, siempre intervenía en el momento preciso—. Cálmense, por favor, o dirán cosas de las que se arrepentirán.

—¡Ay, mamá!

—Recuerda, gordito: la Iglesia prohíbe que se enclaustre a una muchacha contra su voluntad.

—¡No pidas que me controle! Esta necia y, para colmo, malagradecida, me saca de quicio. ¡Le ofrezco lo más cercano a Dios! Hasta pagaría la dote con el mayor gusto, aun si trabajo veinte años y muero en la raya.

—Por favor, Rafa. —Tenía los ojos llenos en lágrimas—. ¡Se me derramará la bilis! —Su advertencia predilecta para controlar cualquier situación, pero yo no me tragaba aquellas exageraciones. Adiviné lo que seguía—: ¡Van a matarme!

—¡Ay, mamá, te habrías muerto hace siglos!

—Tere apenas cumplió quince años, Rafael. Esta época debe ser de felicidad y esperanza.

—¡Mamá, no seas cursi!

—Nada me daría más ilusión que tomara el velo —repitió el comerciante. Se las daba de muy católico; en realidad, solo le importaba el dinero. Muchas veces lo vi tratando de evadir el diezmo. Quizá lo hubiera logrado, pero ante mi madre no había pretexto y de que pagaba, pagaba—. Figúratela entrando al templo, de blanco, entre incienso y flores.

La escena los conmovía a tal grado que se tomaban de las manos.

—Como a ti no te van a rapar apenas termine la misa de velación, la escena te parece celestial, ¿verdad? A mí, no.

—Nuestros vecinos nos envidiarán y, además, entraremos al paraíso dándole una esposa fiel a nuestro Señor.

—¿Fiel? Me escapo apenas pueda.

—¡Virgen purísima, me dará el soponcio, hija!

—Antes de que te dé escucha esto: si me encierran en un

convento, no como ni bebo. Se los advierto: me muero de hambre. ¡Muerta, muertísima! Ustedes serán los responsables.

¿Quién iba a decirlo? De todos modos, acabé encerrada y aquí, en la cárcel, me muero de hambre. Mamá trae la comida en un portaviandas; sin embargo, llega fría. La grasa flota sobre el caldo. Me da asco. Claro, como le permiten pasar los alimentos sin «una compensación», no exige que los calienten. Yo podría tratar. Aún me tienen consideraciones: soy la Señorita México. Eso nadie me lo quita, pero nunca he pedido favores y, a esta gente, menos.

El arroz me revolvió el estómago. Cuando desprecié los frijoles, mamá hizo un gesto de mártir: la aterra que su nena apenas picoteé la comida. Lo siento. No me da hambre. Cada vez como menos.

Aquella discusión, que se alargaba sin llegar a ningún lado, impedía que termináramos de cenar. Apenas picoteé la comida y mamá hizo un gesto de mártir. Por un lado, doña Deborita (como la llamaban los empleados de la lechería), admiraba mi audacia. Solo tenía quince años y ya me ponía al tú por tú con mi padre; por otro, tenía miedo de que cometiera una falta, un pecado mortal.

—Rafa, ¿por qué no escuchas lo que Teresita propone?

—Tendrán que atarme para que no pateé a las novicias ¡y a la superiora! A mí no me obligan a nada.

—¡Pero tú sí pretendes doblegarnos! —Papá agitaba el dedo frente a mí; luego, ante su señora esposa. Entonces ella hizo algo increíble: le sostuvo la mirada. En serio, apenas lo podía creer. Don Rafael se rehízo de inmediato y le echó la culpa, como de costumbre—: Nada de esto pasaría, si la hubieras educado con cierta disciplina.

—Disciplina significa nalgadas, y tú me prohibiste tocarla.

—De lo cual me arrepiento como de mis pecados.

Hasta para la violencia había reglas: un hombre jamás golpeaba a las niñas; cedía ese privilegio a su consorte, pero las mamás eran buenas, santas, y rara vez nos castigaban.

—Te traía bobo. —Suspirando, evocó la época en que yo era un querubín que esculcaba los bolsillos del papá por si acaso traía pirulís. ¡Qué tiempos aquellos en que controlaban a la nena! De pronto hizo un comentario que, aparentemente, no venía al caso—: El mal ejemplo también cuenta.

Se tragó la réplica; de plano, se quedó callado. Yo no entendía nada. ¿De dónde salía tanta sumisión? Tales cambios de actitud me descontrolaban. Sin embargo, aspirando hondo, aproveché aquella oportunidad:

—Les pido algo sencillísimo, muchos papás estarían orgullosos: estudiaré la prepa y luego trabajaré. Así, cuando sean viejitos, me encargaré de ustedes y les pagaré todo lo que han hecho por mí. Estoy muy agradecida. —Me observaron, dudando de semejante actitud. Entonces, redondeé mi argumento—: Además, las colegiaturas cuestan menos que la dote. En serio, papá, esas monjas son unas avarientas. Te dejarán en la miseria.

—Las monjas piden una fortuna porque invierten el dinero en caridades.

—¿Y ustedes se tragan esas mentiras? Las colegiaturas cuestan la mitad, ya lo averigüé, y la universidad es gratis.

—¿Universidad? ¡Eso sí que no! ¿Rechazas el claustro? Pues

te quedas en casa, como una muchacha sensata, esperando novio. O monja o casada, no hay más.

—Ni una ni otra. Punto y aparte —dije, y rematé con una frase sensacional que leí en una revista—: No cambio la esclavitud filial por la servidumbre marital.

—¿De dónde sacas tamañas incongruencias? ¡Eres la rebeldía personificada! Y, tienes razón: nadie te ofrecerá matrimonio. Cualquiera sabe que contigo vivirá un infierno. ¿Esclavitud? Ahora verás lo que es bueno: desde mañana te recorto tu domingo y no sales ni a la esquina.

Antes de que don Rafael escapara a su despacho, mamá mintió con muy poca naturalidad:

—Si te casas con un buen hombre, la vida conyugal puede ser un paraíso, Teresita.

—¿Quién los entiende? Quieren que me case y papá me encarcela.

—Tu padre tiene miedo. Eres preciosa y los moscardones te quitarían el tiempo y ya… —Aposté a que iba a decir manoseada, pero se corrigió—, y ya sin ilusiones, perderías tu valor.

—¡Inscríbanme! Les juro que me portaré como santa. No despegaré los ojos del suelo, ni contestaré los saludos de mis compañeros. —Sin ninguna precaución, me jugué el todo por el todo—: ¿No vas a apoyarme, mamá?

Debió haberle echado una pensada al problema pues al fin reaccionó.

—Rafa, para tu tranquilidad, yo la depositaría en la puerta del colegio cada mañana. Y la recojo por la tarde. Así, nadie la acompañará a casa. En el trayecto muchas cosas suelen suceder.

—¡Ay, mamá! Suceden hasta sin trayecto. Ya ves, mi prima Lola iba al cine con Germán y sus papás ni se las olían.

El ejemplo enmudeció a los Landa. Se miraron mientras un silencio pesado los aplastaba.

—Tú mandas y nosotras obedecemos, Rafa, pero no veo la manera en que esta niña se quede entre cuatro muros, papando moscas.

—Olvídate de bordados, cocina, piano y otras tonterías, mamá. ¡Odio todo eso! Yo no sirvo...

—No sirvo, no quiero, no, no... ¡Hija, estás de un negativo! Ya lo veo venir: si me distraigo, ocurrirá una tragedia.

—Ves demasiadas cosas, mamá. Si por tragedia te refieres a bebé, cálmate. No me atraen los pañales. —Perdí unos segundos tratando de que mi papacito me mirara a los ojos—: Ándale, dame una oportunidad.

—Se la encargaría a San Judas Tadeo, patrón de los imposibles, gordo.

—Harás perfectamente, Débora. ¡Esta criatura está imposible!

A punto de obtener el permiso, metí la pata:

—Mejor encárguenme a San Antonio, por lo del romance.

—Me molesta que tomes la religión a broma, Teresa.

Bajé la cabeza dos segundos. Luego, insistí:

—Entonces, ¿vamos mañana a la prepa?

—¡Y dale con lo mismo!

—Mañana se abren las inscripciones. Conste, si me rechazan porque no hay cupo, te tomo la palabra y me largo.

—¡Vete! ¡Me tienes harto!

—Entonces, adiosito. —Temblando de miedo, pero con la frente alta, caminé hacia la puerta.

Débora puso su mano sobre el brazo de Rafael, lo miró y, de inmediato, él cedió.

—De acuerdo, Teresa. Te inscribirás en la Normal.

Algo se traen entre manos. ¿Qué razón hay para semejante docilidad?

—Con un título, podrás trabajar como docente. —Al instante se arrepintió y puso condiciones—: Solo si te comportas, pagaré la colegiatura. Conste: una conducta excepcional, o se acaban los estudios.

Estaba claro: mi propio padre deseaba que, aunque mis calificaciones fueran estupendas, me negaran la inscripción. Tal injusticia terminaría con el problema y nadie se atrevería a culparlo.

—Tenlo por seguro, no te daré ese gusto; me portaré mejor que un ángel y... ¡gracias, gracias, gracias! —La voz trémula me salía de maravilla.

Los tres nos abrazamos. Así, hartos y frustrados, seguimos pretendiendo que éramos la familia perfecta.

Moisés, mi esposo, nunca se negó a que formáramos la familia perfecta: tendríamos cuatro hijos, dos niños y dos niñas. Solo que lo pospuso indefinidamente. Cierto, yo tampoco insistí: ya cargaba suficientes responsabilidades a una edad en que otras juegan con muñecas. Ahora, en la cárcel, mi esterilidad representa una enorme ventaja. ¿Quién cuidaría al bebé? Mi mamá. No hay nadie más. Se lo llevaría a nuestra casa. Entonces no me visitaría a diario. Y quién sabe cuántos prejuicios le inculcaría a esa criatura. Sola, tendría horas y horas a mi disposición. Sola, me acurrucaría sobre el camastro. Sola, en silencio. Y caminaría hacia la muerte sin transición ni conciencia.

Mi marido apreciaba su suerte. Era el único que tenía a la Señorita México de señora.

—Déjame gozarte, chula. Te pido unos cuántos meses. Después, ya habrá tiempo para que te pongas barrigona y cambies pañales.

Ante un comportamiento tan opuesto al normal, sospeché algo turbio.

—Tú ya tienes hijos.

—A lo mejor —aceptó, tan campante—. He andado en la bola desde muy chamaco y, entre batalla y batalla, algunas soldaderas se ofrecen de a gratis. Es lógico. Si pierden a su hombre, necesitan aferrarse a la vida. Casi ruegan que les hagas un escuincle. Y uno, pues a cumplirles.

—¿Nunca comprobaste tu paternidad?

—Las fechas no cuadraban. Cuando esas rameras decían que estaban amancebadas conmigo, yo picaba por otros rumbos. Como te explico, andas a salto de mata, linda. Hoy duermes con una; a la mañana siguiente, ni te acuerdas.

Tanto cinismo impidió que yo encontrara una réplica contundente.

—Si me hubiera negado, me tachan de puto. Además, debía dar ejemplo o la tropa se me sube a las barbas.

Su desvergüenza removía viejas escenas. Deseaba precisar cada detalle, pero él seguía hablando y aquel torrente de palabras ahogaba mis recuerdos.

—¿Acaso pretendes que, desde antes de conocerte y tener derecho a tus encantos, fuera virgencito? ¡Ni maíz! Los machos se hacen con la práctica: de petate en petate y de hembra en hembra.

Mi desprecio lo midió de arriba abajo.

—Espero que la práctica se haya terminado el día que nos casamos. Si me eres infiel, te mato.

Vomité esa amenaza absurda. Salió de mis entrañas con tal fuerza que, por un momento, Moisés la tomó en serio.

—Sígueme cumpliendo en la cama y, por ésta... —dijo y besó su medalla—, por ésta que te soy fiel toda la vida.

Recuerdo y no quiero recordar. Mi amenaza surgía de un pasado oscuro que enterraba en lo más hondo para que no me hiriera tanto, como antes, desde esa noche... Punto inconcluso; pus fermentando bajo la piel que explota de pronto...

No controlo mis pensamientos. Son los cabellos de Medusa y se arrastran por el suelo. Acaso sea una buena señal: me salvaré y solo me darán cadena perpetua. ¡A eso llamo una buena señal! En una celda, para siempre, a la merced de carceleros y machorras. Ahora lo sé: esas pervertidas existen. Dios mío, seguro me condenan. El licenciado Lozano lo explicó varias veces. En teoría, la pena de muerte abarca los dos sexos; en la práctica, jamás se ha aplicado a una mujer. Esto debería consolarme.

Respiro hondo. ¿Qué hora es? Quizá debo llamar a la matrona. Le rogaré que me acompañe al baño.

El día del examen de admisión me urgía ir al baño. El recato debía dominar las necesidades físicas, así que tardé bastante en localizar los sanitarios y casi no llego a tiempo.

Después, mientras me acomodaba el cabello frente a un espejo, comenté con la de al lado:

—¿Por qué ponen los baños tan lejos? Como si los escondieran.

—Somos pocas. Los de los hombres están más cerca.

Apenas salimos al pasillo, el timbre sonó con un atraso de veinte minutos. Alguien anunció:

—Padres y tutores esperarán en el salón veintitrés mientras los aspirantes resuelven la prueba.

Sentada ante un pupitre, miré a mi alrededor y desde ese momento respiré tranquila. Entre las muchachas no había una, una sola, que valiera la pena. ¡Qué fachas! Ropa baratona, holanes, pasadores en el cabello, anteojos de sabiondas. Y el aire preocupado con que leían y releían las páginas. Ni que estuvieran en griego.

Salí triunfante. Caminé, medio corrí, hacia la banca donde mamá rezaba.

—¿Te fue bien? Le pedí a Santa Catalina de Siena que te iluminara.

—Ni falta hace. Estuvo facilísimo.

—María Teresa, no permitas que se te suban los humos a la cabeza o me arrepentiré de haberte traído aquí. Pórtate bien, promételo, pues ahora ya no podré vigilarte…

—¿Más? ¡No me quitas el ojo de encima!

—…así que practicarás lo que tu padre y yo te hemos enseñado.

Mientras oía el sermón, que me sabía de memoria, salimos del plantel. Estaba eufórica y mi triunfo me volvió generosa:

—Gracias por ayudarme. —Se le cuadraron los ojos. Su sorpresa me puso de mal humor y al instante retrocedí—. ¿Por qué me apoyas poniéndote contra la opinión de mi papá?

Esperó unos segundos, midiendo la respuesta.

—No quiero que te traten como a mí. —La emoción le quebró la voz—. Los estudios te darán un arma para defenderte.

—¿De quién? Hablas en chino.

—De los hombres, de tu marido...

—No entiendo ni jota. Explícate.

—Cuando llegue el momento. —Comprendió que había dicho demasiado y canceló aquella confidencia sin la menor sutileza—. ¡Qué época! ¡Mira a esa descarada! La falda apenas le cubre la rodilla, aun si trata de disimularlo con flecos. ¡Un escándalo! Y aquella de cabello corto. Con razón la chusma las llama «pelonas».

—El vestido es un flapper y al peinado le dicen «a la bob». —Esa aclaración resumía mi fastidio—. Me gustaría que fueras moderna, que pensaras diferente.

—¡Qué casualidad! A mí me gustaría lo contrario: que actuaras a la antigüita y que hablaras correctamente. ¿Por qué usas palabras en inglés cuando existen en español?

—El significado varía. Con «abombado» se pierde la modernidad. Lo nuevo viene de Estados Unidos. Por supuesto rechazarás esta idea, lo mismo que la moda. ¡No tenemos nada en común! —Guardamos silencio, odiándonos. Quizá solo yo la odié durante un minuto entero. Después apreté los labios jurando que jamás de los jamases le abriría mi corazón. Si ella no me tenía confianza, yo menos.

Ese mismo día ocurrió otra cosa importante, así que mi ingreso a la Normal pasó sin pena ni gloria. Apenas llegamos, papá nos recibió como si se hubiera sacado la lotería.

—¡Ayer introduje la venta de quesos en el negocio y hoy vendí toda la mercancía!

Mientras se abrazaban, me encogí de hombros. Aun si don

Rafael ganaba más, nuestra vida seguiría igual. Mamá rara vez estrena un vestido, pensé. ¿Y yo? Solo si la falda me queda rabona.

Para celebrar, los acompañé a la fonda a donde iban cada semana; él de traje, ella con sombrerito y guantes. Fingían estudiar el menú y acababan pidiendo guisos «sencillos», es decir, baratos. Casi siempre Deborita escogía por mí; esa vez me pasaron el menú. Aprovechando tanta generosidad, escogí un plato extravagante. Era hija única y mi padre, pudiendo consentirme, me negaba cualquier lujo, dizque por mi bien: aprecia lo que te damos. No pidas, agradece.

Diplomática, mi santa madre sugirió una alternativa:

—¿No prefieres el pollito frito, una ensaladita? —Al mismo tiempo, me aplastaba el pie por debajo de la mesa.

—¡Me estás pisando!

Descubierta, se sonrojó. Quería matarme y a mí me importaba un rábano. Minutos después saboreé mi venganza, ese gasto innecesario, pues ni siquiera me gusta el pescado a la veracruzana. Tras unos bocados, dejé el resto en el plato.

A pesar de que mi despilfarro los ponía de mal humor (¡cómo se nota que no conoces el valor del dinero!), en aquel restaurante de segunda hubiéramos podido platicar: los comensales impedirían que papá alzara la voz o que ella se exprimiera las lágrimas. ¡Sueños! El mandamás nunca mencionaba su negocio (éramos demasiado tontas para entenderlo) y los comentarios de la doña se reducían a las labores caseras y al precio del jitomate (que siempre estaba por las nubes). Así que merendábamos en un silencio entrecortado por «pásame la sal, ¿café con leche?, el pan engorda, la cuenta, mesero».

Esa noche fue la excepción; por vanidad, el empresario pronosticó su brillante futuro.

—Pondré un escaparate con productos lácteos: mantequilla, nata, crema, más los quesos. Si todo sale bien, doblaré las ventas.

Mamá casi lo aplaude. Yo suspiré. En serio, reflexioné, creo que las ostras se divierten más que yo.

Los carceleros se divierten en grande con «las nuevas».

—Hay que romperles el esqueleto —dicen.

Significa aplastar su dignidad y, por desgracia, tienen suficiente poder para hacerla papilla impunemente.

Hace tres meses yo ignoraba aquel teje y maneje: la compra de favores y la venta de privilegios. Por primera vez pisaba este sitio horrendo... La primera que mataba disparando seis tiros... La primera que me quedaba viuda... La primera que dependía totalmente de mi madre... Siempre hay una primera vez. Se clava en la conciencia; nos define. El primer amor, la primera noche, el primer día de clases...

El primer día de clases las manos y las axilas me sudaban. Me sentía el centro de las miradas. Sí, lo juraba: los estudiantes se reían de mí. ¡Y yo, cual mensa, sin saber qué hacer, ni qué decir! En realidad, nadie me prestaba atención. Ni siquiera cuando me tembló la voz al susurrar «presente», confirmando que existía.

Poco a poco, adquirí cierta seguridad. Ayudó que obtuve el mejor promedio en el examen de nuevo ingreso, pero me costó salir de mi concha (mi casa), e ingresar al mundo exterior (la Normal). Caminaba a tientas, temiendo cometer errores. Al subir al tranvía, llevaba el dinero en la mano. Si te ven sacar la cartera, te la robarán, me advirtió don Rafael. Me sentaba muy derecha, tocando el broche que mamá había prendido a la solapa. Si algún atrevido se pasa de listo, se lo encajas, me dijo. ¡Mi santa madre me protegía de la perversión humana con un alfiler!

Al bajar del tranvía, observaba la altura de las faldas. Algunas señoras eran bastante modernas; otras parecían beatas. Hoy mismo le subo el dobladillo a mi ropa, aunque a Deborita le dé el soponcio. Seguro recurriría a su amenaza predilecta: ¡Le diré a tu padre que te meta en cintura!, pero no lo cumpliría. Detestaba los problemas; más, que su marido le echara la culpa hasta de que volara una mosca: ¡Acabáramos! ¡Ni siquiera puedes educar a tu hija!

Al principio escondía la falda corta en la mochila, bien doblada, y me la ponía al llegar a la Normal; pero no hice esa estupidez por mucho tiempo. Aunque renegaron mis papás, se acostumbraron a que anduviera a la moda.

A todo se acostumbra uno. Nunca tuve piojos y ahora me rasco la nuca en automático. Constantemente tenía catarro porque me bañaba en la regadera de un cuarto helado, con paredes y suelo de cemento. Jamás camino descalza; sin embargo, pesqué una infección cutánea.

Mis padres tratan de remediarlo. Previa (sustanciosa) propina, la carcelera me trae una cubeta de agua caliente. Me lavo; luego, con la misma agua, enjuago pantaletas y medias.

A pesar de tales esfuerzos, el bicarbonato y el perfume, mi cuerpo apesta. Yo misma me doy asco.

A los trece descubrí qué era la menstruación. Ensucié el camisón y casi me muero de asco. ¿Estaba enferma, tuberculosa, moriría? Ni siquiera el miedo me hizo buscar refugio en mi madre; recurrí a la criada. Porfiria había reemplazado a mi nana y trabajaba de entrada por salida. No era digna de toda mi confianza, pero sus palabras me tranquilizaron: yo no tenía culpa de nada, tampoco iba a desangrarme. Hasta ahí santo y bueno, después vino el golpe: «la maldición» ocurriría mes con mes.

Porfiria le contó el chisme a la patrona. Mientras cuchicheaban, me metí bajo la regadera. Consciente de la sangre entre mis muslos, de un tirón cerré la cortina. Mi desnudez me ponía nerviosa: propiciaba el pecado carnal. Las monjas nunca aclararon qué era eso, pero le achacaban la pérdida del paraíso y el inicio de mil males.

Al secarme, descubrí sobre el excusado una almohadilla colgando de un cinturón. Mamá se había metido al baño con la rapidez de una rata. Se daba por enterada del suceso, aunque jamás lo discutiría conmigo. De esta manera podía tratarme como adulta sin mencionar las funciones corporales, tan molestas, tan vergonzosas.

Me sentí incómoda y, a pesar de la ducha, sucia. ¡Cómo envidiaba a los hombres! Tenían todas las ventajas y nosotras ninguna. Esa sangre repulsiva me separaba de la infancia. Aunque no lo deseara, era una señorita con muchas responsabilidades y ningún derecho.

Desde ese momento, todo cambió. Mi vocabulario se llenó de eufemismos, única manera de insinuar lo inmencionable. Durante «esos días», «las grandes» no podían correr, sentarse sobre una superficie fría o hacer gimnasia. A pesar de semejantes incomodidades, debíamos agradecer que nos bajara la regla, requisito para que tuviéramos hijos, la justificación de nuestra existencia.

Para evitar «accidentes» estudiábamos el calendario, previendo esos cuatro o cinco días nefastos. Pero las predicciones fallaban. La Virgen recibía mil ruegos para que esa cosa (la almohadilla) permaneciera en su sitio impidiendo que las manchas rojas nos mataran de vergüenza al traspasar la tela. Nosotros mismas nos vigilábamos, listas para dar la señal de alarma.

¡Cuánto me costó crecer! Cada mes debía tocar mi propia sangre. Me limpiaba en el bidet (la tina estaba descartada), y disfrazaba aquel olor con talco. Aun así, imaginaba la sangre tiñendo sábanas, suelo, ropa íntima. Una corrupción líquida.

El rojo delataba a la sucia, la enferma, la indispuesta. Esa calamidad se desbordaba por el mundo. En ciertos pueblos impiden a las indias ir al campo cuando menstrúan porque el maíz se seca; los judíos prohíben que las mujeres visiten el templo; los hombres no penetran a sus esposas.

La menstruación era un parteaguas. De un día para el siguiente, la gente exigía un comportamiento distinto, sin precisar cuál. Nadie ayuda a las primerizas con explicaciones o apoyo. Hubiera dado todo, hasta una futura maternidad, si aquella sangre que aparecía en el momento más desagradable, mes con mes, cesaba. Mi único consuelo eran las quejas en común, esas larguísimas confidencias donde sacábamos conclusiones bastante equivocadas.

Tardé los tres años de secundaria en habituarme a mi cuerpo, pero nunca advertí cómo ese mismo cuerpo, con busto, caderas y piernas estupendas, afectaba a los hombres.

El licenciado me lo advierte: María Teresa, su actitud debe afectar a los hombres que forman el jurado de manera positiva. Cuando se siente ante el juez, bájese la falda. Si enseña las piernas, la relacionarán con «la descocada que andaba medio desnuda, presumiendo el físico por Madero y Reforma». No lo digo yo, lo publicó La Prensa.

Las piernas... mis armas y mi perdición. Fue un maestro, ya canoso, quien me hizo consciente de su trascendencia. Muy catedrático, pero muy rabo verde. Como me sentaba en primera fila, don Mariano Palencia clavaba las pupilas en mis tobillos, y lentamente subían por las medias de nylon, mientras él descubría que me rasuraba... algo que no hacían las señoritas decentes.

Esta inspección me humilló; pero, aunque estiré la falda, seguía enseñando las rodillas. Los alumnos se volvían, clavando los ojos en mis piernas. Estaba roja de vergüenza, una vergüenza espantosa, y no tuve piedad conmigo misma. En vez de echarle la culpa a esa momia, cargué con su arrebato senil. Hipócrita, me regañé, ¿no es esto lo que deseabas al comprarte las medias? Continuaban mirando: él, relamiéndose; ellos, con la boca abierta. ¿Y ellas? Me pusieron tache. Solo seríamos compañeras de clase, nunca amigas.

Cien veces me previno mi mamá: no llames la atención, ¡y ten cuidado con los viejos! Pero ¿un profesor, tan reconocido en la Normal, descendía de nivel por mí? Pensé en reclamarle su descaro al final de la clase: ¿Por qué me falta al respeto, don Mariano? Niña, veo lo que enseña. Así respondería. Y tendría razón. Yo subí el dobladillo de la falda. Yo me rasuraba. Yo.

Fue mi iniciación: la metamorfosis de muchachita inocente a una de «aquéllas», las que engatusan a los atarantados. No me gustaba ese papel, pero quería tener novio. Aun en la secundaria, a algunas las pretendían los hermanos o primos de nuestras compañeras. Les compraban helados y les cargaban los libros. A mí jamás se me paró una mosca.

¡Qué sola estaba! Nunca me hice de amigas porque en la Normal había puras mochas. Yo era la única que se comportaba de manera distinta.

¿A alguien le interesa tener como amiga a una presa?; peor, ¿a una asesina? A nadie en absoluto. Conozco y siento y sufro la soledad íntima, diaria. No importas. Si mueres de miedo, arrepentimiento, nostalgia, o si te arrastras por el lodo, es tu problema. Pecado, culpa... las palabras favoritas del sacerdote. Las lanza directo al alma cuando viene a confesarme. Adivino sus intenciones: la redención a través del arrepentimiento. Y lo logra. Estoy sucia, pequé y acepto ese crimen. Moriré de dos maneras: el tiempo destruirá mi cuerpo, «esas piernas estupendas», y el olvido, más cruel, borrará la imagen que salía en todos los periódicos.

Debí tener un bebé. Los hijos maldicen o bendicen a sus padres, pero siempre los recuerdan y el recuerdo es permanencia. Moisés se opuso. Debí convencerlo. Debí, hubiera... resumen de lo que nunca sucedió.

En resumen, lo que sucedió en la Normal fue muy simple: el maestro prolongó su juego. Al gato le complace atormentar al ratón, sobre todo cuando la virilidad del felino falla. Lo que don Mariano ya no podía hacer en la cama, lo desquitaba echando miraditas a «aquellas magníficas columnas de mármol».

Al principio sus miradas me ofendieron, después me halagaron y, al final, compensaron la poca suerte que tenía con los muchachos. Comprobar que atraía a un hombre, ¡nada menos que al profesor Palencia!, despertó mi confianza. Y ya no sentí vergüenza; al contrario, empezó a gustarme. Entonces la curiosidad, el instinto o mi desfachatez natural, salieron a flote: cruzaba las piernas a propósito, enseñando más de la cuenta. ¿Y qué vas a hacer, viejito?

Una mañana, ante esa escena repetitiva, el maestro tragó en seco y yo, consciente de mi poder, con suma lentitud abrí los muslos. Su expresión, entre incredulidad y éxtasis, me robó una sonrisa. ¿Qué pasaría si…? Un estudiante interrumpió tales elucubraciones:

—¿Cuándo es el examen, maestro?

Turulato, don Mariano abandonó un mundo de posibilidades sexuales para regresar al salón de clases:

—La respuesta requiere cierto tiempo. La resolveré la siguiente sesión. Pueden salir.

Los muchachos obedecieron, pensando que al profe se le botaba la canica.

—Usted, señorita Landa, acérquese al escritorio.

En el aula vacía, rabo verde y niña (¿inocente?) medimos nuestras fuerzas. Aun si intentaba disimularlo, Palencia era un perro sin dientes. Por eso se ruborizó, en tanto yo experimentaba la satisfacción, la malicia, de sojuzgar a un viejo.

De pronto, tal sentimiento cambió y el pecado alertó mi conciencia. Te portas como una cualquiera, María Teresa. ¡Gracias a Dios las iglesias siguen cerradas! Si no, el cura te daría una penitencia que no cumples ni en cien años. Esperaba que un rayo (aunque no era estación de lluvias) me partiera en dos. Lo prefería a que el castigo divino se manifestara en una enfermedad, accidente o algo peor. Entonces escuché la sentencia del catedrático:

—Es usted demasiado alta. Desde mañana me hace favor de sentarse en la última fila para que los demás alumnos vean el pizarrón sin que su cabeza lo impida.

Veo un pedazo de cielo. La lluvia deja su huella gris en la ventana. Veo, a través de mi tristeza, un mundo muerto, sin color ni ruido. No puedo más. Debo intentarlo, pero el suicidio me da pánico, aun si me garantizaran que la agonía solo dura unos instantes. Lo medito como una posibilidad que nunca pondré en práctica. Ya sé, ya sé. Tengo los somníferos que he ido guardando. ¿Y si alguien me despierta? ¿Y si daño mi cerebro y quedo viva? ¿Por qué nos asimos a la vida como un perro sin dientes? Agarro la realidad, aunque duela, y la sangre, siempre la sangre, llena mi mente; ocupa ánimo, sábanas, pared y suelo. Sombras rojas ciegan mis pupilas. Ahogan al blanco; el negro las vuelve más siniestras… Rojo inalterable. Rojo eterno.

Mi vida de estudiante, pareja e incolora, prosiguió inalterable. La que cambió fui yo. Empecé por examinar mi cuerpo, tan devaluado por las monjas. Gracias a sus amenazas sobre la perversión y el infierno, me costó una semana alcanzar la meta: desvestirme, completita, ante el espejo. Ni siquiera conservé la pantaleta o el brassier que antes, por modestia, nombrábamos «sostén».

Me vi con los ojos de don Mariano Palencia y, tras un examen imparcial, me califiqué con un seis, luego siete... ¿Ocho? Ante ese puntaje ascendente, imaginé las recriminaciones de mi madre: La vanidad te perderá, María Teresa. Óyelo bien, las mujeres decentes jamás aceptan una alabanza. Si alguien te elogia, contestas «favor que usted me hace», «me mira con ojos de piedad», «por eso eres mi amiga», etc. y, tenlo por seguro, ese alguien te tiende una trampa porque tú lo incitaste con tus coqueteos. Entiéndeme: pobre de ti si te pones maquillaje.

De todo aquel sermón retintineaba en mi cerebro la última palabra. Hubiera dado no sé qué con tal de pintarme la boca, pero me detenía el miedo a que mi señor padre me sacara de la Normal. Sin embargo, la tentación seguía latente. En vez de subir al tranvía, caminaba. Así ahorré para un bilé, colorete, polvo y máscara de pestañas. Casi nadie la usaba. Tenían miedo, aunque en los anuncios, su inventor, Eugène Rimmel, aseguraba: No causa ceguera.

Dos cosas me revolvieron el seso. Primera: compararme con otras y, según yo, dejarlas muy atrás. Segunda: nunca había visto tantos pantalones (hombres) juntos, en la misma clase, y eso también me alborotó el cerebro (o las hormonas). Aquella cercanía diaria, enervante, me empujó a más disparates. Decidí que el amor formaría parte de las asignaturas, como materia opcional. ¡Es lo único que hace soportable la vida!

En mi caso, ¿qué significaba el amor? Viviendo bajo una campana de vidrio, con una madre sumisa y monjas como maestras, idealizaba mi respuesta: Un milagro indefinible, una emoción estrujante, la realización de todos los anhelos. Me abrazaba, suspirando, mientras inventaba al hombre por el que valdría la pena cualquier sacrificio. Lo soñaba en la cama, a mi lado, observándome dormir. Y no llegaba a más porque nunca, en mis dieciséis años de transitar por este mundo, había recibido un beso.

Anhelo un beso. ¡No puedo dormir, ni descanso ni sueño! ¡Maldita cárcel! Abran la puerta y que sea lo que Dios quiera: juicio, condena, perdón o cadena perpetua. ¡Lo que sea! Entonces sabré qué hacer, ya no me torturaría desmenuzando cada posibilidad.

Recostada sobre sábanas que huelen a humedad, pienso en las muchas veces que Moisés y yo nos revolcamos sobre otras más blancas, olorosas a jabón. Nos abrazábamos casi con ternura, pero, a medida que la pasión crecía, llegábamos al frenesí. Lentamente, nuestros cuerpos sudorosos, saciados, negándose a la separación, descubrieron el amor que, noche a noche, nos iba uniendo.

Pese a la obsesión de mi madre por mantenerme en la ignorancia, que llamaba «inocencia», desde chica deduje que solo el amor une a las parejas. Para comprobarlo, rompí una regla: me acerqué a la recámara conyugal. Puse el ojo en la cerradura y me llevé un chasco: papá dejaba la llave ahí, impidiéndome espiar. Así que me quedaba escuchando tras la puerta, una hora o más, hasta que el frío me regresaba a la cama.

Claro que no, no quería verlos en pijama. ¿Desnudos? ¡Ni lo permita Dios!, eso hubiera dicho mamá, y apuesto a que su marido jamás la vio en cueros. Sin embargo, ¡yo necesitaba saber! Para entonces sospechaba que doña Débora, con sus vestidos de cuarentona y el chongo bien prendido al cráneo, era poco inspiradora en el terreno sexual. Solo muy de vez en cuando se permitía una sonrisita cómplice mientras desayunaba y le echaba miraditas a su «gordo». Papá, en cambio, se hacía el desentendido. Seguía leyendo, como si el periódico fuera su amigo íntimo. Después de meses, supongo, se fueron acumulando detalles: algo extraño pasaba. Me costó averiguarlo porque eran muy cuidadosos, mas el que persevera alcanza. Y yo perseveré, espiando tras la puerta. Una noche cualquiera, el pleito subió de tono. Ella se negaba a darle gusto; don Rafael Landa insistía… ¿Suplicaba? No creía en mis oídos. Y ella… ¿lo rechazaba? Aquello significaba peligro. Asociaba las palabras con las amenazas del cura. Divorcio… mi mundo se tambaleaba. Sentí frío. Tenía las manos heladas y empecé a temblar.

No quise saber más. Me refugié en mi recámara. ¿Qué tal si mamá corre a papá de la casa? Para escándalo del vecindario, ocurría algunas veces, cuando el marido se descarriaba. ¿Mi papá anda con otra? ¿Seré la hija de unos divorciados? La gente me señalará con el dedo. Dejarán de hablarme… Tranquila, nadie te habla, Teresita. Tú no tienes amigos.

Me cubrí la cabeza. Bajo la colcha surgió un recuerdo que permanecía enterrado en lo más profundo de mi infancia. Me tapé los ojos: No, no quiero, no quiero pensar. En ese mismo instante, escuché los truenos. ¿Llueve? ¿Revivía una tormenta ocurrida nueve, diez años antes? Aquel estruendo ensordecedor me convirtió de repente en una niña y el secreto cobró fuerza.

Ahora veía el pasado ante mí: los relámpagos iluminaban las cortinas de holanes blancos, creando fantasmas. Mis muñecas miraban el vacío con sus ojos ciegos. Tuve miedo, luego terror. Deseaba refugiarme en brazos de mi madre, de la nana. ¡Alguien, que alguien venga!, sollocé. A punto de la histeria, permanecía anclada a la cama porque durante mi niñez mamá lo repitió mil veces: Si abres la puerta de mi cuarto, te daré una buena nalgada. Sería la primera vez que te pego, María Teresa. ¡Mucho cuidadito!

Llamé a gritos, pero nadie fue a consolarme. Tampoco sirve que me esconda en el ropero. De todos modos, un rayo me caerá encima. La partiría en dos, después de carbonizar la piel. ¡Qué dolor! ¡Qué feo! Mamá, ven, ven, por favor, ven.

La luz hería sus ojos. Si los cierro con fuerza... Traspasaba sus párpados. No puedo quedarme ahí. Me levanto, corro... Se paralizó. Algo caliente mojaba sus piernas de popote. ¡Me estoy haciendo pipí! Ora sí me pegan. Se quitó el pijama rosa y se puso un calzón mientras lloraba. Rápido, cuanto antes, que nadie la viera así.

El trueno resonó en sus oídos. Ya no pensó. Bajó las escaleras, despavorida. A oscuras atravesó la cocina. El diablo se esconde atrás de la alacena, musitó. Casi resbala. Por la ventana entran aparecidos: sentía que la tocaban con sus dedos fríos. Me crucificarán como a Diosito. Intentó persignarse con una mano, alejando a los espantos con la otra. Al fin abrió la puerta del patio. Vio el lavadero y, atrás, su salvación: la recámara de Chabe, su nana, su nanita linda.

Algo la detuvo. Se quedó inmóvil en la puerta. Chabela gemía. Una sombra negra, enorme, subía y bajaba sobre la sirvienta. ¡El demonio! Yo te salvo, quiso gritar, pero las palabras se atoraron en su garganta. El pavor frenó aquel impulso. Era una niña, demasiado débil para ganarle a un monstruo. Pasaros tres, cuatro segundos. La sombra se volvió hacia Teresita. Distinguió dos cabezas, brazos, piernas. Aun entre penumbras los reconoció: su papá... su nana... haciendo gestos raros. Desde la puerta olió el sudor de los cuerpos jadeantes.

Iba a acercarse cuando un empujón la estrelló contra la pared. Al levantarse descubrió a su madre, también en camisón, surgiendo entre sombras. Un segundo bastó para que Débora captara tan terrible afrenta. Fuera de sí, golpeó al adúltero.

—¡En mi propia casa! —aulló, descargando los puños sobre las espaldas de Rafael.

A Chabe le jaló los pelos. Llorando, agarré las piernas de mamá con todas mis fuerzas o algo peor pasaría.

—Perdón, déjame explicarte, gordita, no es lo que tú crees... —Y le atajaba las uñas para que no llegaran a los ojos—. Te lo juro, sí, sí, tienes toda la razón, contrólate, por favor. ¡Por favor, Débora! —En medio del caos, protegió a la hija—. Chabela, llévate a la niña.

—Sí, patrón. —Atontada, se puso el delantal. Por detrás se le veían las nalgas. Yo no podía más con la vergüenza que me provocaba la desnudez de esos dos. Jalé una sábana y se la di.

—Tápate, nana, tápate.

—Vamos a tu cuarto, Teresita. —Obedeciendo, recobraba su

papel, aquello para lo que fue creada: servir—. Ándale o te vas a enfermar.

Subimos los escalones tropezándonos, como si una maldición nos persiguiera. Chabe limpió el suelo de mi recámara con el pijama rosa, luego cambió las sábanas mojadas por limpias. Nadie sabrá que me hice pipí. Se me quitó un peso de encima, aunque seguía llorando por aquellos gritos, peores que los truenos. Mi mamá le escupió a mi nana. Vi a Chabe sin vestido, vi sus chichis, los pelos entre las piernas. ¿A mi papá? ¡No, a él no lo vi! De inmediato creí esa mentira. De inmediato supe que era una mentira. Seguro él tenía la bata puesta... ¿A mi mamá? ¡No, claro que no! A ella tampoco la vi.

—Tengo miedo, Chabe. —Ojalá se fuera—. Quédate conmigo.

—Al rato subo.

A mitad de las escaleras, la criada se topó con los señores. Don Rafael tuvo que sujetar a su mujer para que no la pateara, pero, al interponerse, recibió varios arañazos en la cara.

Observo mi piel: está cubierta de arañazos. Yo misma me lastimo cuando duermo. La carcelera me lo advierte:

—Si esto sigue, tendré que amarrarla. No quiero que me acusen de maltrato.

—No tenga cuidado, doña Remigios. —La calmo—. Nadie descubrirá los rasguños. Para el juicio usaré un vestido negro de manga larga y un sombrero con velo, porque estoy de luto.

—Bueno, le daré otra oportunidá con una condición: ya no grite. Nos pone los pelos de punta.

Los gritos se apoderaron de nuestra casa. Mis papás, antes tan prudentes, ahora peleaban como gatos rabiosos.

—¡No me toques, Rafael! ¡Rompiste tus votos con una traición!

Las acusaciones, pero más el rencor, ensordecían las habitaciones. Ya no importaba si yo, a los seis años, presenciaba aquellas escenas.

—Cuando te revuelcas con esa india, ¿sientes amor o solo placer?

—Por favor, Débora, me atormentas y te atormentas.

—Me pregunto si el sexo sin amor, porque tú no estás enamorado de una criada, no puedes descender tan bajo, ¿da placer? ¿Gozas con una prostituta?

—Chabela no es una prostituta.

—¿Todavía la defiendes? Juraría que... ¡Por supuesto! ¡Como si lo viera! Esa descarada, esa ramera, te hizo cochinadas prohibidas por la Iglesia.

¿Papá?

—¡Te embarró con sus porquerías!

¿Mi papá?

—¡Yo soy una mujer decente! ¡A mí no vuelves a tocarme!

Y las lágrimas. ¿Mi papá ya no mandaba? ¿Él... él pedía perdón?

El señor de sombrero y paraguas, tres lecherías y conducta intachable, había hecho algo horrible.

A veces, llorando, salía de mi recámara a callarlos. Sus pleitos me aterraban.

—Mamá, quiero hacer pipí.

—¡Pues ve al baño!

Se volvieron al mismo tiempo para contemplar la orina ensuciando el suelo.

—¡Si te ocuparas de tu hija, en vez de reclamarme...!

Mamá, hecha una furia, me dio dos nalgadas. Iba por más; entonces don Rafael intervino.

—Contrólate. La niña no tiene la culpa.

—Yo tampoco. Y tú, tú, con tu pésimo ejemplo, perdiste el derecho de educarla. ¡Te odio! ¡Te maldigo!

¿Mi mamá es... una gritona? ¿Y mi papá... se iría al infierno?

—¿Y tú le das buen ejemplo con estas escenas de loca? Felicidades, señora. ¡Así actúa doña Débora, esposa abnegada, madre excelente! Usted sí da buen ejemplo.

De un jalón, mamá me apretó contra sus pechos convulsos. Su violencia me asustó. Quise separarme de ese vientre caliente y sudoroso, pero ella reprimió aquel rechazo estrujándome contra su cuerpo.

—Suéltame. Me duele.

—Te pondré tu pijama rosa, Teresita.

Me zafé del abrazo.

—¡No me gusta! ¡No quiero!

—Pues te la pones. De hoy en adelante aquí se hace lo que yo mande.

Toda mi vida he hecho lo que otros mandan. Conjugué el verbo someterme en carne propia. Primero mi padre, luego mi madre, las monjas, Moisés; ahora la carcelera, los guardias, mi abogado y, al final, el juez.

Mis padres me convirtieron en juez. Debía tomar partido

sin entender el crimen. Opté por mamá, pero seguía recordando las palabras de Rafael: Si hubieras sido un poquito fogosa, Débora. No las entendía, pero sonaban a justificación.

Me uní a ella porque la necesitaba más que al lechero; pero lo hice rencorosa, hostil. Por su parte, mamá descargaba su odio en mí, sin importarle las consecuencias. Quizá intuía su error, mas era incapaz de rectificarlo. Los niños no entienden, se disculpaba. Se les olvida. Y volvía a la carga. Jamás se cansaba de adoctrinar a una niña de seis años, su propia hija.

—Puede ocurrirte, Teresita. Tienes que ser más lista que yo. Sacrifiqué mi vida por ese imbécil. —Se mordió la lengua.

Las groserías, ¡contra mi papá!, me espantaban. Quedito, la previne:

—Te van a lavar la boca con jabón.

Fingió que no escuchaba y continuó saboreando sus quejas.

—¡Él, él me convirtió en una mujer insípida! —Tras esas palabras incomprensibles para mí, se quedaba muda, torturándose—. A ver, dime, ¿cómo iba a atraerlo si me prohibía usar manga corta? No llames la atención, Deborita; si los provocas, te faltarán al respeto. Y yo ahí, de obediente. Pero él sabía qué le esperaba cuando me propuso matrimonio. ¡Me visitaba en el convento! Lo atraje por mi modestia. Fuimos novios durante tres años, mientras juntaba capital para comprar una casa. Entonces mi recato le parecía una virtud que «preservaría la moral y la solidez del hogar» y ahora me lo echa en cara. ¿Qué quería? ¿Que después de la primera noche me transformara en vampiresa, de señorita a cusca? Sí, claro que sí, el muy idiota se lo dijo al señor cura, justificando sus calenturas. ¿Por qué no me enseñó? ¿Creía, acaso, que me tenía muy contenta? Es un inepto, un incapaz. ¡Si oyera lo que Rosaura cuenta de su marido! ¡Lo halaga, lo pone por los cielos! Orgasmo, así se llama lo que nunca me has dado. ¡Infeliz, poco hombre! ¿Por qué piensas que inventaba dolores de cabeza? Para que no te me subieras encima, animal.

A punto de ahogarse, tomaba agua. De pronto bajaba las pupilas y me descubría inmóvil, con los ojos desorbitados.

—¿Qué oíste?

—Nada, mamá. De verdad, nada.

—No se te ocurra repetir una palabra, ¿entiendes? Olvida esto.

Asentía llorando, y luego ella lloraba conmigo. Abrazadas nos consolábamos un poco, muy poco.

—El engaño es lo más humillante. ¡No permitas que te engañen! Nunca, ¡nunca! Y, si se atreven, véngate.

Aprendí la lección. Tú me engañaste, Moisés. Y yo no iba a permitirlo: puse en práctica aquellas enseñanzas. Al disparar seis tiros, me vengué... La vengué. Quizá si hubieras pedido perdón...

Rafael Landa pidió perdón a su esposa. Sinceramente. De rodillas. Sin embargo, como la señora no cedía, recurrió a la autoridad suprema, el cura, y este buen hombre apeló a doña Asunción Tamayo, madre de la agredida.

Don Pascual siempre fue pilar de la comunidad, pero ahora, perseguido por el presidente Calles, adquiría un aura de mártir que reforzó su poder espiritual. Su intervención estuvo a la altura de las circunstancias: bastaron dos sesiones, más el apoyo de doña Asun, para solucionar tan enojoso problema.

—¡Con mi propia criada! —Resumió Débora, suponiendo que la apoyarían—. ¡Destruyó nuestro matrimonio por una gata!

—En primer lugar, una sirvienta es hija de Dios, igual que todos nosotros; por lo tanto, ahórrate tamaño desprecio.

Un tanto sorprendida, Débora asintió.

—Rafael, cabeza de la pareja, a semejanza de Cristo y la Iglesia, cometió un grave error. Sin embargo, haces lo mismo. Arruinas tu matrimonio con una actitud injustificable.

—Pero...

—¡No hay peros que valgan! ¿Quieres acabar divorciada? —Intervino doña Asun.

—¡Ni lo mande Dios! —se espantó Débora.

—Entonces, perdona a tu marido.

—¿Y si lo vuelve a hacer?

—¡Claro que lo hará! —afirmó la anciana, sin el menor titubeo—. Pues nada... Cargarás con tu cruz.

—Perdona nuestras deudas como nosotros perdonamos a nuestros deudores —citó don Pascual—. Más claro ni el agua.

—Pero...

—Setenta veces siete.

—O sea que me puede poner los cuernos hasta el cansancio.

—A su edad el cansancio llega pronto, hija.

—Y yo, para entrar al paraíso, debo aguantarme —se rebeló, indignada.

—Hay una opción, prevista en los cánones eclesiásticos: el matrimonio casto. Separación del lecho conyugal, bajo el mismo techo.

—Bueno...

—Bueno no, pésimo —la corrigió el cura—. Das motivo para que tu marido busque lo que no encuentra en casa.

—En mi casa encontró a la criada.

—Sabes a qué me refiero —repuso, molesto ante semejante terquedad—. Entiende, una divorciada no puede recibir los sacramentos, confesión y comunión, porque vive en pecado mortal. Solo tú pierdes: a él ya lo absolví.

—¿Cómo? ¡Cómo! —cacareó Débora.

—Cumplió los requisitos para obtener el indulto divino: arrepentimiento, propósito de enmienda y la intención, sincera, de reparar su culpa. —Alzó la diestra, cual profeta del Antiguo Testamento—. Dios perdona, y tú, simple mortal, debes imitarlo. —Acto seguido se puso de pie. Las mujeres lo imitaron—. Tengo muchos pendientes. Además, los esbirros de Calles me espían. Si permanezco demasiado tiempo en el mismo sitio, mi existencia peligra. —Echó un vistazo alrededor, nervioso—. Estaré al pendiente de tu decisión.

Mientras Débora le besaba las manos, doña Asun le entregó un sobre al cura.

—Para sus caridades.

A solas, la anciana, ducha en aquellas lides, dio su opinión:

—Mira, hija, no nos hagamos tontas. Perdonarás a Rafael porque te mantiene a ti y a la niña; pero hazlo con tiento, sacando todas las ventajas posibles.

El licenciado Lozano, ducho en aquellas lides, opinó:

—Sacaremos todas las ventajas posibles. Haré valer su título: Miss México. Hasta hoy reina sin competencia. Sin embargo, ante el éxito de este concurso, el año entrante organizarán otro. —Como la de decenas, cientos, miles de hombres, su mirada la cataloga—. Lo pronostico: ninguna será tan hermosa como usted —Todavía invierte unos segundos en admirarla—. Su belleza nos ayudará a conseguir nuestra meta, señora Landa. ¿Se da cuenta? Usted, enseñando las piernas, nos ha lanzado de cabeza a la modernidad. A tal grado que aun los ultraconservadores buscan, con el Jesús en la boca, una nueva identidad social. Desean algo difícil y contradictorio, de consecuencias imprevistas: preservar los valores tradicionales, familia y religión; al mismo tiempo, alientan la incorporación de las mujeres a la vida pública, bajo la tutela del sexo fuerte. Da algunos pasos, como es su costumbre, y continúa: La Revolución tuvo el mismo impacto en México que la Gran Guerra en el mundo. Mientras los soldados se mataban por millones, esposas, madres y hermanas tomaron las riendas del hogar e invadieron las fábricas. Su participación, indispensable en ese momento, abrió las puertas a los movimientos feministas y ahora es imposible cerrarlas. Una moral más permisiva, exportada por los gringos a través de revistas, moda, canciones y cine, erosiona nuestras costumbres.

Reflexiona un par de segundos y vuelve a la carga. Así es Lozano, habla durante horas sin que le falte el aliento o muestre cansancio: Usaré los mejores medios de comunicación, radio y prensa, para darle publicidad al juicio. Excélsior y El Universal enviarán reporteros; por mi parte, intentaré evitar el acceso a El Nacional Revolucionario, de línea gobiernista y, obviamente, nuestro enemigo, pues usted trastoca las buenas costumbres que los altos mandatarios tratan de revivir tras la lucha armada. Ellos dicen que una cosa es la libertad política y otra el desenfreno social, que usted encarna.

Viéndola tan cerca, redobla su inspiración:

—Conmoveré el corazón del jurado con apelaciones morales y religiosas sobre el sufrimiento femenil. El periódico es un arma que manipularé para convencer a los lectores de su inocencia, señora Landa. Al principio, quizá haya distintas interpretaciones de los hechos: algunos la apoyarán, otros la condenarán. No se preocupe. Mis palabras influirán sobre la opinión pública, hasta que todos la consideren una heroína nacional. Dejará atrás a Frida Kahlo o a Dolores del Río... —Detiene su paseo y gira hacia ella—. Ni el más atrevido soñaría con besar el dedo meñique de esas mujeres: su esplendor pertenece a una dimensión distinta; pero usted, una chica normal, con quien cualquiera podría toparse en la calle, nos devuelve al área de lo posible: el asedio, la conquista fácil.

. La penetra con sus pupilas de acero:

—Cuento con usted, ¿verdad? Le exijo obediencia absoluta y, si me la da, garantizo su absolución —Aquella promesa la transforma en arcilla blanda, lista para que él la manipule—. He memorizado su historia. Desde el concurso, las entrevistas discrepan en fechas y nombres. Los reporteros aprenden el oficio cometiendo errores, así que rara vez firman los textos o, con mucha frecuencia, se esconden tras un pseudónimo. De esta manera, es imposible rastrear quién dijo qué, mucho menos rectificar inconsistencias, sobre todo si se trata de la nota roja. Ante el escándalo y la oportunidad de mayores ventas, los cronistas sueltan la imaginación, tiñendo sus exageraciones con hechos sangrientos. Su caso, un crimen pasional, es ideal para este tipo de noticia. Pues bien, aprovecharé esa falta de objetividad para poner el mundo a sus pies. No se me escapará ni un detalle. —Con sus manos hace un cuadrado, enfocándola—.

Escogeremos cada foto. ¡Que su rostro inunde los diarios! La conocerán en los barrios pobres, la desearán en los ricos.

Se hinca, estudiando el rostro que servirá a sus fines:

—Explotaré los nuevos conceptos sociales que usted provoca, uniéndolos al proyecto nacional del gobierno posrevolucionario. Emplearé el melodrama como estrategia: de homicida la convertiré en víctima, destacando que pertenece al sexo débil y necesita la protección del jurado. Usted ya no será la «matadora de hombres», como la apodan. Si disparó contra su pareja sentimental fue porque él le dio motivo, hiriéndola en su dignidad de mujer.

Al ponerse de pie, se consideraba un genio:

—Sus estudios, familia y educación contradicen la teoría que atribuye un homicidio al triángulo pobreza, ignorancia y alcoholismo. Usted encarna el ideal de nuestros machos: femenina, muy atractiva, desenvuelta, famosa, pero con un título y una situación económica estable. Su padre posee un negocio próspero y tienen casa propia. Pertenecen a la élite, señora Landa.

Ella objeta:

—Mi padre se mata trabajando y vivimos modestamente.

Aquella interrupción le hace perder el hilo del discurso y, para recobrarlo, recae en su cantinela usual:

—En este país, quienes comen tres veces al día son una minoría. ¡Yo haré que sus atributos físicos e intelectuales garanticen su impunidad! A pesar de ser una asesina confesa, saldrá libre. Un éxito rotundo y yo... ¡yo cerraré mi carrera profesional con este triunfo, el más sonado, el broche de oro!

Entonces se arrepiente de tanto entusiasmo. Por primera vez titubea:

—Hay un pelo en la sopa. El juicio debe llevarse a cabo

antes del 15 de diciembre, fecha en que suprimirán la pena de muerte y el jurado popular —Vuelve a observarla, cual insecto bajo un microscopio—. Este último procedimiento adolece de muchos males: sus miembros carecen de conocimientos legales y son fácilmente influenciables. Su posible absolución, María Teresa, no encuadra en ninguna de las causas de inculpabilidad previstas por el Código Penal. Sin embargo, mientras rija, sacaremos todas las ventajas posibles. Solo ruegue que la suerte no nos traicione. Encomiéndese a todos los Santos y confíe en mí. Deme carta blanca.

Papá le da carta blanca: dinero y, como dicen, con dinero baila el perro. Don Chema logra que mi juicio sea en la fecha prevista. El último en su tipo, se llevará a cabo hoy, 30 de noviembre de 1929. ¡Cuánto ansié que llegara este día… cuánto pido que se retrase! Mi última noche en esta cárcel. Las paredes se derrumban y me entierran. Tengo miedo. El polvo llena mis pulmones. Aire, necesito aire.

Quizá sea preferible permanecer encerrada a perpetuidad.

Mamá se vengaba a perpetuidad de la traición de su marido. Yo odiaba oír sus pleitos, pero seguía pegada a la puerta de la recámara conyugal.

—Me humillaste al máximo, Rafael. Cogiste lo que estaba cerca: una criadita analfabeta… ¡Una burra, una sanguijuela!

Mi nana.

—Te ahorró el trabajo y el dinero de ir a un burdel. ¡Aquí, en mi propia cama!

—¡Jamás! Te juro… te lo juro. Solo en su cuarto… esa vez.

—¡Juras en vano! Chabela era virgen. Ni siquiera eso te contuvo.

—Mi amor…

—¡Cínico! ¡No hables de amor! ¡Ni siquiera conoces su significado! En cambio… yo… ante el altar, el día más hermoso de mi vida…

—Mi reina, cielito, si me permitieras explicarte…

—Tu sumisión se debe únicamente al qué dirán. Ya en frío, te abochorna caer tan bajo. ¡El respetable comerciante se mete con una india sin posibilidad de rechazarlo y, para colmo, su señora lo pesca fornicando! De verdad, das risa. No importa que el adulterio sea el pan de todos los días ni que la gente disculpe tamaña promiscuidad a los hombres, debiste ser más listo.

Tenía seis o siete años. Los meses pasaban oyendo diluvios incomprensibles de palabras, pero se me quedaban dentro, esperando. Mucho después, un domingo, estallarían acompañadas por una avalancha de sangre.

Mientras los insultos envenenaban mi mente infantil, corría al baño. A veces justo a tiempo para orinar en la taza. Si no mojaba el pijama, iba a la ventana de mi recámara. Acaba de llover, decía, examinando la noche a través de mis lágrimas. Las nubes lloran conmigo… Si, por el contrario, empapaba la ropa, debía bajar las escaleras, cruzar la cocina hasta el lavadero… Ahí me desvestía y desnuda, tiritando, con la conciencia de lo prohibido en mi alma niña, entraba al cuarto vacío de la criada. Ya no la llamaba Chabe, ni Chabela. Era la mala.

Me resistía, pero acababa por tocar las manchas secas, esa sangre sobre las sábanas percudidas que mamá se negaba a tirar. Son testigo de lo que hiciste, Rafael. Subía al segundo piso, a oscuras, perseguida por los fantasmas. Ya en la cama, mi corazón desbocado requería unos minutos para recobrar su ritmo normal. Entonces decidía que hubiera sido preferible una tunda de nalgadas por no controlar la vejiga y que Débora se encargara del resto.

María Teresa controla la vejiga y los nervios porque sería ridículo ir al baño de nuevo. Luego observa el cielo por la ventanita de vidrios sucios. Los barrotes dividen la luz de la luna, vieja y cansada, antes de caer al suelo. Mira por inercia, sin captar que tiene ante los ojos la agonía de la noche. Amanecerá. Ignora si pronto: ha dejado de contar el tiempo.

Sus pensamientos se estrellan contra cuatro paredes. Olvidará dónde está apenas la distraiga una tos… órdenes… pasos. Entonces discurrirá a quién pertenece la vida que se desarrolla en un espacio inalcanzable: el pasillo.

Cuatro meses le enseñan a tolerar lo mezquino, ese cuadrángulo llamado celda, una colchoneta asquerosa, paredes mostrando hojas de calendarios antiguos, losetas rotas. Acepta la suciedad que la rodea, también la propia, dudando si recobrará la limpieza del entorno o de su alma.

Confunde el pasado, que ya se mezcla con el presente, equivocando fechas y, peor aún, sentimientos. Nunca sabrá si existe cierta lógica en sus reflexiones, si ese ahogo, en que los muros caen sobre ella, deforma los recuerdos. También se evade reconstruyendo los hechos con parcialidad de víctima. Los demás la incitaron, ella es inocente. Sin embargo a veces, solo a veces, en medio de una pesadilla, grita: Perdón, perdón, perdón, perdón, perdón, hasta que la celadora la amordaza.

¿Mamá lo perdonó? Quizá. Si el verdadero perdón borra la ofensa y jamás la echa en cara, Débora fue incapaz de tanta generosidad; si el perdón se da de dientes para afuera, la pobre cumplió con creces.

Papá tardó años en recobrar el papel de amo y señor, hasta que la costumbre, aunada a la dependencia económica, se impuso. Ambos asumieron nuevamente sus roles, como si aquel engaño jamás hubiera existido; pero existió. Por otra parte, yo promoví la reconciliación, obligándolos a formar un frente común.

—La niña sigue mojando la cama. Está como palillo. Quizá se dio cuenta de algo, Rafael, en cuyo caso, tú tendrías la culpa.

—No empieces. Los niños son animalitos sin conciencia. Nuestra hija se recobrará, no te quepa duda. Eso sí, Débora, consiéntela al máximo para que comprenda cuánto la queremos.

Papá pensó que con eso solucionaría el problema, y se refugió en su trabajo.

—¿Qué más quieres? Pago la colegiatura y mantengo la casa. El resto es tu obligación: entretente educando a nuestra hija.

—¡Ni a mí me obedece! Se come las uñas, tiene pesadillas y, quién sabe a qué hora, se araña la cara.

Por esa razón, uno egoísta, la otra incapaz y ambos débiles, me hicieron a un lado. Crecí sola recibiendo, por inercia, cuidados básicos.

En la cárcel ni siquiera recibe lo básico. Bueno, resume, frotándose los arañazos, bueno, bueno. Su mente se niega a mayores esfuerzos. Bueno, bueno, bueno. Pedirá otra colcha. Debo dormir, aunque sea dos horas, o equivocaré las respuestas durante el juicio. Bueno, ¿y qué? Bueno, bueno...

Los recuerdos, único escape. Los recuerdos, único refugio. Retrocede. Cubre de negro, el negro... pero es roja. Roja, saliendo de los agujeros. Y la menstrual. Esa niña soy yo. Hablo con otra. Conmigo: soy tú. Por lo pronto, estás sola, bueno, encerrada, bueno por lo pronto yo, Teresita, niña de seis años ya no existe, bueno, bueno, asisto a la Normal y soy preciosa, bueno, aunque nadie lo note.

Hoy recuerdo en presente. Hoy el pasado no existe.

Mi mamá y yo salimos de la casa temprano para ir a la Normal. Papá se adueña del baño, se ducha y rasura. Un periódico lo acompaña durante el desayuno; nosotras ni falta hacemos. Vuelve tarde, pasadas las siete, porque revisa mercancía, faltantes, pedidos y, si un queso, crema o leche está a punto de echarse a perder, lo trae a casa.

Mientras caminamos a la parada del tranvía, doña Deborita me sermonea:

—No permitas que te toquen ni con el pétalo de una rosa. Así se empieza, de a poquito. Luego no los paras.

Mi novio... ojalá tuviera novio, ¿se detendrá cuando yo lo pida? ¿Me molestará que se detenga? Qué pena. Qué ansias. Me moriré de vergüenza.

—Un embarazo. ¿Entiendes, Teresa? Un hijo sin padre. El cuerpo es la perdición del alma.

Me pongo chinita, imaginando: Acaríciame mientras nos besamos.

—Es pecado.

Todo, todo, sin exageración, está prohibido: besos de lengüita, caricias, coqueteos, bailes cheek to cheek, faldas cortas, blusas destacando el busto, risas, miradas insinuantes. ¿Cómo son las miradas insinuantes?

—Desde luego, existe el antídoto a esas perversiones. Si te sacan a bailar...

—¿Me dejarás ir a un baile?

—...y se te acerca demasiado, apoyas el antebrazo en su pecho: así lo frenas. Si sigue propasándose, lo plantas a media pista. Que haga el ridículo, lo tendría muy merecido.

—Ni siquiera me hiciste un baile de quince años.

—Sí, puedes verlo a los ojos, pero no demasiado, o lo interpretará como invitación. ¡Son de un vanidoso! La modestia femenina se revela en la ropa, vocabulario, movimientos y gestos. La Decencia (con mayúscula) es indispensable si quieres casarte.

Lo que quiero es un beso. Un beso en los labios. Desear un beso... ¿se llama amor?

—Piensa en lo que te dije. Y no te entretengas al regreso. Estaré viendo el reloj. A las dos en punto comemos, Teresa. Recuérdalo.

Desde luego que la presa recuerda cada una de aquellas amonestaciones, propias de una mujer educada por las monjas. Sin embargo, esa señora, tan poca cosa, cada día va a la cárcel. Y se queda ahí, acompañándola, hasta que la echan a la calle. Lo sentimos mucho, doña, se acabaron las visitas.

Débora vence obstáculos burocráticos, discute y se queja de supuestas o confirmadas injusticias. ¡Quién iba a decirlo, le salieron agallas! Sin embargo, Teresita duda de tanto amor: Mamá aprovecha la última oportunidad para darle lustre a su existencia. ¿Realmente la defiende o acapara un rayo, un rayito de la fama que rodea a Miss México?

A los dieciséis, estaba lejos de la fama. Toda mi atención se concentraba en los hombres. Me parecían un enigma, al menos los que pululaban por la Normal. Algunos eran tímidos pues, si se pasaban de listos, las muchachas dejaban de invitarlos a las fiestas; por el contrario, si no daban color, los tachaban de mensos o maricas.

Entre esos dos extremos, María Teresa hizo algo inusitado: tomó la iniciativa. Avanzaba a pasitos y retrocedía a saltos pues rechazar los principios que le inculcaron desde que tenía uso de razón, resultó bastante complicado. De plano, me lavaron el coco. Se cubría de reproches; empezaba de nuevo. Había que ingeniárselas para que el elegido (el más guapo, el más inteligente, el más simpático) cayera en sus redes.

Elucubró algo poco original.

—No entiendo el problema de matemáticas. ¿Me lo explicas, Enrique?

El estudiante asentía, amedrentado por lo que consideraba un acercamiento demasiado agresivo. Ante el pizarrón del salón de clases, «MT» (su nuevo apodo) borraba un número o rectificaba una cifra, propiciando el primer contacto. Eléctrico. Las manos se tocaban; las apartaban asustados, pero continuaban ahí, jugando con la tentación. Ella se acercaba centímetro a centímetro. Al fin los alientos se mezclaban... sin el perfume a menta que ella imaginó por culpa de una novela. En cambio, un olor fuerte, a juventud y hormonas, los unía en vez de apartarlos, provocando sudores que los abochornaban y, a un tiempo, aumentaban su excitación. Ansiaban algo más; no se atrevían. Contaban los segundos. Presentían el peligro, la expulsión… Alguien abrirá la puerta.

Él, titubeante, posó la mano sobre el hombro de su condiscípula. Al apartar la diestra, como si quemara, rozó el pezón… Se paralizaron al mismo tiempo, paladeando esa sexualidad atrayente y repulsiva. MT entreabrió la boca. Él la contempló mudo de asombro, mientras ella se arrepentía de su propio impulso: propiciar un beso.

La pelota está en mi cancha, supuso Enrique. Le demostraré que soy hombre, que no es la primera vez… Sintió la erección y permaneció inmóvil, cual idiota. No puedo quedar mal. Besó los labios sombreados por un vello casi imperceptible. Cerró los ojos, saboreando a María Teresa durante dos, tres segundos. ¡Una delicia! Luego… ¿Qué diablos hago?

En la misma posición, sonrojada hasta la raíz del cabello, Teresita esperó. ¿Otro beso? Se acercó un milímetro más y… Vio un grano en la frente del muchacho. Le repugnó el puntito blanco. ¡Pus! Retrocedió por instinto. Enrique lo interpretó a su manera: ¡Me rechaza! En el momento preciso en que empezaba a confiar en sí mismo, bendiciendo esa introducción inesperada y gratuita al sexo, lo rechazó. Esta pinche calienta braguetas me planta en medio de la clase. Salió hecho una furia. Esto me pasa por dejar que ella tome la delantera, concluyó, pero a los pocos pasos sonrió. A esa edad se agradece todo lo que caiga.

MT compuso el gesto; de lo contrario, revelaría lo sucedido (pecado venial, solo fue un beso). ¿Para qué? ¿Por qué lo hice? ¿Qué pensará de mí? Sin duda se lo contará a los demás para presumir. ¡Bocón! Ya nadie me tomará en serio.

Corrió al baño, entró cual tromba en un gabinete, y se sentó sobre el excusado. Su desilusión era mayúscula. Le hubiera encantado consultar a sus compañeras, pero ninguna confesaría que ya la habían besado. Quizá sea cierto, por feas. Yola ni siquiera se pone desodorante y el bicarbonato no le funciona. Debo escoger con más cuidado; alguien que sepa, no un baboso.

Y reincidió.

La cuarta o quinta vez quedó curada de espantos. ¿Cómo se llamaba? Raimundo, no, Raúl. Raúl Quiñones le dijo en voz muy baja:

—Conmigo no juegas. Te tengo perfectamente catalogada. Llevas a cualquier imbécil a una clase vacía, lo calientas y luego: Aquí no ha pasado nada. Soy virgencita. Óyeme bien, a mí me cumples. Lo que empiezas, lo acabas.

Ante esa amenaza, la soledad del salón la penetró como un viento frío que traspasa las vestiduras. Si grito provocaré un escándalo. Me echarán la culpa. La incitadora era ella, la ofrecida era ella. Se sintió perdida.

La puerta, tabla de salvación, se abrió.

—¡Maestro! —tartamudearon al mismo tiempo. El profesor los revisó: no estaban muy cerca, tampoco en una situación comprometida.

—Buenas tardes. Si me hacen el favor, borren el pizarrón. Mi clase empieza en diez minutos.

Teresita obedeció. Las manos le temblaban. ¡Tan sofisticada

que te creías! Muy inteligente, capaz de engañar a todos. Raúl me delatará, seguro me expulsan. Se equivocó; los días prosiguieron al ritmo benigno de una institución de enseñanza.

Cuando dejó de acosarlos, dos o tres le invitaron una Coca. A la semana, rectificaron estrategias. Con la vulgaridad del novato, quisieron cobrarse los refrescos y, como ella les paró las manos... ¡Ni siquiera me saludan! La vanidad de Tere quedó por los suelos.

Meses después, durante el recreo, Margo se sentó junto a MT. Creyéndose experta porque tenía novio y estaba por graduarse, la regañó desde su altura:

—Amiga, no das pie con bola. Te has hecho de pésima fama y, si los chismes llegan a la dirección, te fregaste.

A Teresita se le atragantó la papa frita que masticaba. Ante ese ataque inesperado no atinó a defenderse. Tierra trágame, pidió varias veces, mientras tosía.

—Mira, si te expulsan, perdemos todas. Ya nos consideran unas callejeras por el simple hecho de estudiar con hombres, imagínate si por tu culpa lo comprueban. La maestra (y nosotras nos recibiremos de maestras) es el modelo de sus alumnos; por lo tanto, debe tener una moral impecable. Solo así conseguiremos trabajo.

—¿Qué te contaron?

Ni siquiera lo suavizó:

—Que besuqueas a quien atrapas.

Terriblemente humillada, intentó escapar. Saldría de aquel maldito patio, de esa institución retrógrada, y nunca volvería. Margo la detuvo. En un alarde de generosidad, suspiró:

—Si yo tuviera tu cara, el mundo me vendría chico.

MT la contempló a través de su bochorno, de esa ardiente mortificación que le quemaba las mejillas.

—No necesitas ser un genio como Madame Curie para manejar a los muchachos. Sigue las reglas: dosifícate.

—¿Dosifi…?

—Igual que una medicina: a cuentagotas. ¿Un beso? Hasta que te declaren amor eterno. Así pesqué al Cerebrito.

Mensa. Teresita se consideró una verdadera mensa. ¡Abro la puerta de par en par y hasta empujo para que la manada entera pase!

—Por otra parte, la Normal no es ideal para el romance. Los maestros, con familia, canas y panza, rara vez arriesgan el puesto. Para un acostón, mejor escogen a una mesera, sirvienta o secretaria solterona.

—¿Por qué me previenes? Ni siquiera estamos en la misma clase.

—Una prima actuaba igual que tú y le fue de perros. No quiero que el caso se repita. —La veterana cambió su tono pedagógico por uno menos pedante—. A los compañeros les encantaría hacerte el favor, pero las consecuencias los agarrotan. Un bebé acaba con los estudios y los sueños de cualquiera y, si eres mujer, ni te digo. —Se levantó, contenta de haber cumplido con su deber—. No metas la pata.

—Gracias, Margo.

También le agradeció que no inmiscuyera a Dios en la plática. Ya bastante tenía con esperar un castigo desde hacía meses. Sin embargo, a pesar de su «conducta reprensible»… Sigo fresca cual lechuga. Quizá Dios está demasiado ocupado. Con esa burla perdió el miedo. Entonces, ¿para qué se confesaba? Pospuso tal obligación hasta Pascua y, cuando se hincó ante el sacerdote, disfrazó la gravedad de sus coqueteos. Prometió enmienda, cumplió la penitencia y... se sintió libre para experimentar de nuevo.

Todavía me confieso por costumbre, admite María Teresa, echada sobre el camastro, su posición habitual. De chica, le rezaba al ángel de la guardia. Ofrecía sacrificios: rechazaba el postre, metía piedrecitas en el zapato, me picaba los brazos con espinas. Aquello duró mientras fui niña modelo; al crecer, poco a poco consideré la religión un montón de supersticiones y los consejos de las monjas puro disparate. Mi fe se redujo a hacer peticiones ante la desgracia... Hace cuatro meses me ocurrió una desgracia. Estoy, nada menos que en la cárcel. Entonces, ¿qué espero para humillarme ante Dios?

Las campanas llaman a misa de seis. Visualizo el Zócalo, la catedral y los fieles que acuden para orar con Dios. Empiezo un Ave María y me quedo a la mitad. Desde que me casé olvidé los rezos y, ahora que necesito encomendarme a la Virgen, no me oirá. Mejor ni me esfuerzo. El único refugio a este tiempo estancado, a estas horas que no pasan, son los recuerdos.

Durante las horas libres, entre clase y clase, «Los Intelectuales» iban al estanquillo. Siempre al mismo porque fiaban y nadie sabía quién pagaba más o quién menos: todo era de todos. MT no resistió la tentación: empezó a rondarlos. Aquella mañana abordaron su tema predilecto: la política.

—Lo averigüé en la hemeroteca: el papa excomulgó a Manuel Aguas.

Parada frente al mostrador, Tere se volvió:

—¿Quién es? ¿Por qué lo excomulgaron? —El círculo se amplió, incluyéndola.

—Un fraile dominico que se convirtió al protestantismo en pleno siglo XIX.

—¡Qué huevos! —dijo el Cerebrito, Manolo González.

—La noticia sale en El Monitor, en 1871. Lo tachan de sacrílego, cismático, inmoral, hereje. Lo mismo que a Calles.

—Al apelar a las Leyes de Reforma y conseguir que el gobierno aceptara la Iglesia Mexicana de Jesús, ese tal Manuel Aguas puso el tapete para que Plutarco separara el clero local del Vaticano.

—Ya, Cerebro, no nos apantalles.

Siempre pensó que sus compañeros no hilaban ni dos palabras; ella era la única brillante. ¡Mentira! Su ignorancia la apabullaba. No basta cierta educación, debo participar en la vida pública. Débora, las vecinas, quizá muchos hombres, se desconectaban de los problemas sociales hasta que les caían encima. Cierto, mis papás me aislaron, pero yo lo acepté.

—El movimiento cismático crece, aun en este país, tan católico —opinó Margo Espronceda, acercándose a su novio. Él le pasó el brazo por la cintura y a MT se le hizo agua la boca. ¡Un novio! ¡Qué envidia!—. Joaquín Pérez Buda, el mero mero, como quien dice el papa mexicano, también excomulgado, ya tiene a su cargo seis nuevas parroquias, más trece sacerdotes recién investidos. Ojalá no sean tan recalcitrantes como los que conocemos.

—Oigan, mi familia es católica y yo también. Si van a hablar mal de la Iglesia, me voy. —El muchacho recogió sus libros. Hubo un silencio molesto antes de las protestas.

—Cálmate, Alacrán. Se puede discutir sin que haya pleito.

—¿Apoyas la disidencia, cerebro?

—Apoyo que se desconozca al papa. El diezmo se quedará en México y las ceremonias serán gratuitas. ¿Pagar por un casamiento? Mejor nos arrejuntamos, Margo.

—Eso quisieras. Yo salgo de blanco de mi casa.

—¿Y el bautizo? Se supone que abre las puertas del cielo a los recién nacidos. Entonces, ¿a quienes no pagan por el agua bendita los condenan al limbo? Están locos.

—Al contrario. Cobrando por los entierros y recibiendo herencias, los curitas se apropiaron de medio país.

—Juárez los puso en su sitio.

—Ni creas. Han recuperado su poder con creces.

Los demás hablaron al mismo tiempo:

—Me gusta que usen el español en la misa. Así entendemos algo.

—¿A poco no sabes latín? Ora pro nobis, amen.

—Quo Vadis, qui húbole.

—Qui qui riquí.

—Si los sacerdotes se casan habrá menos sobrinas y ahijados en las parroquias.

—¿Por qué habrá menos?

—No te hagas mensa, MT. Son las amantes de los párrocos.

La sonrojó su ingenuidad. Cualquiera hubiera sospechado algo turbio; en cambio yo… en la baba. Qué friega me pusieron mis papás. Me mantuvieron en un capullo y ahora parezco retrasada mental. Voy a leer, devoraré libros para ponerme al parejo.

—Clausurarán las celebraciones religiosas.

—Provocarán una guerra civil. Hay mucho descontento.

—Hablas como mi mamá: tacha a Calles de satánico y desde ayer lo condenó al infierno. Si hubiera algo peor, ahí lo refundía.

—Plutarco tiene ideas demasiado radicales. La gente las rechaza por miedo.

—Más bien por fanatismo.

—¡Ay, sí, tú! El muy ateo.

—La religión es el opio de los pueblos.

—¡Comunista! Vete a Rusia, manito.

—¿El progreso se impone con pistola? Nuestro presidente es un sanguinario. Mejor una tradición milenaria a una herejía.

—Tranquilos, cuates. A pesar, o quizá por estos desacuerdos, somos amigos. Esto prueba que entre intelectuales, como nosotros, las diferencias amplían el criterio. Mis padres ni siquiera discuten estos temas. Pagan el diezmo, cumplen con los mandamientos y punto final. —El Cerebrito prolongó la pausa—. Yo quiero hacer algo que a nadie se le haya ocurrido.

Hubo silbidos y gritos, ridiculizando al que admiraban. Yo quiero lo mismo, pensó MT. Ambicionaba, de una manera vaga, romper las normas para respirar a sus anchas.

No fue el único debate. A medida que transcurrían los meses, la política invadió las aulas. El 21 de junio de 1926, el presidente modificó el Código Penal e instauró la Ley Calles.

—¡Ah, caray! El Turco no se anda por las ramas. Dizque respeta la tolerancia de culto, pero, bajita la mano, le quita influencia al clero reduciendo el número de sacerdotes. También restringirá la libertad de los católicos. Al menos eso opina un primo mío, que es cura. Durante la comida del domingo hubo un debate en mi casa. Duró horas y casi termina a golpes.

—¿Tú qué opinas, Tere? —preguntó Margo.

—Mi papá me prohíbe leer el periódico. —Al formularlo en voz alta, lo juzgó todavía más humillante—. Pero aunque yo tuviera una opinión hecha y derecha, nadie la tomaría en cuenta. Cuando nos den el derecho al voto, diré qué pienso.

—Aprobado —la felicitó el Alacrán—. Calladitas se ven más bonitas.

—Reaccionario —lo insultó Margo.

—Retrógrada —añadió MT.

—Compañeras, abran los ojos. Ni aquí ni en China ocurren milagros. Hay que sudar la gota gorda para conseguir algo. ¿Quieren que les reconozcan sus derechos? Organicen protestas, grupos, marchas.

—Sueñas, Cerebro.

—Arriésguense. No solo estiren la mano y mendiguen.

Un mes después, los acontecimientos cimbraron a los estudiantes. A todas horas desmenuzaban las noticias que salían en los diarios.

—La libertad de pensamiento peligra. —Al igual que sus padres y la gran mayoría de la población, se sentían amenazados.

—Los obispos anunciaron la suspensión de culto a partir del 31 de julio.

—¡Qué horror!

—El clero jamás solicitará permiso para oficiar o para que los seminaristas profesen. Además, la Santa Sede seguirá prohibiendo que los sacerdotes se casen, como exige el gobierno.

—El papa apoya esta resistencia. Debió morirse de risa oyendo tales disparates.

—Se reirá menos si cierran los conventos y encarcelan a quienes lleven hábito en la vía pública.

—La gente planea un boicot contra Calles: nadie pagará impuestos. Hasta donde sea posible, disminuiremos el consumo de gasolina y la compra de productos comercializados por las autoridades.

—Me parece pésimo. Dañando la economía nacional, perdemos todos.

—Además, el presidente tampoco se quedará con los brazos cruzados. Si encarcela a los organizadores, habrá un levantamiento.

—¿Ves el futuro, Cerebrito?

—Oigo a los que saben y no me gusta nada. Si el fanatismo domina, estalla lo peor.

—Excelente frase, cabrón. Y no nos acaloremos porque nos vamos a derretir.

Hacía calor, hasta la lluvia era tibia ese mes de julio... hoy estamos en diciembre, dos años y medio después. El frío atraviesa la suela de mis zapatos. Pescaré un catarro y estornudaré frente a los testigos. Una imagen poco atractiva. El abogado quiere que ascienda a musa, muy por encima de vulgaridades: mocos, mal olor. ¿Cuánto durará el juicio? ¿Me permitirán ir al baño? Debo escoger el momento adecuado. Si me levanto antes de tiempo, interrumpiré un discurso importante; si tardo demasiado, me orinaré. Como cuando era chica. Claro que no. Desde luego que no. Ya superé esa etapa. De niña mojé la cama hasta los siete, ocho años. Alisaba la colcha para que mamá no se diera cuenta. En algún momento dejó de golpearme, pero era peor si guardaba silencio apretando los labios.

Me portaré como quién soy: la Señorita México, representante de la belleza mexicana. Aun si recibo cadena perpetua, conservaré mi dignidad... Perpetuidad significa siempre. En algún momento cesarán tantas consideraciones. Entonces, ¿me violarán? Peores cosas pasan en las cárceles y eso que estamos en 1929.

1927 carecía del optimismo con que se abre un nuevo ciclo. Cuando volvieron a clases, en enero, se había desatado la guerra civil. No bastaban los dos millones de muertos durante la Revolución; había que seguir matando, esta vez por Cristo Rey. De boca en boca se comentaban supuestos, predicciones y crímenes. La Liga Nacional para la Defensa de las Libertades Religiosas exigía reformas a los artículos 3°, 5°, 27° y 130° de la Constitución. Muchos pronosticaban que esa medida beneficiaría a la Iglesia.

—Hay que ponerle un alto a los ateos que pretenden mangonearnos —resumió Goyo Sánchez, llamando la atención de sus condiscípulos, pues casi nunca participaba en las discusiones—. Los cristeros hacen acopio de armas, aunque los campesinos están dispuestos a luchar con palos. Y tienen razón, Dios los protegerá.

Cada día ese muchacho comentaba las noticias con una pasión ajena a su temperamento, pero muy acorde con su fe.

—Los soldados cometen atrocidades: a los sacerdotes les cortan las orejas y a los civiles las plantas de los pies.

—Pues los cristeros, de mucho golpe de pecho, no se quedan atrás.

—Yo creo —intervino Margo—, que el gobierno no tomó en cuenta el heroísmo de los creyentes, dispuestos a perder la vida con tal de conservar los derechos de los católicos. Son muy listos. Consiguen adeptos por montones porque eligieron símbolos que resuenan profundamente en nuestra alma. ¿Quién no se conmueve ante el estandarte de la Virgen de Guadalupe? La rebelión se extiende por Jalisco...

—Tierra de mochos.

—...Zacatecas, Guanajuato, Michoacán. Pronto abarcará el país entero. Según dicen, hay doce mil cristeros en pie de guerra y cada día se les unen más campesinos.

Por un momento guardaron silencio, calibrando la masacre que se avecinaba. MT hubiera dado un ojo por comentar algo interesante, pero la amedrentaba el ridículo. En un tono triste, Oswaldo Mora, dijo:

—El gobierno hará picadillo a los mochos. Su dizque ejército lo forman peones y rancheros que nunca han tenido un arma en las manos, ni entrenamiento ni idea sobre estrategias militares ni...

—Mejor cállate. Hay veteranos de la Revolución entre los cristeros y nosotros, los ricos de las ciudades, nos encargaremos de la organización, propaganda y aprovisionamiento. La fe es un arma invencible; no necesita de entrenamientos o estrategias. Vamos viendo, ¿de qué lado estás? —Sin aguardar respuesta, Sánchez anunció—: Yo estoy por Cristo. Daría la vida por Su causa. Apenas termine el semestre, me apunto en Sus filas.

Tere abrió la boca, atónita. La fe, que tanto pregonaba su compañero, le parecía un disfraz del fanatismo:

—Puede costarte caro, Goyo: un ojo, un brazo, una bala en el pecho... No te sientas superhombre.

—Lucharé por mis creencias. Mi padre ya puso el ejemplo.

—Si lo matan, dejará a tu mamá y a tus hermanos en la miseria —opinó MT.

—Con la tranquilidad de haberse ganado el Cielo. ¡Viva Cristo Rey!

Lo miraron incrédulos.

—Yo que tú lo pensaría dos veces.

—No trates de disuadirme, Teresa. Revisa tu conciencia y alístate en las Brigadas Femeninas. Admiro a las guerrilleras. Nada les da miedo: llevan mensajes, compran armas, curan enfermos. Demuestran que las faldas valen tanto como los pantalones. —La midió, altivo—. ¿Suspiras por un movimiento feminista? Pues aquí está: hecho a la medida.

Varios se rieron, con una risita nerviosa.

A fin de mes, Gregorio Sánchez partió para Guadalajara.

Nunca supe si Goyo, el cristero de dieciséis años, vive, está enterrado en una fosa común, a medio llano o en Guadalajara. Quizá descanse bajo una cruz. Murió por Dios. ¿Sientes satisfacción cuando matas al vecino, al rival, al compañero, porque tiene ideas diferentes a las tuyas? Moisés, ¿qué sentí al dispararte? Por un momento, uno solo, el orgullo endemoniado de la venganza. Defendí mis derechos: tu amor para mí sola. Mío. Sin divisiones o componendas. Dios es amor y yo disparé por amor; ¿el jurado me considerará inocente?

¿Te acuerdas, Chabe? Me contabas cuentos de muertos y aparecidos. Hasta que mi mamá te corrió... Todavía oigo tus susurros entre las sombras. ¿Un asesinato cambia a quien lo comete? ¡Era tan joven, tan idiota! Vivía ajena a lo que me rodeaba. Pensé que estudiando progresaría. Mentira. Todo ha sido una larga mentira.

No aguanto más.

—¡Abran la puerta! ¡Abran! —El eco rebota en el pasillo. La carcelera bosteza al acercarse.

—¿Qué se le ofrece?

¿Por qué me avergüenzo? Me importa lo que piensen. Tranquila, ellos también cagan. Para estar por encima de las necesidades físicas, a semejanza de las santas, espero un minuto más.

—Necesito ir al baño.

—¿Otra vez? Debe tener diarrea.

Recorremos el pasillo hasta a los excusados. Cierro la puerta. Al menos me permiten cierta privacidad. Cambio mi toalla sanitaria, mientras maldigo la menstruación. La limpieza es imposible en la cárcel.

De regreso a la celda, me siento justo en ese triángulo que ilumina la luz exterior. Hace frío. Pronto, demasiado pronto, necesitaré orinar. Sin razón válida encendiendo el foco que cuelga del techo. Debería terminar la novela, pero no entendería lo que leo. Mejor me maquillo o nunca estaré lista.

MT pasaba muchas horas en la biblioteca pública leyendo novelas. Empezó por las autoras inglesas; Jane Austen le abrió los ojos a la conveniencia de efectuar un buen matrimonio y las hermanas Brontë aumentaron su sed de amor. Para vengarse de la censura impuesta por el cura, escogía temas «impropios». Luego memorizaba algunos datos. Armada con esa información, ganaba las discusiones, donde los muchachos se jugaban el orgullo de quién tenía la última palabra.

Ese año hubo dos noviazgos serios en la Normal. Muy mal vistos. A los papás les daba pavor que la hija formalizara una relación que tardaría años en llegar al matrimonio. Mientras, la chica debía ser fiel al novio desperdiciando, quizá, mejores oportunidades. Al muchacho no le iba tan mal. Ejercía sus derechos, como si ya estuviera casado: qué vestido se ponía, cómo se peinaba, si ese domingo salía con ella o con los amigos y «la presunta» lo esperaba en casa, etc. pero no todo era miel sobre hojuelas. Él cargaba con la responsabilidad de cumplir su palabra: me caso contigo, porque ya había hecho perder cinco o seis años a la noviecita crédula.

Yo nunca experimenté semejantes angustias, pero tampoco tuve novio. Quería uno para presumir. Me quedé con las ganas. Los posibles candidatos (vecinos, primos lejanos, algunos clientes de mi papá) pensaban que un diploma solo servía para que la mujer se considerara igual al hombre y no querían problemas.

Tengo un grave problema. Solo ha pasado media hora y ya quiero ir al baño. ¿Qué tal si pesqué una enfermedad de esas que nadie menciona?

Los estudiantes aprovechaban los descansos entre clases para ir al baño y hablar de política. Ese 26 de julio de 1927 una noticia rompió la frágil tranquilidad social.

—Obregón declaró sus intenciones: la reelección.

—¿Pues no que muy revolucionario? ¿A poco ya olvidó el sufragio efectivo?

—Quien lo tiene muy presente es Francisco Serrano. No solo se volteó contra su antiguo jefe; apoya el movimiento antirreeleccionista.

MT dejó escapar su admiración:

—¿Cómo saben tanto?

—Leemos los periódicos.

—De una prensa comprada.

—Te equivocas, queridita. Rodrigo del Llano, el director de Excélsior, se opone al gobierno. Es un tipazo con muchos huevos. —Midió a su condiscípula de arriba a abajo—. Claro, a ti te importa un cacahuate. Tú y las mentadas feministas quieren que les pongan todo en las manos. Hablan de liberación, igualdad de derechos, y otras tarugadas, pero no mueven un dedo.

¡Dale con lo mismo!, refunfuñó furiosa, Yo haré algo. No sé qué, pero algo.

La situación cambiaba día a día: el 13 de noviembre hubo un atentado en el Bosque de Chapultepec.

—¡Para escribir una novela, cuates! En medio de disparos, Luis Segura Vilchis, Juan Tirado y Hahún Lamberto Ruíz, lanzaron bombas caseras contra el vehículo de Obregón.

—Quién le manda aspirar por segunda vez a la presidencia.

—Iba a una corrida de toros, muy quitado de la pena. Nunca pensó que salvaría el pellejo gracias a unos explosivos defectuosos y la mala puntería de sus atacantes.

—Vivimos en una nación de bárbaros, donde nadie respeta la ley ni los derechos de los ciudadanos.

—Si no te gusta, el mundo es muy ancho. Asílate en cualquier país.

Ernesto Cervantes se paseó por el salón de clases. Fingía indignación porque su padre había sido un comecuras; pero en realidad no estaba muy seguro de sus sentimientos. Ir a contracorriente le parecía una empresa demasiado difícil.

—Las ejecuciones extrajudiciales provocan resentimiento y pánico. La gente las considera una prueba de que el Turco aplastará a quienes se salgan del carril.

—Estamos al borde de una masacre.

Un breve silencio confirmó esas palabras.

—Calles reprueba el fusilamiento ilegal —reanudó el Cerebrito, intentando ser imparcial.

—Pues no lo ha hecho público. Debería apretarse los huevos y hablar ante la gente. De lo contrario, los rumores seguirán.

Y siguieron, aun cuando los cursos se reanudaron en enero. La sangre derramada por los cristeros atizaba la fe. Débora ofrecía rosarios a la Virgen, mientras chismes y oraciones hervían en conventos, plazas, hogares católicos, mercados... Aun los incrédulos rogaban por dos cosas. Primera: que alguien acabara con el presidente electo, quien, aplastando los principios revolucionarios, tomaría el poder; segunda: que regresara la tranquilidad.

¿Tranquilidad? Desconozco esa palabra. A Moisés lo intrigaba mi fecha de nacimiento; según él, evidencia de una vida caótica y violenta. Naciste en 1910, un mes antes de que se iniciara la Revolución, como si Máximo y Aquiles Serdán te hubieran estado esperando para derramar su sangre en Puebla. Aquellos comentarios me entraban por una oreja y salían por la otra hasta que me di cuenta: ¡sangre! Los asesinaron con pistola. Como yo a ti.

A quemarropa, la bala produce un orificio en forma de estrella; puede ser del mismo tamaño, mayor o menor que el proyectil, dependiendo de la elasticidad del pellejo. Yo estaba de pie y tú sentado. ¿Por qué no te levantaste? Frente a frente no me hubiera atrevido... pero tu pistola sobre la mesa facilitó la tragedia.

De niña escuché nombres siniestros: Gustavo Madero, Francisco Madero. Destilaban sangre... la sangre cubría el país, mojando los rieles de los ferrocarriles, regando los maizales. Dos millones de muertos, pero yo todavía ignoraba que aumentaría aquel número disparando una pistola. La tuya.

Durante unos segundos adivinaste tu destino. Teresa, baja esa arma. Te iba a matar como tú mataste a tantos, sin pensarlo dos veces. ¡Te lo pido, te lo ordeno, baja esa pistola! ¿Sentiste los seis proyectiles atravesando tus órganos vitales, cercenando el corazón? ¿Sufrías cada impacto o el dolor solo lacera al principio, con el primer tiro?

Nadie puede predecir la trayectoria de una bala: a veces pega contra las costillas. Este obstáculo frena su salida. Entonces, el cadáver hospeda a un intruso, el casquillo que ya forma parte de su cuerpo. Ahí, entre tus huesos, permanece oculto para acusarme: asesina.

No lloré. ¿Podré llorar algún día? Tampoco te enterré. ¿Visitaré tu tumba... algún día?

A fin de curso, obtuve un Magna Cum Laude y mamá se encargó de echarme a perder el día. Lloró cuando recibí el diploma, incluso durante la recepción.

—Actúas como si fuera un milagro que me saque un premio.

—Perdón, ¡me emocioné tanto!

—Las demás también y no chillan. —Rencorosa, desvié la

conversación hacia un tema más importante—. Pensé que te acompañaría mi papá.

—Se descompuso un refrigerador en el negocio y…

—Buena excusa.

—Eres injusta. Está muy orgulloso de ti.

—Está contento porque no pagará más colegiaturas. ¡Es un agarrado! Por milésima vez necesito su apoyo… ¡que esté conmigo, que me apoye! ¡Y me falla, como siempre! Mira a tu alrededor: todas mis compañeras tienen a su papá al lado. —A duras penas controlé mi rabia—. Me despediré de Los Intelectuales.

Débora asintió. No obstante aquellas recriminaciones, la alegría la desbordaba. ¡Hasta siento palpitaciones!, dijo y, disimuladamente, se limpió una última lagrimita. MT hubiera preferido que tanta emoción pasara inadvertida, pero los maestros rodearon a su santa madre. La prefecta hizo uso de la palabra:

—La felicitamos por el desempeño de su hija. La generación 1928 nos provoca una enorme satisfacción: aumentó el número de las graduadas. No sabe lo difícil que es acabar con los prejuicios, sobre todo en un México machista; pero María Teresa sin duda destacará.

Ese comentario dejó a Débora temblando de ansiedad y de orgullo. ¿Qué le deparará el destino a mi Tere? Sus elucubraciones duraron hasta los muchachos dijeron adiós jurándose amistad eterna. Al abrazar a cada miembro del grupo, el Cerebrito agregó:

—Llámame si me necesitas.

Ya en casa, Tere puso el diploma sobre el escritorio, entre cuentas y periódicos. Luego esperó.

Rafael llegó cansado, harto de resolver problemas, y ni

siquiera parpadeó ante el título que representaba la constancia e inteligencia de su primogénita.

—Pagué para que te conviertas en una... una sabionda. —La amargura le llenaba la boca—. Yo apenas terminé la secundaria. Seguro acabarás despreciándonos.

—Al contrario, gordito, aprecia tu generosidad. Teresita no se quedará como yo, con los brazos cruzados, sintiéndose una inútil, mientras el hombre de la casa pierde la salud en el trabajo y se mata por su familia. Cuánto hubiera deseado caminar contigo, hombro con hombro, para sacar adelante a nuestra hija, dándole lo que nosotros no tuvimos. Gracias a Dios y a tu esfuerzo, lo conseguiste tú solo.

El discurso sonaba tan bien que hasta Teresita se conmovió. Tras carraspear, el comerciante fijó los ojos en el diploma.

—Magna Cum Laude. ¿Significa...?

—Sobresaliente, destacado.

—¡Vaya, vaya! Heredaste mi inteligencia —se vanaglorió, recordándole que no todo el mérito era de ella.

—Durante la ceremonia, los profesores alabaron a Tere por su dedicación a los estudios.

Rafael aparentó cierto agrado. En realidad lo invadía un enorme alivio: la chica, entre salvajes y herejes, había conservado su pureza y aquel desembolso al fin terminaba.

—Colgaremos el diploma en la pared y luego, ¿qué harás?

—La universidad...

—¡Ni se te ocurra! Si necesitas diversiones, consigue trabajo en una escuela de monjas.

—De veras, papá. El convento se te está convirtiendo en obsesión. Dime la verdad, ¿nunca quisiste tomar el velo y profesar de monja?

Sus padres le contemplaron con la boca abierta.

—¡Irrespetuosa!

El pater familias, volviéndose, acusó a su mujer:

—¡Aquí tienes las consecuencias de tanto estudio, Débora!

—Y, como en el teatro, salió dando un portazo.

La aludida se mordió las uñas. Después, interpeló a la causante de tantas desavenencias:

—Hija, ¿no podrías...?

Y recibió la contestación habitual:

—¡No! ¡No puedo, ni quiero!

La asesina se muerde las uñas. ¡No puedo dejar de hacerlo! Al arrancarse el pellejo, una diminuta gota de sangre la estremece. Gritó. ¿Grité? Apenas distingue sus zapatos. Se inclina, como si reconociera un objeto extraño y, al verlos de cerca, se tapa la boca. No, no están cubiertos de sangre. Mis pantuflas tenían encajes azules, para que hicieran juego con el camisón. Alza la vista. Tampoco acabo de matarlo. Estoy en la cárcel. ¡Gracias a Dios! Aquí no entras, Moisés.

¿Me oyó el guardia, reportará mi grito? «La Miss grita todo el tiempo, jefe». Señorita, por favor, llámeme Señorita México. «Pos grita como si la atacaran. A uno se le erizan los pelos. ¿Señorita? Ni de soltera».

A mí nadie puede reprocharme nada. Mi marido no hizo ninguna reclamación y papá suspiró de alivio. Seguro creía que, en Estados Unidos, durante esos meses sin vigilancia, había perdido «lo más preciado». ¡Ay, cuántos problemas dan las hijas!

María Teresa esconde la mano bajo la almohada. Lo que aquí consideran una almohada. ¡Puercos, ni para apoyar la cabeza! ¿Y si la sangre escurre hasta el suelo? Es una gota, una gotita, dos gotitas... Seis veces. Disparé seis veces... a quemarropa. Tanta sangre, como si el cuerpo nunca acabara de vaciarse.

Al estirar el brazo derrama el vaso y el agua gotea, ¿roja?, mojando el suelo.

Rafael dobló el periódico y con ese movimiento brusco derramó el café mojando el suelo. Aquella insignificancia presagiaba un mal día. Apresuradamente agarró su sombrero: la oficina le parecía un remanso en comparación con su hogar.

—Hoy regreso a las dos. Ten la comida lista. —Su despotismo le devolvía la virilidad. Se dirigió hacia la puerta enderezando los hombros.

Cuando estuvo segura de que ni un suspiro la delataría, Débora exclamó: Lo primero que debe salir de la casa es el marido y la basura. Esa broma la ayudaba a considerarse menos servil.

En la cocina, dispuesta a preparar albóndigas, evocó la relación sexual de la noche anterior. Sus manos amasaron la carne molida, mientras sentía ese asalto bajo la piel, como un allanamiento. Rafael pidió perdón por centésima vez, reconstruyó su noviazgo, los buenos momentos y ella... cedió. Temía que el arrepentimiento se esfumara si se mostraba esquiva. El sacerdote se lo advirtió: demasiada rigidez mata la armonía íntima, y aunque aquella frialdad había durado años, todo tiene un límite. ¿Quiero mantenerlo contento? Cedo... a todo. Cuando el deseo, tan golpeado, revive, cuando el rencor se agacha, como un perro contra el suelo, es posible el perdón. Ayer... ¿en verdad lo perdoné?

—Hija, pica los jitomates mientras me baño.

Tere se hizo la desentendida. Huyendo de cacerolas y sartenes, subió al segundo piso. Al pasar frente a la habitación de sus padres, se detuvo. Este cuarto me choca, se me atora en la garganta. Una Inmaculada bendecía el lecho conyugal; desde su rincón, el Sagrado Corazón vigilaba. Veladoras… Lo apuesto: una llamita encenderá las cortinas y, seguro, nos achicharramos.

Miró las imágenes. Ante semejantes testigos, la lujuria desaparecía. Imaginó las desabridas cópulas. No me asombraría que mis papás usaran la sábana con un hoyo al centro. De repente, su ironía se congeló: Mamá ¿alguna vez habrá tenido un orgasmo? Ni modo de preguntarle; la pasmo del susto. ¿Por qué pienso en esto continuamente? Porque está prohibido, porque quiero saber: porque deseo que alguien me ame. Debo ser anormal. Solo a mí me inquieta el sexo. Las demás viven como si «aquello» no existiera.

Hasta entonces comprendió las palabras que leyó en un viejo libro de oraciones: No es por vicio, ni por fornicio, sino para dar un hijo a tu servicio. La única justificación del matrimonio era la reproducción. ¿Y qué? Si ese era el precio, tendría un bebé. Se moría por estar enamorada, por perderse en unos labios expertos que la hicieran conocer el cielo. Le urgía… Al menos un novio que me invite un barquillo o al cine. En la penumbra de la sala casi vacía o con parejas ocupadas en sus propias barbaridades, imitarían lo que pasaba en la pantalla: un beso era el boleto al paraíso.

¿Permitiría algo más? Nada. Nunca. Llegaría al altar vestida de blanco, con velo y azahares. Conozco casos en que el flamante esposo devuelve a la novia como mercancía defectuosa, pero a mí no, a mí ningún hombre me hará eso. Compadeció a su madre. Sin duda carecía de… Tere se esforzó por definirlo: alegría, complicidad… Mis papás son aburridísimos, quizá por eso se aguantan.

Teresita entró al baño invadido de un vapor oloroso a champú. Le gustaba la tina color crema, donde se remojaba durante horas, aun si tocaban a la puerta: Apúrate, Tere. No había mayores especificaciones. Ninguno de los Landa admitía que utilizaría el excusado. Era demasiado vulgar, una afrenta al refinamiento.

La intrigaba el bidet. Le costó trabajo deducir su uso, pues la única vez que indagó al respecto, Débora se sonrojó y cambió la plática. La porcelana estaba húmeda. Inmediatamente lo relacionó con los jadeos de la noche anterior. Aquellos resuellos, semejantes a gemidos, la llevaron a otra noche, ya lejana, rota por relámpagos y truenos. Apoyada contra la puerta, recordó una escena borrosa y el nombre de la criada: Chabela.

¿Qué pasaría si trato abiertamente el tema? Ya crecí… ¡Quiero saber! Las vecinas y mamá salpican sus chismes con eufemismos: «a ésta se le quemaban las habas, ésa se comió la torta antes de tiempo, don Periquito hacía de chivo los tamales a su esposa, Menganito tuvo un infarto en una casa non santa porque se le pasaron las cucharadas». Alzó los hombros: Necesito un libro de cocina para entenderlas.

Espió antes de salir al vestíbulo. Nadie. Entonces inspeccionó el escritorio donde Rafael llevaba la contabilidad de su empresa. Los objetos conservaban una alineación inmutable. Nadie movía un lápiz, so pena de provocar una catástrofe: la furia paterna. Demasiado orden. En esta casa me siento incómoda; sobro.

Atravesó su recámara, salió al balcón. Al menos aquí respiro aire puro. Su fastidio aumentaba cuando sonó el teléfono. No sucedía con frecuencia, así que bajó las escaleras en cuatro zancadas. Su madre tenía la bocina en la mano y, por su expresión, Tere conjeturó algo terrible.

—Tu abuela sufrió un síncope. Todavía no abre los ojos. Date prisa, vas a acompañarme. —Igual que una gallina atolondrada, Débora revoloteaba buscando un chal y, al ver a la hija inmóvil, gritó—: ¡Despierta!

—¿Qué abuela?

—Después te explico.

Teresita se abrochó el suéter de modo que resaltaran sus pechos. Su madre la habría regañado, pero esa mañana estaba demasiado nerviosa.

—¿Tengo una abuela?

—Camina. ¡Es urgente!

En la calle, la niña partió plaza entre los caballeros que se levantaban el sombrero, humilde tributo a su belleza. Al cabo de varias cuadras llegaron a su destino. La anciana, tirada sobre el tapete de la salita, seguía inconsciente. Un médico la revisaba, mientras la criada le humedecía las sienes. Al terminar, el doctor diagnosticó:

—Quedará inválida. Acaso recuperará algunos movimientos... Nada le aseguro, señora. Su mamacita deberá seguir una dieta blanda y necesitará que alguien la atienda mañana y noche. Una persona serena, paciente, que administre medicinas, limpieza, masajes, la cambie de posición y le ayude a ir al baño. —Sus pupilas se estacionaron en Teresita. Al fin preguntó—: ¿Tienen quién las ayude o les recomiendo una enfermera?

—Mi hija se hará cargo.

—¡Ay, no!

—¡Ay, sí! Aunque te pese, me ayudarás.

—No puedo. Tú misma me tachas de inútil. Tengo clases a las que no puedo faltar.

—¡Por necia! Tu papá te prohibió inscribirte en Odontología. Solo por llevarle la contra, vas a la universidad.

—Te equivocas. Me gusta mi carrera, sobre todo fisiología y anatomía.

La enferma, de repente y sin que nadie lo esperara, agarró la mano de su nieta.

—¿Lo ves? Te escogió para que la cuides.

—Doctor, usted dijo que se quedaría paralítica —le reprochó Tere.

—En ocasiones, los pacientes hacen movimientos involuntarios, tics…

—¿Tics? Casi me tritura el brazo.

Asumiendo su papel de hija única, Débora ordenó:

—Entre todos cargaremos a mi madre y la acostaremos.

Tras ese ajetreo, la anciana cerró los ojos, exhausta.

—Teresa, ponle un camisón. Yo iré por las medicinas. —Dirigiéndose a la puerta, dio por terminada aquella consulta—. Lo acompaño a la calle, doctor. ¿A cuánto ascienden sus honorarios?

A solas, Tere revisó la habitación. Los muebles poseían una elegancia con reminiscencias europeas: pesados cortinajes, gasas polvorientas, alfombras donde gardenias y dalias mostraban pétalos opacos. Sobre una mesita, el juego de té. ¡Precioso! Imaginó a su abuela recibiendo amigas, quizá, admiradores. Durante un minuto entero estudió las facciones desgastadas. Le parecían familiares y en un instante, como si descorriera un velo, se reconoció. Así seré de vieja; su origen se escondía bajo aquellas arrugas.

—Ojalá te hubiera conocido antes. —Le arregló las canas, dóciles bajo sus dedos—. Hueles rico.

—Agua de rosas —musitó la anciana—, la destilo con hidrosol en un alambique.

—¡Hablas! Mejor quédate muda, abue. Ya me gustó cuidarte.

—Estos muchachitos, dizque médicos, ni siquiera saben dar un diagnóstico. Me tropecé y me di un sopetón, pero no tuve un infarto, ni cosa parecida.

—El muchachito tiene, por lo menos, veinticinco años.

—Una criatura. Pobrecito, está recién recibido y no rebuzna porque se le olvidó la tonada. O quizá inventó esa historia para que le paguemos las siguientes visitas.

—Mi mamá todo lo oculta. ¡Nunca supe que existías y, de repente, apareces!

—Rafael me cerró la puerta de su casa y Débora no tuvo faldas para defenderme. Soy una mala influencia para ti.

—¿A tu edad? —Su pregunta podía interpretarse como insulto, así que rectificó—. Quise decir... para entretenerte ya solo te queda el rosario y la misa.

—Las monjas la pusieron contra mí. Creí que, al entregarles a mi hija, me tendrían cierta compasión. Me equivoqué de cabo a rabo.

—Solo cumplieron con su obligación: amargarle la vida al que se deja —opinó Tere—. Y no te sientas culpable. Al principio las tales monjitas deslumbran. Yo las admiraba por escoger su propio camino y no depender de nadie. En la secundaria, mis maestras de historia y literatura eran muy cultas. Hubo un momento en que hasta entendí por qué Sor Juana se metió a las Jerónimas, pero luego me llevé un chasco. Todas, o todas las que conocí, tenían una manera horrible de considerar el cuerpo: la fuente del pecado.

—¡Uy, qué docta! —bromeó la anciana.

—Así nos enseñan a «palabrar» las monjas —reviró y, por un momento, se vieron de frente, compenetrándose.

—Eres muy bonita. —En Tere reconocía su herencia: los ojos sombríos, la tersa piel.

—Cuéntame por qué nos separaron, abue.

—Es una historia larga.

—Tenemos tiempo.

—Pues... estaba solita en el mundo y alguien debía vigilar a mi criatura mientras yo trabajaba. Me propuse darle la mejor educación y, contra viento y marea, lo logré. Deborita salió del convento y se casó, bien casada, con un hombre que vería por ella. Pasaron los años, naciste y rogué... —Dos lagrimones rodaron por sus mejillas—. Ni prestes atención; los viejos lloramos por cualquier cosa. Pues, qué te digo, rogué: dame permiso de ir a tu casa; amenacé, Dios te va a castigar; pedí perdón, déjame conocer a mi nieta. Débora seguía en sus cinco. Llama si necesitas algo, accedió, haciéndome el favor; pero soy de buena madera: ni un dolor, ni un mareo; no me enfermaba ni por casualidad. Hasta hoy. Ya ves, todo salió a pedir de boca: aquí estás y ellos creen que me voy a pelar gallo mañana o pasado.

—Tuviste suerte: nos hallaste en casa. Entonces, ¿no te pasa nada?

—Además del sopetón, nada. Seguiré vivita y coleando

hasta que termine de darte mal ejemplo. —Se rio—. Busca una bata o me resfriaré.

Tere abrió varios cajones. Todavía con las manos en las jaladeras, se quedó absorta, admirando corpiños de encaje, blusas transparentes, medias negras y unas pantaletas que, sin duda, engendraron suspiros. ¡Híjoles! Mi abuela debería cerrar esta cómoda con llave. Si alguien descubre esto la acusa con el cura. Tal idea la perturbó: la fragilidad de la vejez ante ojos extraños. Pisotearán sus recuerdos, todo un pasado.

—Ahora me tienes a mí, abue. —Le parecía increíble que de repente apareciera una abuela en su vida. Sin embargo, lo aceptaba como algo natural: el destino le debía la sabiduría y el cariño de esa anciana—. ¿Vas a hablar con los demás o solo conmigo?

—Tú te encargas del médico, que se conforme y no dé lata. Al padrecito le avisaremos hasta el final, para que me garantice la entrada al cielo.

Tere cogió un negligé y lo amoldó a su cuerpo. Luego posó ante el espejo, girando de aquí para allá.

—Me queda pintado, ¿verdad, abue? —Tras ponerse la escasa prenda, recordó lo urgente—: ¿Dónde guardas algo calientito? —Dentro del ropero encontró una bata con una mancha en la solapa—. La limpiaré y quedará perfecta.

—De paso, tráeme una taza de café.

—El médico te lo prohibió.

—A mi edad todo está prohibido, menos morirse. Ni prestes atención.

En la cocina, esperando a que el agua hirviera, Ifigenia la contempló embelesada:

—¡Ay, criatura! ¡Eres igualita a doña Asun! Yo casi tengo

su misma edad y hemos vivido juntas desde hace un titi-puchal de años. La recuerdo cuando era guapísima y traía a don Daniel arrastrando la cobija. —Puso un popote sobre la bandeja—. Para que no derrame el café sobre la ropa. Las manos le tiemblan. Siempre se anda ensuciando de comida, pero es muy orgullosa. Le molestaría que la consideremos una inútil.

Tere regresó a la recámara. A diferencia de la propia, le gustaba esa casa; al revés que con su madre, se encontraba a sus anchas con doña Asunción.

—Cuéntame tus secretos, abue. Te lo juro: soy pico de cera. —Sostuvo la taza y siguió hablando para que su ayuda pasara inadvertida—. ¿Tuviste muchos novios?

Una sonrisa distendió las arrugas.

—Saliste muy lista. Te heredé algo más que una cara boni-ta, ¿eh?

—Ojalá. —Se sentía tan en confianza que descubrió el se-creto que agriaba su vida—. Nunca me he identificado con mamá.

—Las monjas le inculcaron ideas muy raras. Como que la vida se volvió una carga, en vez de una alegría. Quizá la juz-gas con demasiada dureza. —Previendo una negativa, agre-gó—: Te enseñaré mis fotos. Están sobre el ropero.

Teresita se trepó sobre una silla y cogió el álbum cubierto de polvo. Al ver aquel tesoro, Asunción se entristeció.

—Nada de lágrimas, abue.

—Correcto. Vamos a resucitar tiempos mejores.

Muy juntas y apoyándose en la cabecera de la cama, Tere abrió el libraco... por poco se desmaya. Decididamente, esa mañana sobraban las sorpresas. Una foto, color sepia, mostraba a una joven de contornos sensuales disfrazada de piñata; para ser más exactos, piñata con forma de estrella. En la cabeza lucía tres picos, de los laterales colgaban listones que enmarcaban los brazos desnudos y los senos, apenas cubiertos por dos triángulos de lentejuelas. Pegados al calzoncillo había otros picos, también rematados en listones, que bajaban por las piernas igualmente desnudas. Zapatos dorados completaban ese atuendo deslumbrante. Al cabo de varios segundos de intensa concentración, Teresita dejó de fruncir el ceño, destrabó la mandíbula y musitó:

—¿Eres tú?

La respetable guiñó un ojo.

—¡Eres tú! —Fulminada por súbita inspiración, saltó del lecho y hurgó en varios cajones. Al abrir el último, halló los afeites—. ¿Lo creerías? Mi mamá solo usa bilé cuando se pone de pipa y guante. —Destapó los frasquitos; luego la polvera. Obviamente, estaba en su elemento—. ¿Te maquillo? Para que te parezcas a la foto.

—No pidas milagros.

Al cabo de quince minutos...

—Te ves igualita que de joven. —A continuación Tere se pintó los ojos, la boca... y, de repente, la adolescente se esfumó dando paso a un melocotón listo para comerse.

En ese momento entró Débora con una bolsa repleta de medicinas. ¡Santo Dios! Su pasmo no tuvo límite:

—¿Quién es usted? —Sus ojos se clavaban en la espalda descubierta y... ¿qué cosa era eso? ¡Un negligé!— ¡Salga, salga inmediatamente o llamo a la policía! —Soltó la bolsa, dispuesta a defender una casa decente—. ¡A escobazos, a escobazos, la saco! —La desconocida se volvió—. ¡Hija!

Era Tere, su Teresita. ¡Virgen Santísima! Aquellos senos erguidos, la piel de porcelana, su desnudez... Desencajada, calculó si había vigilado a la niña como debía pues, sin decir agua va, se trasformaba en... en... una tiple. Su hija actuaba como Chabela, esa criada que hacía años, una noche, se cubrió con lo primero que encontró sobre la cama.

Ante el gesto de su madre, Tere sintió que la vergüenza reemplazaba la ropa. Quiso que la tierra se la tragara. Recordó a su nana en cueros, al padre montando a la sirvienta mientras los relámpagos dibujaban siluetas sobre la pared. Por distintos caminos, ambas asociaron la desnudez con el adulterio.

Débora, totalmente incrédula, giró hacia su madre:

—Pero, pero, pe... ¿A tu edad? ¡Vieja ridícula! ¿Cómo permitiste que te pintarrajeara? —Sus piernas flaquearon; tuvo que sentarse—. ¡De ti, lo heredó de ti! Todo lo malo viene de lo que fuiste. —Un instante después lloraba a lágrima viva. Giró hacia la adolescente—. Cabaretera. —Casi le escupió—: ¡Perdida!

Ante ese insulto, Teresita se rebeló:

—No es para tanto. Estábamos jugando. —Tere le tendió su pañuelo y esperó a que se tranquilizara—. El maquillaje se quita con crema. En serio, mamá, exageras.

—Pareces criada —sollozó, impotente—. ¡Si supieras lo que esto despierta en mí! Recuerdos de cuando tenía seis o siete años.

—Si quieres que entienda, explícamelo.

—Tu abuela... tu abuela... Asunción... Asun. —Las palabras se atoraban en su garganta—: Trabajaba con un fotógrafo... como modelo. —La turbación la cubría de cabeza a pies. A regañadientes, admitió—: Le pagaban mucho mejor que si hubiera sido enfermera o secretaria. —No era una disculpa, pero sí una justificación. Por su parte, la anciana permanecía inmóvil. Ni siquiera parpadeaba—. La rondaron varios novios, en especial uno, Gerardo. —Desconcertada, contempló a Teresita—. ¿Por qué te cuento esto?

—Porque tengo derecho a saberlo.

Débora prosiguió, como si se precipitara al vacío:

—Gerardo insistía, ofreciéndole mentiras, la luna y las estrellas, hasta que una noche, porque lo peor siempre ocurre de noche, se fue con él... el que sería mi padre. —Nuevas lágrimas interrumpieron la narración—. ¡Pero si nunca se lo he dicho a nadie!

—Los secretos envenenan, mamá.

—Quise protegerte, alejarte de esta degradación. ¡Dios mío! ¿En qué pensaba al traerte aquí?

—Quizá en que ya estaba bueno de secretos y que el sol no se puede tapar con un dedo —opinó la enferma—. La vida te dio una oportunidad y tú la aprovechaste.

—Ahora estás enterada y eso no se borra ni queriendo. —Apretó sus manos. ¿Cuáles serían las consecuencias de semejante confesión? Pero no podía callar, ya no—. Sucedió lo de siempre. Los novios pasaron unos meses muy divertidos, se gastaron el dinero ganado a fuerza de inmoralidad y, en cuanto Asunción le dio la noticia, el canalla, sí, sí, aunque sea mi padre, el muy canalla la abandonó. —Fijó los ojos en su progenitora—. Jamás me lo confesaste. Tuve que oírlo de la madre Carmela. —Fría, con la intolerancia de un juez, prosiguió—: Cuando el embarazo le deformó el cuerpo, la modelo del fotógrafo tomó vacaciones; pero apenas nací y ella bajó diez kilos, volvió a su antiguo oficio. El sueldo era bueno, el trabajo fácil.

—Mis fotos se vendían como pan caliente y me doblaron la paga. Eso me ayudó a mantenerte.

Débora se secó los ojos.

—Para que yo no perteneciera al ambiente de tiples y vedettes, me entregó a las monjas. Mal que bien me educaron. Decoro pasteles, tejo con aguja y...

—Te sabes el santoral, vistes Vírgenes, bordas casullas —ironizó Tere, al mismo tiempo que observaba a la enferma. Una infinita compasión la indujo a abrazarla—. ¿Tus monjas no te enseñaron el cuarto mandamiento? Honrarás a tu padre y madre.

—Quizá, si los hubiera conocido; pero los dos me abandonaron. —De pronto, sintió prisa por terminar: aquello dolía demasiado—. Rafael me vio en una reunión para recolectar fondos y al instante lo atraje. Era un hombre decente, maduro, con negocio propio. —Ya no le hablaba a Tere; revivía lo único hermoso de su vida—. Desde un principio reveló sus intenciones. Las monjas averiguaron qué pata puso ese huevo, se consideraron satisfechas y le permitieron visitarme: media hora, los jueves, ante la presencia de una hermana. Tras unos meses, Rafa pidió mi mano. La madre superiora me preguntó si aceptaba. Yo... me gustaba el convento, pero quería saber qué había afuera y me halagó que un señor tan respetable me eligiera como esposa. ¿Eran razones suficientes para casarme? Ante mis titubeos, Sor Carmela me descubrió mi origen: nací fuera del matrimonio. Era... soy bastarda. Debía agradecer, de rodillas, que Rafael no me echara en cara esa deshonra. Ante semejante generosidad, ¿acaso importaba que no estuviera enamorada? Bajando la cabeza, di mi consentimiento. «Le avisaremos a tu madre». Esas fueron las palabras precisas. ¿Mi madre? Solo recordaba una imagen bastante vaga: lentejuelas, labios rojos, («no puedo besarte, nena, duérmete»), las ojeras, el cabello rizado, tan poco natural. —Clavó la mirada en la anciana—. Y aquel perfume barato que te ponías cuando ibas a trabajar. Lo recuerdo. Solo tenía cuatro o cinco años, pero se me grabó en la memoria. —Tras unos segundos, ironizó—: Para esa cita, Asunción se vistió, habló y actuó correctamente. Demasiado tarde. Le reproché que jamás hubiera ido a verme; también rechacé sus motivos.

La vio de cerca, frente a frente, de manera que nada pudiera ocultarse:

—¿Me entregaste a unas desconocidas por mi bien o porque te estorbaba? —La voz rota surgió de aquel abandono— ¡Hubiera querido estar contigo, que me contaras cuentos, que me llevaras al parque! Entonces me habría valido un cacahuate en qué trabajabas o cómo me mantenías.

Teresita tomó partido.

—La abuela te dio la posibilidad de un futuro decente. ¡Hasta un ciego lo vería! Y, mira lo que son las cosas, no se equivocó. Hiciste un buen matrimonio y yo tengo un apellido respetable.

Débora observó a esa extraña. ¿Cuándo maduró? ¿Durante la Normal, lentamente, o de golpe, justo en ese momento, ante el enfrentamiento brutal con la realidad?

Teresita cogió la pomada de La Campana mientras analizaba el sufrimiento de su madre y su abuela. Despacio, empezó a despintarse el rostro.

—Tienes razón, Teresa. —Por un instante Débora se relajó. Sin embargo, el rencor ganó la partida—. Me diste la oportunidad de ser feliz: muchas gracias, Asun, ma... mamá, aunque yo también tengo cierto mérito: agarré esa limosna con ambas manos. Rechacé que mi futuro se basara en un engaño, por eso le conté todo a mi novio, urgiéndolo a que rompiera nuestro compromiso. Rafael descartó mi petición. Cumpliría su palabra, a condición de que mi madre jamás nos visitara.

—Y tú aceptaste —dijo Tere.

—Sin esquivar mi responsabilidad. Tu papá compró una casa cerca de ésta y... la sangre habla. Hoy vine. Estoy aquí.

Tras un silencio en que ninguna supo qué hacer, Teresita intervino:

—Heredé a mi abuela. Mira estas fotos, somos idénticas.

Débora apartó el álbum, despectiva. Luego se dirigió a Asunción, como si nadie más existiera.

—Esta mañana, cuando telefoneó Ifigenia me dije: no habrá tiempo. Te irías sin una verdadera reconciliación entre nosotras. Cristo, en su infinita misericordia, decidió lo contrario. Hoy reconozco... sí, sí, reconozco tu sacrificio y lo aprecio. Me diste educación, el ejemplo de santas mujeres, dignidad. —Dominándose, concluyó con brusquedad—: Teresa, lávate la cara. Que no quede rastro del maquillaje o tu papá nos mata cuando volvamos a casa.

—Mi papá siempre te anda matando. Debes tener más vidas que un gato.

La presa se mira en el espejito, mientras hablo con voz alta. ¿Qué hago? ¿Qué estoy haciendo? Se maquilló cuidadosamente para el juicio y, de repente, sintió horror por ese bilé, tan rojo, y el perfume, tan barato. Entonces, agitada, tensa, se unta crema como si quisiera borrar su rostro. Pronto amanecerá... Observa las mejillas manchadas de rímel. ¿Lloré? Se despinta la cara, aprisa, pero sus facciones conservan otras, las de una anciana a quien apenas conoció.

Mamá, te necesito. ¿Por qué no vienes?

—Mamá... —Esa palabra jamás formó parte del vocabulario de Débora. Le cuesta pronunciarla—. Le pedí al padre Pascual que te visite. Conversarán a ratitos, nada fatigoso, y le confesarás... bueno, cuando hayas descansado... Debemos arreglar nuestros asuntos antes de... del largo viaje.

—Ay, deja en paz el melodrama. ¿Cuál viaje? Ni largo ni chico. Ya pasaron tres semanas y mi abue sigue mejorando —interrumpió Tere—. Es martes, día de mercado. Haz tus compras tranquila. Si el cura viene, yo me encargo de todo.

—Está bien. —Esa propuesta la liberaba. Se despidió ligera, casi feliz.

Aun no cerraba la puerta, cuando Tere ya tenía el álbum sobre las piernas, dispuesta a las confidencias.

—Tienes pestañas largas y tupidas —la alabó su abuela.

—Como tú en esta foto. ¿Y qué tal si me las rizo?

—Te meterás en problemas con tu papá.

—Le caes mal a tu yerno y de todas maneras lo apoyas.

—Porque tu mamá no sabría cómo mantenerte si su matrimonio fracasa.

—Apenas termine mis estudios, voy a trabajar, abue. Me niego a ser una carga. —Sonrieron con cierta amargura—. Sígueme contando. Nos quedamos...

—Lo recuerdo muy bien: todavía tengo la cabeza en su sitio. A Gerardo, ese desobligado, jamás le mendigué un centavo; yo me bastaba y me sobraba para mantener a mi hija.

—¡Hasta en eso nos parecemos! Eres totalmente opuesta a mi mamá: saliste adelante sin ayuda.

—Y eso que solo terminé la primaria.

—¿Por qué le pusiste un nombre tan raro a mi mamá?

—Le puse un nombre elegante: así no la confundirían con una Lupita cualquiera. Ni siquiera busqué: nació el 1 de noviembre, día de santa Débora. Teniendo pocas devotas, su patrona espiritual le prestaría más atención.

—Pues se le pasó la mano: mamá es mocha de rosario y golpe de pecho.

—Porque vivió en un convento. ¡Ni modo! Debía ganarme la vida. Las mujeres no tenemos muchas opciones: prohibida la educación, prohibida la independencia, esto no y aquello tampoco. Ni siquiera nuestro cuerpo es nuestro.

Si Asunción estaba indignada, Tere tenía la boca abierta.

—Hablas mejor que las feministas gringas, abue.

—Ni sé qué es eso.

—Te voy a traer una revista con un artículo sensacional. La tengo escondida bajo el colchón. ¿Cómo se te ocurren esas ideas? No existían cuando eras chica.

—Detesto que me mangoneen y me impongan reglas. Una vez me metí a la iglesia sin velo. No me cayó un rayo, ni me fulminó Dios; pero el cura casi me saca a patadas.

—Yo consideré la Normal el primer paso a una vida mía, ¡mía!, donde hiciera cuanto quisiera sin pedir permisos... y me equivoqué. Ese diploma no cuenta. Gana igual una secretaria ignorante o una culta. —Se encogió de hombros, desilusionada—. Para contestar el teléfono nadie necesita saber

Historia. Lo mismo sucede si contratan a una cajera, mesera, recepcionista, vendedora, costurera, etcétera. Las mujeres no pasan de ahí; solo los hombres ascienden.

— Por algo se empieza.

—Yo ni siquiera he empezado.

—Te lo aseguro, los diplomas sirven. —La observó de nuevo, midiendo sus palabras—. Ha sido un milagro que nos encontremos, aun de esta manera precipitada. Y doble milagro que nos queramos desde un principio, solo con vernos. Por algo Dios lo dispuso así. En estos meses que nos quedan...

—Te quedan muchos, abuela.

—...te voy a contar mi vida y mis pensamientos, para lo que puedan servirte.

—Te cansarás y a mi mamá le dará un ataque. Mejor hablo yo. —Hizo una pausa y luego sacó su enojo—. Solicité empleo varias veces y, al conocer a mis futuros jefes, preferí quedarme en casa. Uno me rozó la mano; otro prometió doble sueldo si me quedaba a trabajar horas extras. ¿Para qué respingo? Papá solo me permitirá trabajar de maestra. Según él, corro menos riesgos.

Contempló las fotos, pensativa. Nuevamente admiró a su abuela: se salió del huacal. Esas sí son faldas. En un arranque de ternura, acarició el rostro cansado. Bajo las arrugas, reconocía un alma gemela.

—¿Cuánto ganabas?

—Bastante. Por unos cuantos pesos, los clientes compraban mis fotos, un gusto privado, barato, que podían mostrar a sus amigotes o guardaban en un cajón para aliviar calenturas. Además, tuve suerte. Cambian a las modelos porque nadie compra una cara ya vista. Así que, cuando iba de bajada al abismo, acepté a Daniel. Me puso casa y criada. Aunque era casado, aprendí a quererlo.

—En serio, abue, no comprendo a los curas. María Magdalena enseñaba más que tú: en esta estampita anda toda despechugada; la piel de oso apenas le tapa la mitad del cuerpo. A ella la hacen santa y a ti...

—Porque yo no me arrepentí, ni entonces ni hoy.

—¿Y si te vas al infierno?

—Estaré en buena compañía. —Las manos temblorosas acomodaban colgajos y pulseras en un estuche. Tras una evaluación completa de su nieta, añadió—: Óyeme, criatura, romper las costumbres tiene un precio muy alto: la soledad y el rechazo. —Hizo una pausa y luego encontró lo que buscaba: el anillo con una perla—. Te lo regalo.

—¡Está precioso!

—Se verá precioso si no te comes las uñas.

Teresita se sonrojó. A mi edad la abuela ya había tenido a mi mamá y yo, a los diecisiete, todavía sigo con mañas de bebé.

—Me las como por nervios.

—Busca otra forma. Los hombres empiezan por besar las manos.

—Y luego van subiendo por el brazo, el cuello... —bromeó.

—Niña, con la pasión no se juega. El placer y el amor son armas de dos filos. Respeta tus sentimientos y los de los otros. —Suspiró—. La tienes bastante difícil. Eres bonita y lista. Te lo echarán en cara. Por otro lado, si obedeces como borrego, serás una copia de tu madre.

Aquello enmudeció a Tere durante varios segundos. Al fin descubrió sus sueños:

—Seré odontóloga.

—Sí, ya me explicaste esa palabrita. ¿Y quién irá a tu consultorio? Los que no pueden pagar a un buen dentista. Por «buen» me refiero a un hombre.

—Eso mismo dice mi papá. Entonces, ¿me rindo?

—Hay que abrir brecha, pero conociendo el terreno; por esta razón te prevengo. Yo tuve halagos, dinero… Cuando estaba en la cumbre, un señor, coscolino y faldero, me pulió. Mi diamante en bruto, decía, y yo le daba de abanicazos porque se pasaba de la raya con sus bromas. Pero la juventud se acaba y, al final, llega la soledad. Yo corrí con suerte: Daniel se hizo cargo de mí. Ahora estoy recuperando a Débora y, como un regalo del cielo, te tengo a ti. —Contempló el desorden de la habitación: fotos sobre la cama, ropa en el sofá, cepillos, perfume, espejos, joyas y baratijas—. Te lo regalo todo.

—No sabría dónde poner tanta cosa.

—Vende la bisutería; con eso abres una cuenta en el banco. Pronto, porque me estoy muriendo.

—Si lo repites, me pongo a llorar, abue.

—Tú no sabes cómo me siento por dentro. He resistido por ti; gozo conociéndote. Mas aquí, entre tú y yo, apenas tengo fuerzas para jalar aire. —Ambas se miraron; de nada servirían las mentiras—. Lo que empieza, debe terminar. A mí nada me pesa. Después de hacer cuentas, salgo ganando. Lo bailado nadie me lo quita.

Ya muy débil, remató sus lecciones:

—No te fíes de los hombres. Antes de conseguirte, llenarán de rosas tu casa y quizá tu vida. Nada más. Si les cumples el antojo, nunca te ofrecerán matrimonio. —Tosió un poco—. Métetelo en la mollera: no les creas ni el bendito, sus promesas se las lleva el viento. Dame agua, Tere. Con tanta palabrería se me seca la garganta. —La nieta, paciente, cariñosa, sostuvo el vaso—. Gracias, hijita. —Mientras le acomodaba la almohada, continuó—: Huye de las santurronas como del demonio. Desconocen el perdón, te juzgan sin misericordia y, si pueden, acaban contigo. Las monjas no se tentaron el corazón para poner a tu madre contra mí.

Tere grababa cada consejo en su mente.

—Deberías estar triste, abue, y yo te veo contenta. Aun enferma, haces y deshaces. Hoy hasta regañaste a don Pascual.

—Ese curita me quiere dar la extremaunción antes de tiempo. —Se sumió en sus reflexiones. De pronto, se incorporó—. No hubo ni un alma que me guiara, pero tú aprenderás en cabeza ajena, en mi cabeza. Ahorra. Separa unos pesos cada mes y mételos al banco. Jamás presumas; que nadie sepa cuánto tienes o te pedirán prestado. —La vio, tan chula, tan inexperta—. No sé si debo seguir.

—Por favor, abue. Contigo platico, me comprendes, nos reímos de lo mismo. Hay un hilo directo entre tú y yo.

—Tienes razón. Contigo recupero a la niña que las monjas me robaron.

—Te recordaré siempre.

Se abrazaron; a la anciana le tembló la voz:

—Me voy en paz. A Débora la protege su esposo y tú te bastas solita.

A escondidas pero ante notario, Asunción hizo su testamento. Legó casa, fortuna y tiliches a Tere, y murió saboreando esa última jugarreta.

Gracias a la casa que me heredaste, abuela, tengo una oportunidad remota, pero oportunidad al fin, de salir libre siendo culpable. Le pagué una fortuna al licenciado Lozano y él se encargó de sobornar al juez, los testigos, el jurado. Quizá hasta al fiscal. Se muerde los dedos y sus dientes quedan marcados sobre la piel. ¡En lo que acabó tu casa, abue! No me lo reprocharías, lo sé. «Para grandes males, grandes remedios», dirías, pero me da lástima que el regalo con que Daniel te probó su amor, sirva para aceitar la mano de corruptos.

Estoy vestida de negro. ¿La versión oficial? Le guardo luto a mi esposo. ¿La verdad? Tú eres la única muerte que he llorado y quién sabe si algún día logre consolarme.

Correo Mayor 119 se vistió de luto el 8 de marzo de 1928. Un moño negro sobre la puerta anunciaba que la muerte había entrado en nuestro hogar. Mamá evitó las explicaciones, inventando que doña Asun era una tía lejana, cuyo cuerpo había rescatado del hospital para darle cristiana sepultura. Así, la gente comprendería su indiferencia.

Teresita, en cambio, lloraba a moco tendido. La abuela le había dado consejos que valían oro, más una cuenta en el banco que valía casi lo mismo, pero ella extrañaba aquel cariño. Sus ojos recorrieron la sala con unas cuantas personas: los íntimos de sus padres, dos o tres amigos, vecinos. Todos la miraban. Correspondió al escrutinio con una sonrisa melancólica, creyendo que compartían su pena. Se equivocaba. Observaban esa desolación conmovedora. Nunca le pasó por la mente que su pálido rostro y las pestañas donde se detenían las lágrimas, provocaran suspiros involuntarios. Con la tristeza a flor de piel, era la encarnación de una elegía.

—Acompáñame a dar el pésame, Moisés, ni que te pidiera tanto —repitió Samuel Benítez, anudando su corbata negra—. Tengo este compromiso porque soy pariente lejano de la finada.

—¿Y a mí qué me van o qué me vienen tus compromisos? Los problemas me están comiendo vivo, compadre. Viajé a la capital para distraerme y un cadáver de plano no se me antoja.

—Te distraerás, ¡y en qué forma! Después del pésame, cogeremos con más bríos a las muchachas de la Galla. Tiene cada pollita...

—Espero que recién salidas del cascarón. A mí, gallinas viejas ni para caldo.

—Las chamacas estarán a la altura de tus exigencias. —Su mirada se detuvo en la pistola—. Oye, vamos a una casa donde velan a un muertito. Deja tu arma aquí.

—¿Me crees pendejo? Con los barruntos de reelección que se trae Álvaro, ganas me dan de cargar con metralleta.

—A Obregón ningún pelado se le pone al brinco. Olvídate de miedos.

—Miedo no tengo, precaución sí. Nadie me pescará con las bragas en el suelo.

El compadre se guardó sus comentarios. Pasando el brazo por los hombros del general Moisés Vidal, lo condujo al auto.

En diez minutos llegaron a su destino. La llegada del militar, acompañado por un civil, interrumpió la conversación que sostenían los hombres, mientras las mujeres rezaban el rosario. Solo uno, de espaldas a la puerta, siguió hablando:

—Las próximas elecciones parecen un polvorín a punto de estallar. Obregón acusó a Arnulfo Gómez y a Francisco Serrano de incitar a la rebelión. Así despeja el camino para ser el único candidato a la presidencia.

Aquella situación estaba en boca de todos. La rivalidad entre políticos se solucionaba con asesinatos y la gente temía que en cualquier momento ocurriera una balacera. Como si se confirmaran aquellos temores, oyeron un disparo en la calle. Una señora, pálida, se persignó; los vecinos se volvieron hacia el militar:

—¿Hay un motín afuera?

—Reina la calma...

—¡Acabamos de oír un disparo!

—...una calma relativa —precisó, pues a él nadie lo corregía. Su voz rezumaba certeza y aprovechando que todos lo miraban, le hizo propaganda a su gallo. Poco le importaba que aquella plática fuera totalmente inapropiada para un sepelio—: Si votan por mi general Obregón, se terminan los sustos. Él acabará con los cristeros, promoviendo una actitud conciliadora. Este mes o el próximo, hablará con los obispos y...

—Señor —intervino una anciana—, antes de que usted llegara estábamos rezando, como nos dicta Dios. ¿A qué viene semejante discurso? Tenga usted más respeto.

Rafael Landa recuperó el habla. Indignado por la osadía de ese desconocido que entraba como Juan por su casa, objetó:

—¿Una actitud conciliadora? Me parece extraño. Acuérdese que Obregón expulsó a varios sacerdotes, allá por 1915, y persiguió al Congreso Eucarístico durante su mandato presidencial.

—Había que doblegar a la Curia —prosiguió el general, acostumbrado a tener la última palabra—. Acuérdese usted que el reino de Dios no es de este mundo y que el poder de la Iglesia emponzoña hasta a los ángeles.

Ante el súbito silencio, Samuel Benítez reflexionó: Aquí sobramos. ¡Qué mal hice en traer a un hereje a un sepelio! ¡Solo a mí se me ocurre! Y ahora, ¿cómo evito un pleito?

—Además, los curitas cantan bien las rancheras —ironizó Moisés—. Les voy a dar una clase de Historia para que conozcan lo que sucedió realmente y juzguen de manera imparcial.

Ante aquello, que parecía una amenaza, los presentes se miraron atónitos pero ni siquiera osaron parpadear.

—Cuando mi general viajaba en tren a Tucson, los mochos planearon asesinarlo. Para ello, contrataron a un Caballero de Colón. ¡Háganme el reverendísimo favor, un maricón con título nobiliario! El tal MacDowell irrumpió en el camarote y disparó contra la litera inferior, suponiendo que su víctima descansaba ahí; por fortuna, Obregón dormía en la cama superior. —Cerró con broche de oro—: Aunque ese infeliz fue detenido inmediatamente, Álvaro no presentó cargos en su contra.

Samuel deseaba que la tierra se lo tragara. El féretro ocupaba gran parte de la estancia y los asistentes permanecían apeñuscados, inquietos por esa discusión. Dos mujeres debieron ir al baño a descargar los nervios.

Benítez barajó las opciones: Y ahora... ¿qué le digo a Deborita? ¿Lo siento mucho? No siento nada. Apenas conocí a la difunta. ¿Los acompaño en su dolor? Ni madres, ya bastante sufre uno para agregar otras penas al costal. Los minutos pasaban cada vez más lentos. Mejor le doy un abrazo a mi prima y nos despedimos.

Vidal no pensaba en despedidas; menos en adioses. Opiniones e ideas se borraron de su mente en el preciso instante en que María Teresa Landa, levantó la cabeza. Se quedó lelo, venerando a la joven llorosa, imagen del desconsuelo. Con pasión ardiente y desbordada, murmuró:

—¡Es divina! Sus ojeras atraviesan el alma.

Su compadre lo midió, estupefacto: ¿Alguien había oído esa bobada? Para hacer algo, se acercó a los anfitriones e, hinchando el pecho, recurrió a una presentación formal:

—Mi amigo, el general Moisés Vidal del Corro. —Nadie movió una pestaña; azuzado por tal indiferencia, continuó—: Se curtió en la Revolución, librando cien batallas, siempre invicto.

El general se aproximó a su musa, cual hechizado.

—¡Una belleza inquietante!

Ya encarrerado, Samuel añadió:

—A este egregio soldado, la Patria le entregó los lauros del héroe.

—¿Ante qué altar te quemo incienso? —Suspiró el prócer.

Semejante cursilería enmudeció a Tere. Uno de los asistentes agarró el brazo de su esposa y, deduciendo que ese par estaba borracho (lo cual era muy posible), cortó por lo sano:

—Nos vamos, Rafael.

—Quédense otro ratito, por favor —rogó Débora—. ¿Les ofrezco café?

—Mil disculpas, tenemos enfermo en casa.

Teresita se levantó para acompañarlos a la puerta. Frente al militar, se detuvo por un instante, suficiente para que él aspirara un perfume de rosas y jazmín. Entonces Vidal puso en práctica sus lecciones de estrategia. Apoderándose de la blanca mano, la besó una, dos veces. La joven sentía cosquillas, vergüenza, hubiera deseado esfumarse.

El espectáculo, tan poco apropiado durante un sepelio, incitó a la deserción. Los vecinos se pusieron de pie, acumulando excusas que nadie oía. En tropel abandonaron la estancia. Moisés se pavoneó ante aquella retirada: la plaza le pertenecía. Por su parte, Rafael Landa tomó aire y se enfrentó al intruso:

—Perdóneme, no tengo el gusto de conocerlo.

—Te lo acabo de presentar, Rafa —dijo Samuel, indignado.

—Añadiré algunos datos: nací en Cosamaloapan, Veracruz, en 1893.

Teresita hizo cálculos. El tipo la atraía por bien plantado. Exudaba virilidad y, además, la admiraba.

—Yo tengo diecisiete años; este señor me dobla la edad —susurró al oído de su señora madre.

—¡Jesús, José y María! —exclamó Débora, quien de inmediato había examinado al intruso con vagos planes matrimoniales en mente: a últimas fechas, casar a la hija se convertía en obsesión. Así mataba dos pájaros de un golpe: se deshacía de un problema insoluble (Teresita) y la niña encontraba su lugar en la vida. La diferencia de edades, sin embargo, la devolvió a la realidad—. Sabe Dios qué pasado tenebroso oculta un soldado —opinó, evaluando al hombrón. A pesar de sí misma, admitía la arrogancia del macho, su personalidad, el don de mando que convertía en arcilla a las mujeres con quien se topaba.

Con tono didáctico, el aludido explicó:

—Soy el tercero de cinco hijos. Estudié con los padres salesianos. Me alisté bajo las órdenes del coronel...

Aquel vozarrón intimidó al comerciante.

—Nos sentaremos y empezaremos de nuevo —pidió, secándose la frente.

En un santiamén los cinco estaban alrededor de una mesa, mientras Débora servía café.

—Por favor, señor general, dígame a qué debo el honor de recibirlo en esta, su humilde casa.

Ni corto ni perezoso, Vidal accedió:

—Me hospedo con el licenciado Benítez. Samuel ha sido mi amigo desde la infancia y hoy, debido al parentesco con su señora esposa, se le metió en la cabeza darles el pésame.

—Débora quiso agradecerlo; su marido la contuvo—. Este día luminoso de marzo, no se prestaba para tristezas. Me opuse. Samuel argumentó viejos lazos entre ustedes y al fin cedí, sin imaginarme que el mismo sol me esperaba dentro de su hogar.

—Contempló arrobado a aquella que ya le quitaba la calma y pronto le robaría el seso—. Señor... señor...

—Landa, para servirle —refunfuñó, pues desde un principio ese descreído le caía en el hígado.

—¿Consentiría usted que pretenda a su hija?

—¡Nunca! —exclamó Teresita antes de que su padre musitara una sílaba.

Esta vez fue Débora quien sintió mareos. A su hija nadie la rondaba... ¡Y tiene diecisiete años bien cumpliditos! Aún no había prisa, mas necesitaba dispersar la molesta sensación de que a la nena no se le paraba una mosca. Diplomática, propuso:

—Quizá alguna tarde...

—Ni tarde ni noche. Ya lo oíste, mamá, yo no caeré en esa trampa. —Teresita desplegó su agresión. El noviazgo que consideraba posible hacía un momento, ahora lo juzgaba una ratonera sin salida—. Los hombres se portan como caballeros para atraparnos. En cuanto nos encadenan con un anillo matrimonial, sacan las uñas. —Empleaba las mismas palabras que la difunta, todavía de cuerpo presente.

—Yo nunca haría algo contra su voluntad, señorita...

—María Teresa —informó Débora sintiendo palpitaciones en el pecho. Ese militar debía tener alguna cualidad, puesto que el primo lo traía al sepelio.

—Mamá, das mi nombre sin mi consentimiento.

—Si así lo ordena, lo borraré de mi mente pues seré, ¡soy, ya soy!, su esclavo.

Payaso, pensó Tere.

—¡Cuánta ridiculez! —Le encantaba que sus padres atestiguaran la escena. Nunca se sintió más hermosa, ni más deseable—. Sepa usted que anhelo una posición donde solo dependa de mí misma, tanto en el plano económico como en el social.

Tanta petulancia molestó a Samuel Benítez; en cambio, fascinaba al general.

—Siempre he sido libre. Leo lo que me place. —Rafael acababa de enterarse de semejante privilegio, pero solo pudo expresar su oposición con un ademán porque Teresita impidió que interrumpiera su discurso—. Estudiaré Odontología.

Moisés se figuró a aquella chulada metiéndole un dedo en la boca. Se lo hubiera mordido... chupado... ¡Ah, jijos! Su imaginación lo exaltaba. Si esa criatura celestial hubiera reaccionado con cierto recato, su interés habría decaído. Como se porta vanidosa y despectiva, le haré la merced de ponerla en su sitio.

Por su parte, Teresita contempló el féretro y visualizó a su abuela, encantada de atestiguar tal escena. La sintió cerca, guiñándole un ojo, y todo el pesar, la tristeza opresiva que la invadía, de repente disminuyó. No había perdido a doña Asun, estaría siempre ahí, a su lado, acompañándola por la vida.

—Apoyo que las mujeres trabajen. La vida da muchas vueltas y uno nunca sabe qué puede ocurrir. —Vidal se retorció el bigote—. Me iré en cuanto me permita visitar su casa, señor Landa.

—Mi hija se opone.

—Usted deme entrada a su sacrosanto hogar y yo me encargo del resto.

—Papá, ¡me niego!

El productor de quesos vio su oportunidad. Lo sacaba de quicio que Teresita siempre se saliera con la suya. No le perdonaba los estudios, ni las lecturas a escondidas ni ese plan totalmente absurdo... ¿Odontología? ¡Sobre mi cadáver! La caso, aunque yo mismo oficie la misa. Necesito un aliado. ¡Estoy hasta la coronilla de faldas! Pantalones. Se requieren pantalones en este gallinero.

—Venga los miércoles, justo a las seis. —Apenas lo dijo, se arrepintió. La satisfacción del generalote le provocaba urticaria; en cambio, su esposa sonreía de oreja a oreja. Traidora, con tal de deshacerte de la niña, la entregas a un pelafustán. Él mismo tranquilizó su conciencia: Regresaré temprano para vigilarlos. Más a Tere; sobre todo a Tere.

Los dos amigos se despidieron. La estancia había cambiado de antesala al cementerio a un espacio donde eran posibles los piropos y el amor.

Mientras su mujer recogía las tazas de café, charolas y servilletas, Rafael se sentó, desmadejado. Estaba hecho un lío. Siempre despreció la sexualidad (que lo atraía con fuerza demoniaca) y ahora ignoraba cómo dirigir la de la hija. Entonces recopiló sus experiencias, con la esperanza de hallar una luz. Por una parte, su esposa no lo satisfacía; pero ¿qué puedo reprocharle? La saqué de un convento; me casé con ella por decente y virgen. Si esperaba que desde la noche de bodas se convirtiera en una vampiresa, pedí demasiado. Y, si esa transformación hubiera ocurrido, habría sido el primero en reprochárselo. Ni yo me entiendo.

Juzgaba un pecado mortal lo que buscaba entre las piernas de una criada: pasión, deseo... pero tampoco lo encontró. Los gemidos de Chabela eran de dolor, no de placer. ¡Iluso! Exigía lo imposible de una sirvienta a quien violaba y juzgaba inferior. Le hacía el favor, como un señor feudal a su sierva, y aun pretendía que ella lo alabara.

Ciego, estaba ciego. Nunca comprendió que debió sazonar a Débora. Mas, ¿cómo iba a enseñarle algo que no sentía? Jamás fue a un burdel, escuela de los inexpertos, donde se conocen mujeres y se afinan torpezas. La Iglesia lo prohibía y él eligió llegar puro al matrimonio. ¿Esa era la conclusión? Pues seguía en las mismas. ¿Cómo doblegaría a Tere? Para colmo, era difícil pedirle consejo al párroco, que andaba a salto de mata. Entonces optó por la única solución: cortaría las visitas semanales por lo sano.

Al alzar la vista, comprobó la eficiencia de su esposa. La casa estaba en orden y albeaba.

—Deberías pedirle a Tere que te ayude. Se he vuelto una desobligada.

—Me tardo más en discutir con ella que en hacer lo que debo.

El marido exhaló:

—Le prohibiré que reciba al general.

Débora se sentó a su lado. Su calma aumentaba en aquel recinto mortuorio, con el ataúd cerrado, rodeado por cuatro gruesos cirios.

—Me puse a pensar, Rafa, y creo que si tomas esa medida, Tere es capaz de irse con el tal Moisés.

Lo dejó mudo.

—No sería la primera ni la última. Con tal de darnos en la cabeza, cometerá un error irremediable. ¿Qué harás si regresa embarazada o con un niño en brazos? ¿La recibirás? ¿La abandonarás a su suerte?

El comerciante guardó silencio. La situación lo agobiaba.

—No sé cómo llegamos a esto. Permití que un patán invadiera nuestra casa, que te faltara el respeto a ti y a la difunta, que enamoriscara a mi hija y nos ensartara sermones políticos. ¿Dónde tuve la cabeza? Me comporté como un pelele. Entonces, ¿para qué me quejo? Recibo lo que merezco.

Su mujer hubiera deseado asentir: Sí, eso eres, sí, eso mereces, pero su sentido de rectitud y la humildad de Rafael la desarmaron.

—A todos nos desconcertó. Unos huyeron del desvergonzado que imponía su presencia y, ante Teresita, se salía con la suya.

—Estás loca.

—Yo no, tu hija.

—Te equivocas. ¿Qué puede verle?

—Es alguien distinto a nosotros, acostumbrado a ganar. ¿No notaste la cara de Tere? Deslumbrada. Por primera vez no se creía superior. Hasta le costaba trabajo seguirle el paso al militar.

—No, gorda, no. ¿Qué puede ofrecerle ese pelafustán? ¿Cómo formarán un hogar? ¿Qué ejemplo les darán a los hijos? —Las posibilidades nefastas le erizaban los vellos. ¡Dios!, pensó. Apenas esa mañana tenían una vida tranquila y ahora...

Débora lo contempló con infinita tristeza.

—Yo cumplí los mandamientos: los del convento y los de la Iglesia. Creo que soy, o trato de ser, buena católica, buena esposa y buena madre. De verdad, pienso que nadie puede echarme nada grave en cara. Y, ya ves... No hemos tenido un matrimonio modelo.

—¿Eso que tiene que ver? ¿Vas a salir con lo mismo?

—Tere romperá todas las reglas, Rafael, y quizá, a su manera, sea más feliz que nosotros. Yo, por lo menos, no le quitaré tal oportunidad. Tú, ¿te sientes con derecho de imponerle tus principios morales?

—¿Principios que no cumplí, quieres decir? —Tras unos segundos musitó—: No.

Ambos permanecieron quietos, tratando de reconocerse. De pronto, el comerciante se puso de pie.

—Estoy molido, gordita. Me voy a acostar porque mañana tengo un día pesado —mintió. En realidad, ansiaba abrir las lecherías, platicar con los clientes, dirigir a sus empleados,

106

hacer pedidos y contar ganancias: el ambiente donde se sentía a sus anchas, útil y seguro—. ¿Subes?

—Al ratito. Le rezaré un rosario a mi mamá. Quiero acompañarla como no lo hice en vida.

Encendió dos cirios y se hincó junto al ataúd. Las cuentas se deslizaban por sus dedos, mientras los pensamientos volaban en sentido contrario. Si mi marido se hubiera quedado conmigo... Si me hubiera pasado el brazo por los hombros, reconfortándome, suspiró.

—Ayúdame a perdonarlo —suplicó, no sabía si a la Virgen o a Asunción—. Tú eres mujer, como yo, y me comprendes. Ayúdame a aplastar la víbora del rencor. Que el veneno no me emponzoñe, que no surja una y otra vez, invencible.

Hoy, aquí en la cárcel, volviéndome a maquillar, al fin comprendo el rencor de mi madre. Soy el tipo de mujer que don Rafael ansiaba tener en la cama: la mujer prohibida, tan apasionada que la moral no la contiene. Al mismo tiempo, papá cree que la sexualidad me perdió. ¿Ya lo pensé? ¿Lo he repetido mil veces? Solo así, reconstruyendo dolorosamente este rompecabezas, capto quien soy; analizando hasta el último detalle encuentro una razón a mis impulsos.

Oigo a la carcelera. Encenderá la radio para empezar el día con música.

Rafael oía música en la radio, agradeciendo que fuera la última novena en honor a la difunta. Al fin concluirían los ritos fúnebres y continuarían con su vida. Débora cocinaba y Teresita, sola en su cuarto, perdía el tiempo ante un espejo. El negro era su color. Estaba guapísima y no la sorprendía que Moisés Vidal anduviera loco por ella. ¡Qué ojos, qué pestañas, qué boca! Más lo que hay bajo la ropa. Tere frunció los labios: cuánto se le antojaba un beso. De repente, vio el panteón con sus largas filas de tumbas y los cipreses meciéndose con el viento. De ahí nadie escapa. Quizá solo los recuerdos. ¡Doña Asunción había significado tanto en unos cuántos meses! Varias lágrimas se deslizaron por sus mejillas. Esa muerte le pareció injusta. Dios me la quitó apenas la conocí. Su nostalgia le inspiró otro reproche contra Débora. Mamá alejó a la abuela de nuestras vidas por miedo, pero también por celos. Presentía que yo me identificaría con mi abue.

—Baja, Tere, o se enfría la cena.

Cenaron enchiladas y frijoles. A las once, se metieron a la cama. A la una, los despertaron guitarras, trompetas y las voces de un mariachi. Rafael, que acababa de cerrar los párpados, se convulsionó.

—¡Más respeto! —gritó—. Hay un moño sobre la puerta en señal de luto y yo trabajo mañana. —Pero el ruido (la música), sofocó sus palabras.

—Abre el balcón y el corazón… —cantó Moisés, desafinando.

—Mi favorita —suspiró Débora, quien jamás había recibido una serenata. Iba a espiar por la ventana cuando recordó que se había enchinado el cabello. Los pasadores y la crema asustarían a cualquiera. Así que permaneció en el lecho, imaginándose adorada por un héroe—. Es el general; no puede ser otro.

—Llamaré a la policía. —Rafa apartó las colchas.

—Ten cuidado: trae pistola.

La advertencia desinfló los arrestos del señor Landa. A tientas se tomó unos tranquilizantes y, al taparse los oídos con la almohada, dio por terminada su participación en ese sainete. Muy mandón conmigo, pero no se atreve contra un hombre, pensó Débora.

Mientras, Teresita se puso una bata escarlata, herencia de su abuela. La seda olía a alcanfor, por lo que se bañó en perfume, un legado más de doña Asun.

Palpitante, abrió la puerta de la terraza.

—Lo obedezco a medias, general. Abrí el balcón, pero no el corazón.

—¡Ha salido la luna! —La homenajeó el militar, quien se había entonado con varios tequilas. La contempló en el marco del ventanal; los brazos extendidos permitían que la seda ondulara: acentuaba los senos; se perdía en la entrepierna.

—Le ruego que se vaya. —Si Vidal se encaramaba sobre algo, ya fuera escalera, cubeta, o ladrillos, la tocaría; luego sus labios…—. Los vecinos se quejarán.

—¡Que se atrevan y me los pongo parejos!

Teresita se estremeció. Ella, ¡ella!, era la causa de semejante pasión.

—Un hombre tiene derecho a proclamar su amor a los vientos, a los mares… Le traje esto. —Le mostró el papel en que la Galla había copiado un poema, mientras él se refocilaba con una polla.

Teresita se inclinó para recogerlo. A duras penas leyó:

—Volverán las oscuras golondrinas… ¿Le gusta Bécquer? —se asombró—. ¡A mí también! Claro, preferiría que usted me escribiera un poema.

Vidal maldijo que en el burdel solo hubiera un libro que alguien había abandonado. Escogió una página al azar, planeando suplantar al autor. Me salió el tiro por la culata: esta niña conoce al tal Bequé.

—Sus deseos son órdenes. Escribiré versos... a cambio de un beso.

—Le permito que me lo robe. —Coqueteó, sintiéndose muy segura a varios metros del suelo.

—Baje, baje de inmediato.

—Cómo cree, solo bromeaba.

—¡De mí nadie se burla! —El cordero se transformó en león—. ¡Aquí, frente a mí, niégueme lo que tanto desea!

Sus rugidos llegaron hasta la recámara de los Landa. Débora saltó del lecho y corrió hacia el balcón.

—Si tu padre despierta, le dará un ataque.

—¡Ay, mamá, exageras!

—Ya soy huérfana, no quiero ser viuda. Siléncialo, ¡ahora mismo!

Tere, muy obediente, bajó las escaleras al vuelo, abrió la puerta... Su presencia aturdió al general. Le pareció que la luna y mil estrellas lo alumbraban. Al instante se quitó su guerrera y, dulcemente, la arropó.

—Gracias, ángel. Nunca creí que me cumpliera el ruego.

Se revolvió contra él, consciente de que la bata se abría, descubriendo sus blanquísimos senos.

—Un beso, alma mía.

La petición le provocó un deseo ardiente. De pronto cesó de forcejear, ofreciendo su boca. El militar le separó los labios y la besó tierno, pasional, frenético, vehemente... Teresita, quieras que no, pero más bien queriendo, correspondía, hasta que Débora (ya sin chinos y sin crema) la agarró del brazo y de un jalón la metió a la casa.

—¡Desvergonzada! ¡Inmoral!

La niña no se defendió: estaba encandilada. ¡Un beso, su primer beso!

—¿Qué haces con esa chaqueta?

—Tenía frío —suspiró.

—Te la quitas inmediatamente. —Para mayor seguridad, dio doble vuelta al cerrojo—. Métete a la cama antes de que te dé una pulmonía. Mañana hablamos.

Tere subió las escaleras como sonámbula. Por su parte, el general se quedó turulato durante tres minutos completos. Cuando se recobró supo que, aun curtido en tales lides, había paraísos por conquistar. ¿Y qué mejor maestra que esa chamaca? Acompañado por el mariachi, regresó al prostíbulo. Los preliminares deben terminarse como Dios manda: entre las sábanas. ¡Carajo! Ya quisieran estas condenadas putas besar como mi Tere. Porque después de aquel beso, era suya y más que suya.

Dos días después, Vidal oprimió el timbre y esperó. Casi nunca rezaba: esa vez pidió que Rafael Landa todavía estuviera trabajando en su oficina. Teresita abrió, protegida por la presencia de su madre.

—Señora, le presento mis respetos. —Se inclinó ante su futura suegra e invadió la sala cual territorio conquistado.

Tras un minuto de incomodísimo silencio, Débora recurrió a la más elemental cortesía.

—¿Le ofrezco un café? —Para no dejarlos solos, ordenó—: Trae la guerrera del general.

Apenas lo hizo, Moisés, enamorado hasta las orejas, aspiró la tela. Si se esforzaba, era posible discernir un leve perfume.

Instantes después, la anfitriona se instalaba entre ambos. A pesar del aroma a café, la conversación sobre el clima, la suciedad de las calles y las lluvias a destiempo era soporífica. Al cabo de media hora, Moisés se despidió con la galanura de un caballero, pero no dijo si volvería. Que sufran un poco. Así apreciarán más mis visitas.

El miércoles siguiente, llegó mucho antes de la hora en que se cerraban los comercios con el único propósito de evitar al anfitrión. Sin embargo, no tomó por sorpresa ni a la niña ni a la madre, quienes planearon su atuendo desde el amanecer, pues ambas presentían que el galán no soltaría tan codiciada prenda.

Débora se lució con un pastel de tres leches, su predilecto, ya que el negocio proporcionaba el ingrediente principal. También puso sobre la mesita de la sala copas y jerez, que Tere se apresuró a cambiar por tequila.

—¿De dónde sacaste esa botella?

—La compré con mi dinero.

Débora alzó los ojos al cielo.

—¡Ya sabía que esa herencia iba a ser tu ruina! ¡Doña Asunción, hasta después de muerta me causa problemas!

Tere salió a la defensiva:

—Si tú hubieras recibido ese dinero, se lo entregas a mi papá y él lo invierte en otra lechería. Nunca nos hubiera dado un gusto.

El timbre interrumpió el pleito. Ambas se acomodaron vestido y cabello, y dominaron sus nervios. Varios minutos transcurrieron entre saludos y la instalación del invitado en la sala. Tras las frases usuales, la plática languideció. Galán y cortejada habrían estrangulado a Débora (que hacía juiciosos comentarios sobre la moda, la preparación del mole poblano, el precio de los jitomates que siempre estaba por las nubes, etc.), si al brigadier no se le hubiera ocurrido una medida menos drástica.

—Un vaso de agua, por favor.

La señora respiró hondo y, en un segundo, tomó una decisión trascendente: si quería que su hija se casara, debía descuidar la vigilancia, una idea despreciable pero... no hay mucho de dónde escoger.

—Yo misma se lo traeré. Hoy es el día de salida de la sirvienta —mintió—, y no cuento con ayuda.

Apenas se vieron libres de tan molesta presencia, el militar arremetió contra su presa. Tere lo recibió como agua de mayo. Se unieron en un beso y solo se separaron porque les faltaba el aliento. Jadeantes, se contemplaron. ¿Aquello era amor? Al carajo con las definiciones, pensó Moisés, y se atusó el bigote para que el desorden de los pelos no lo delatara cuando la señora volviera. Débora, prudente, tosió antes de interrumpirlos.

—Aquí tiene —dijo, colocando el vaso ante su huésped. Moisés, sediento por el calor de la pasión, lo vació en tres tragos.

—Abusando de su bondad, ¿me serviría otro?

—Le traeré una jarra, general.

El aludido no reparó en el sarcasmo y, apenas pudo, apresó a Teresita en sus brazos. Quizá debió frenar aquellos ímpetus, pero la niña no daba cuartel y, ultimadamente, él tampoco, hasta que una tosecilla los separó. ¡De nuevo esta metiche! Ni es mi suegra y ya me cae mal.

El general, sin prestar atención al agua (líquido que rara vez ingería), se recuperó bebiendo tequila. Planeaba sitiar la plaza, pero la presencia de Débora lo impedía. Pinche vieja, ¿querrá que me beba la jarra entera? Entonces Tere, distraída como de costumbre, estiró una pierna y... tiró la mesita, inundando el suelo con una mezcla de tequila, agua y pastel de tres leches.

—¡Mi alfombra!

Aunque la tejieron los otomíes, a Moisés le pareció oriental o persa.

—Mami, si no la secas, se pudrirá. Y sería una lástima. ¡Costó tanto! Mi papá te mata...

La dueña del tapete corrió en busca de aditamentos. Regresó al cabo de tres besos. Solo entonces, observando a Tere muy de cerca, Vidal pescó un detalle al vuelo: la condenada chamaca no se había pintado los labios. Inquieto, esperó a que la señora terminara su labor y desapareciera.

—Óigame, palomita, ya me las olía. No es la primera vez que usted besa, ¿verdad?

María Teresa lo midió con una mirada de hielo.

—Ni será la última. Con usted o con el siguiente.

En la voz de Vidal se filtró una amenaza.

—Si cree que soy su pendejo, se equivoca. No le permito...

—Yo tampoco. Usted no es mi padre, ni marido, prometido, novio o, de perdida, amigo. Me mando sola.

Moisés iba a soltar una vulgaridad; apretando los puños, rectificó a tiempo.

—Goce el tiempo que le queda, bonita, porque el mes entrante habrá cambiado de estado y apellido. Como mi esposa aprenderá a obedecerme.

La joven soltó una carcajada más o menos espontánea.

—Nunca daré mi consentimiento.

—Ni falta hace. Si no quiere la bendición de la Iglesia, me la robo y a otra cosa. —Le tapó la boca, impidiendo objeciones inútiles—. Si se niega, arregle su recámara para que esté cómoda, señorita, pues si se asoma a la calle, de día o de noche, me la llevo. Tampoco sería la primera vez.

A Tere le gustó esa brusquedad: también el olor del militar. A la colonia se sumaba una excitación que se plasmaba en las mejillas rojas, en las manazas que aquel hombre no sabía dónde poner. Sosteniéndole la mirada, se posesionó del papel de una diosa del cine mudo. Fingiendo calma, advirtió:

—Si vuelve a taparme la boca, lo muerdo. —Calculaba desarmarlo con esa coquetería irresistible.

—Y yo le doy una tunda —afirmó serio, sin disculpas.

—¿Le pegaría a una mujer?

—Si se porta peor que una escuincla malcriada, las nalgadas hacen milagros. —Por un instante la desconcertó. Te voy a domar, preciosa. Sé lo que traigo entre manos; más bien entre las piernas: una erección de aquéllas. Las amenazas, aun disfrazadas de castigo infantil, eran un afrodisiaco.

Teresita se enderezó hasta alcanzar su máxima estatura. ¡Cuánto gozaba su actuación! Sobre todo sabiéndose en su casa, a salvo.

—Atrévase a pegarme y lo acuso ante el ministerio público.

—¿Y mostraría la evidencia? ¿Un cardenal rojo sobre esa grupa de yegua joven que pide que la monten?

Aquella falta de respeto solo agudizó su capricho. Iba a vencerlo. Al mismo tiempo, titubeaba. Con este tipo hay que caminar derechito. ¿Entonces? La respuesta le calentó el cuerpo: sexo. Las cuatro letras bailaron ante sus ojos. Sexo. Si un beso lo enloquecía, las caricias, los lengüetazos, los mordiscos chiquitos y picarones, y lo demás, ¡ay Dios, lo que tanto imaginaba!, lo convertirían en su esclavo.

—Enciende la lámpara —mandó Débora, haciéndolo ella misma—. Si sigues en esta penumbra, el general pensará que no pagamos la luz.

El aludido inició la retirada.

—Señora, su esposo llegará en unos minutos. Le ruego le trasmita mis respetos.

—Lo haré, gracias. —Su sequedad pasó inadvertida—. No le doy la mano porque está sucia. Limpié la alfombra y después pasé una eternidad enjuagando las jergas.

—¡Ay, mamá, siempre quejándote!

El militar todavía alcanzó a ver el gesto socarrón de la nena y no le cayó nada en gracia. Mangonea a la madre, se insubordina ante la autoridad del padre. La han mal acostumbrado y árbol que crece torcido... pero yo la enderezo.

—Teresa, reflexione en lo que le dije.

—Ya se me olvidó —su burla molestó al pretendiente.

—General, no le haga caso, bromea. —Débora temblaba entre esos dos, sin saber cómo reaccionar.

Entonces escucharon a Rafael...

—Ya llegué.

A Moisés se le acabó la paciencia. Después de torear a su futura suegra, no estaba para pláticas corteses. Enseguida, con un gesto que incluía saludo y adiós, salió por la puerta todavía entreabierta.

El miércoles siguiente, a la una en punto de la madrugada, empezó la serenata. Tere, entre sueños, escuchaba la canción con que Vidal le ordenaba amarlo: «quiéreme mucho». A cambio de una pasión infinita, «amante siempre te adoraré». Despertándose, pensó: ¿Rechazo o domestico al general? ¡Es un salvaje, una fiera! ¿Lo prefería a un pelele? Éste es todo menos eso, aunque tampoco permitiré que me pisotee. Cuánta falta me haces, abuela.

Se rascó la cabeza, nerviosa. Carambas, ¿en verdad planea casarse? ¿Conmigo? ¡Apenas nos conocemos! Pero un noviazgo no mejoraría la situación. Visitas con chaperón; la plática a un nivel idiota porque las mujeres somos ignorantes y mensas; los domingos, misa. Ya comprometidos, la conversación abarcará el color de los muebles, las cortinas, alquiler, apartamento, iglesia, banquete, etc. etc. Y ni siquiera decidiremos nuestra vida futura: las familias meterán su cuchara. ¿Le pondrá criada a Teresita? Preferimos que vivan por el rumbo, así les cuidaremos a los nietos.

La canción terminó y el guitarrón inició la siguiente. ¿Solo lo atraigo por bonita? Si fuera culto habría algo en común pero no, la cosa no va por ahí. Le importa un rábano mi inteligencia. Diga lo que diga, el diploma de normalista es un punto en mi contra. Me perdona porque lo atraigo y, bueno, yo peco de lo mismo: me gusta por macho con M mayúscula. ¡Tan diferente a mi papá!

La azoró que su madre no averiguara si había abierto el balcón. Seguro, ya me ve casada. Únicamente falta que me cuelgue un letrero con el precio de venta. Y hasta aceptaría una rebaja. Por otra parte, me salvé: nuestras vecinas (esa bola de chismosas) no podrán considerarme una quedada.

La música despertaba emociones profundas, un anhelo de amor y amar. ¿Basta con el sexo? Aseguran que al rato se vuelve costumbre. El marido va a los burdeles porque la mujer lo rechaza entre embarazo y parto, o está demasiado cansada amamantando al bebé. A mí no, a mí nadie me engañará. ¡Ay, abuela! ¿Por qué te fuiste? Eras la única que sabría aconsejarme. Mi mamá... ¡ay, mamacita, apuesto a que mentalmente sigues virgen, igual que tus monjas! ¿Y si Moisés me engañara?

Rafael rompió tan profundas reflexiones atravesando la recámara de su hija cual exhalación, mientras refunfuñaba:

—¡Desconsiderado! Se le hizo costumbre despertarme en la madrugada. —Furibundo, abrió la ventana—: ¡Cállense, borrachos, o llamo a la policía!

El mariachi contestó con una sarta de trompetazos; el comerciante apeló a toda la corte celestial. Los vecinos metieron su cuchara.

—Échales un balde de agua, Rafael.

—¡Aguafiestas! ¡Déjalos cantar!

Vidal repartió propinas, pero los músicos ni siquiera terminaron la última tanda: lo abandonaron en medio de la calle. Al militar, que odiaba las insubordinaciones, se le subió la sangre a la cabeza. En un arrebato, dirigió su ira a la causa de su tormento. Golpeó la puerta a puñetazos:

—¡Teresa, abre! ¡Abre en este instante!

Y la puerta se abrió.

—Entre —ordenó Rafael, haciéndose a un lado—. Con este escándalo, ya logró desprestigiarnos. ¿Qué más quiere?

—Le pido, formalmente, la mano de su hija.

—Señor Vidal...

—General y a mucha honra.

—Usted tiene el defecto de sacar a la superficie lo peor de nosotros mismos. ¿Se da cuenta del ridículo que provoca y de cómo nos rebaja?

—Pues ustedes no se quedan atrás. —A regañadientes reconoció que la actitud de Landa provocaba respeto: al pelele le salían agallas.

—Tiene usted razón. Hemos estado muy por debajo de las circunstancias y no hay excusas que valgan. Sin embargo, me niego a entregarle a mi hija a un desconocido. Si tiene buenas intenciones, demuéstrelo actuando como un hombre digno de toda confianza. Entonces veré qué respuesta le doy.

En silencio, Moisés Vidal salió de esa casa dispuesto a hacer un examen de conciencia. Aquello había dejado de ser una competencia o un chiste: arriesgaba su felicidad.

El jueves, sin un trago de alcohol y con dos ramos de rosas, uno para la joven y otro para la madre, presentó sus respetos a las Landa. Mientras Débora se entretenía en arreglar las flores en el comedor, inició la primera plática formal con Teresita.

—Discúlpeme si le causé problemas.

—Pierda cuidado... Y ahora, ¿sería mucho pedir que se fuera?

—Casi tanto como exigirle que actúe con cierta madurez, señorita.

—Que actuemos —corrigió, sonrojándose. Su tono cambió de reto a razonamiento—. Mire, general, usted y yo nunca formaremos una pareja bien avenida. Necesita una mujer sumisa y yo necesito ser libre. Comprenda: la obediencia no forma parte de mi naturaleza.

—¡Qué adelantada! —se mofó—. Se le nota la rebeldía a leguas; pero yo nunca la he obligado a nada. Solo ruego, de rodillas si quiere, que me permita enamorarla.

Tere buscó una palabrita dominguera y la encontró de inmediato.

—Lo considero su-per-fluo. Ya se lo dije: no tolero la menor oposición.

—Le cumpliré cada capricho que su cabecita invente.

—¡Ni que me trate como retrasada mental!

—Cálmese. Se encrespa por cualquier cosa.

—Tiene razón. Demos por terminada esta plática inútil.

—De verdad, su actitud me ofusca: le ofrezco un hogar, una vida cómoda... miles matarían por ocupar su sitio.

—Pues sálvelas de ese crimen casándose con quien cumpla sus requisitos. —Tomó aliento, dispuesta a demostrar que había estudiado aquel problema—. Los hombres cobran la manutención muy caro: parrandas, infidelidades, gritos y hasta golpes.

—¿Prefiere el convento? —ironizó, mientras Teresita anotaba que, al no objetar, Vidal admitía sus acusaciones.

—Rechazo las dos opciones. Me quedo soltera y dirijo mi existencia como me plazca.

—Suena bien. Con ese vocabulario y con su físico, debería ser actriz.

La joven se puso de pie.

—General, apuesto a que tiene muchos asuntos pendientes.

—Ninguno tan importante como este. —Podía retirarse, sin agravio a su honor de militar, pero aquellos ojos negros se le habían metido en el alma—. No vivo sin su presencia, María Teresa.

—Pues... —Tanta pasión, semejante a las novelas, la hacía flaquear.

—Regresaré, me lo permita o no.

—Huiré a la provincia, a casa de unos parientes.

Eso lo paró en seco.

—Usted gana. Dejaremos que las aguas bajen a su cauce.

La niña se infló de orgullo. Al besarle la mano, Moisés insistió, en voz muy baja:

—Deme su permiso, ¿cuándo vuelvo?

Victoriosa, se mostró magnánima.

—En un mes... si acaso me recuerda.

Aquel flirteo devolvió los arrestos al general. Encontraste la horma de tu zapato, chula. Solo es cuestión de tiempo: te mostraré quién manda.

—Le dejo mi corazón en prenda.

Teresita catalogó tales palabras de cursis, pero subió las escaleras entre nubes. Me comprará una casa; acabaré mis estudios, pondré un consultorio... Despacio, se examinó ante el espejo del ropero. Agradeció al destino la cintura estrecha, los pechos firmes. Su cuerpo le daba todas las ventajas.

Acostada, imaginó la lengua del militar lamiéndole el ombligo. Cerró los ojos. ¿Por qué se te ocurren estas cochinadas? Cálmate... Acarició su cuello. Moisés será mi maestro. Soñó incitada por el deseo: en la noche de bodas, él le revelaría lo aprendido con otras. Prefiero a un experto que a un virgencito como los babosos de la Normal.

Madame Bovary, Las relaciones peligrosas, Ana Karenina... ¿qué hubiera hecho sin las novelas que leyó en la biblioteca? Ni siquiera sabría expresar su ansiedad. Nuestra luna de miel. Bailarían apretaditos, música, penumbra, licor, un cigarrillo de boca a boca... Cada escena aumentaba el erotismo, la tentación. Recorrerían las cantinas, apretujándose en la barra, para platicar entre tragos de tequila, mientras un sudor cálido humedecía el vestido, la camisa y, bajo la tela, los muslos ya dispuestos a la entrega. Se bañarían juntos. Su piel despertaría bajo las manos fuertes. Lo tocaría, cada parte, hasta que gimiera y le rogara: Sé mía. Otra vez. Siempre.

Solo él podía mostrarle aquel mundo de aguas turbulentas. Con un hombre igual a papá, me suicido. ¡Qué decencia ni qué nada! Los mochos esconden su incapacidad tras la excusa del respeto a la esposa. Ella era más fina, más educada, más culta, más, mucho más que ese militar, curtido en los cuarteles. ¿Y qué? La atraía su rudeza, que la tratara como una mujer ardiente. Al tú por tú. Escaparía de esa vida insípida. ¡No la soportaba! Tampoco a sus padres.

Al abrir los ojos la asesina ignora dónde está. Tras unos segundos capta el entorno. No soporta la cárcel. Tampoco a los carceleros, a la guardiana, a mi padre. Esa última palabra la estremece. Le prohibí visitarme. Y él lo cumplió de mil amores. Sabe que nunca lo perdonaré, que él fue el culpable... Un frío glacial oprime sus sienes y, de pronto... ¡El juicio! Tengo que vestirme. Mi vestido negro... ¿dónde demonios lo puse? Lo dejé sobre la cama. ¡No está! Busca bajo la silla, el colchón, repite los movimientos frenética. No pudo haberse perdido. Alguien se lo robó. La carcelera... seguro ella fue. Abrirán las puertas de la sala a las nueve. Se vuelve, revisa nuevamente la cama... ¡Aquí está! Siempre estuvo aquí. Lo abraza, temblorosa, encantada de recuperarlo. ¿Por qué no lo vi?

Consulta el reloj: las 6:00 en punto. Las campanas acaban de llamar a misa y a mí me parece que ha transcurrido una eternidad. Ve por la ventana: estrellas. No, no es posible. ¡Cuando cabeceó, por un instante, solo por un instante, amanecía! Entonces, o ahora, el delirio provocado por los recuerdos altera el tiempo real. Analizó cada detalle diez veces, ¡sin fechas!, mil veces, ¡deformándolos! ¿Hasta cuándo habitaría aquel caos?

Sus ojos aterrizan sobre la charola. Le toma unos segundos captarlo. Alguien se comió la cena; los platos están vacíos. Pero ¿quién? ¿Quién puede entrar a mi celda? He perdido veinte kilos. ¿Yo comí y vomité? ¿Yo vomito lo que como? Perder… pérdida del tiempo y el espacio, características de los locos… Además, habla a solas. ¿Qué horas son? ¿Debo confiar en el reloj?

El aislamiento la aturde. En la cárcel y la enfermedad se descubre a los verdaderos amigos. Ni el Cerebrito ni sus condiscípulas la visitan. Los únicos incondicionales, quienes no ganan nada y mucho pierden al apoyarla, son sus padres. Mis padres: Rafael Landa, Débora de los Ríos. Palabras clave: mi origen. A él le prohibí visitarme. Es el culpable del asesinato. Me indujo. Guio mi mano.

Recorre la habitación tentando las paredes. Escaparé de esta cárcel. Por la ventana. Por la puerta. Entonces, ¿ni siquiera un asesinato la hace madurar? Sigue juzgando a sus padres con la parcialidad de la adolescente. Sin embargo, ellos la sostienen: a la hora de dar la cara, la dan. Rafael pagó un abogado. Débora viene cada día. Aquel hecho se acomoda en su corazón. Siente un inmenso agradecimiento… Pagaré esta deuda cuando me necesiten, durante su vejez. Deuda, dedo, dado, duda. La invade la incertidumbre como un gusano que avanza por las venas. Desconfía. La verdad contiene mentiras;

las cualidades, defectos. Quizá sus padres también saldan deudas: Rafael, la infidelidad que aplastó la alegría mediocre (pero tangible y firme) de su hogar; Débora, el descuido de la hija a cambio del castigo constante al adúltero. El engaño les proporcionó una satisfacción enorme: él comprobó su virilidad; ella su papel de víctima. Y yo entre uno y otro, el estorbo, la testigo.

Un abismo cada vez más ancho nos separa. Ni siquiera podemos referirnos a los hechos recientes... la pistola... la sangre... los seis tiros a quemarropa... porque la conversación termina en gritos, tragándonos palabras agrias, reproches: «Te lo dije mil veces, te lo advertí, María Teresa, y no me escuchaste». Tú tampoco me escuchaste, papá. Te pedí tiempo. Unos minutos para pensar, para comprender qué había hecho. Así, en bata, sin nada bajo el camisón, me llevaste a declarar ante el ministerio público. Los ojos ávidos del juez, los policías, el secretario, me desnudaban, clavándose en la tela, rasgándola hasta manosearme. Mientras tú, indiferente a semejante vergüenza, repetías: «Eres culpable». ¿Lo susurrabas al oído? «Confiésalo, Teresa. Confiesa tu crimen». ¿Por qué solo yo? Tú nunca me confesaste tu adulterio y eso que te descubrí violando a Chabela. Jamás tuviste la enjundia suficiente para darme una explicación que nos uniera.

Me descubriste en la sala, hincada junto al cadáver. Moisés. ¡El muerto era Moisés! ¿Mi marido? ¿Puedo considerarlo mi marido? «Teresita, si aceptas tu culpabilidad, te perdonarán". ¡Mentira! «Tu madre me perdonó». A fuerzas, papá, de dientes para afuera. El rencor que sentía lo guardó, íntegro, en su alma y lo fue alimentando hasta que invadió la cama donde dormían y pudrió nuestras vidas.

De pronto calla. Mira a su alrededor buscando testigos de su trastorno mental. Únicamente los locos hablan a solas. De pronto, siempre demasiado pronto, elucubra lo inconcebible: Moisés, eres idéntico a mi padre. Tú, que tanto lo criticabas, cometiste el mismo crimen. Igual de bajo... caíste tan bajo como todos. Sin embargo, mamá todavía envidia que me saciaras; a don Rafael aún lo encela que yo fuera tu mujer y te complaciera con las manos y la lengua, como él ansiaba.

Cuando salga, viviré sola, lejos de ellos. De mis padres... de mis enemigos... porque ya es imposible recuperar lo perdido.

Siempre fue imposible recuperar lo perdido, cerrando esa brecha que la separaba de sus padres. En la niña solitaria recaían las frustraciones, el resentimiento, el coraje que los Landa tragaban como un veneno diario. Nunca hubo juegos. Mientras Débora cocinaba, limpiaba, cosía, iba rumiando los reproches que le lanzaría al marido apenas cruzara la puerta. Tampoco hubo cuentos infantiles. Rafael llegaba lo más tarde posible, harto del trabajo, pero más harto, mucho más, del frío helado de su casa. Sobre todo, porque él era culpable. Y Teresita, con sus seis años a cuestas, buscando, torpe, a ciegas, la razón de tanto infortunio, tristeza, desamor, tanto, tanto...

El abismo se amplió; una década después ya era insalvable.

—Mamá, por favor, entiéndeme.

Débora se encogió. A las ocho de la mañana consideraba tales órdenes una agresión inmerecida. Se defendió como pudo:

—Claro que te entiendo, eres mi hija.

—Jamás hemos platicado con sinceridad; ni siquiera cuando sangré por primera vez. —Cerró los ojos; al abrirlos, se vio de trece años, indefensa, sentada en el excusado, con los calzones en los tobillos: ¿Sangre? Estoy sangrando. Se quitó la ropa y la echó al suelo. Ahí, hecha un ovillo, la tela manchada parecía un animal herido. Llamó a su madre. Esperó unos segundos. ¡Nadie, no hay nadie!—. Lloré a gritos, hasta que la criada preguntó:

—¿Niña, se le ofrece algo? —La criada de entrada por salida, porque tú habías corrido a mi nana, me dijo que habías ido al mercado. En los momentos cruciales siempre me dejaste sola.

—¿Pretendes que me pegara a ti día y noche, que pronosticara cuándo tendrías la regla?

—¿Oyes? ¿Te estás oyendo? Dices regla en vez de menstruación. ¿Sabes qué es un eufemismo?

—Te encanta enredar las cosas. Tú, tú eres la que habla rarísimo.

—Era una buena oportunidad para que te ganaras mi confianza. Cuando llegaste del maldito mercado pudiste explicarme. ¡Tuve que recurrir a la sirvienta! Por ella supe qué me sucedía.

—¿Estás loca? Petrona era una india; acababa de llegar del pueblo, y solo se quedó una semana con nosotros. —Le dolía tamaña injusticia—. ¿Quién crees que puso las almohadillas en el baño?

—Mi ángel de la guarda. Y no digas almohadillas. ¡Kotex! Importados de Estados Unidos.

—Me alteró que ya fueras señorita.

—Porque podía embarazarme.

Débora desvió la mirada: se daba por vencida.

—¿Te das cuenta, mamá? Negamos nuestros miedos. ¡Los callamos! ¡Los disfrazamos! Andamos por el mundo escondiéndonos.

—Baja la voz.

—O nos oirán los vecinos. ¡Nos importa tanto lo que piensen! —Se tragó las lágrimas—. No te daré el gusto de que me veas llorar. —Entonces recordó por qué había empezado esa conversación—. Algún día voy a casarme. ¿Cómo haces para que tu marido no te engañe?

Débora abrió la boca, azorada.

—¡Preguntas cada cosa!

—Y ni siquiera sé la razón —lo admitió igual que una debilidad humillante—. Tengo pesadillas. Pasan meses y, cuando creo que desaparecieron, sueño lo mismo. Te oigo gritar: ¡Me engañaste, me engañaste! ¿A quién le recriminas?

—No busques motivos lógicos en una pesadilla. —Mientras hablaba encontró la respuesta al cuestionamiento con que Teresita iniciara esa polémica—: Al corazón de un hombre se llega por el estómago.

—¡Ya sabía que era inútil! No, mamá. Al corazón de un hombre se llega por la cama. ¡Sexo! ¿Pretendes tapar el sol con un dedo? La vida está llena de sexo. Surge del se-xo. Se reproduce gracias al s-e-x-o. ¿Ni siquiera te atreves a pronunciar esa palabra?

—Si conoces la respuesta, ¿para qué me atormentas? Además, las relaciones maritales son un tema íntimo.

—Por lo tanto, me las arreglaré como pueda.

—Confía en tu marido.

—¡Y en Dios, y en la Virgen de Guadalupe!

—Basta de tanto grito. Cuando te calmes, continuamos.

—Y se encerró en la cocina.

Teresita apostó a lo seguro: la siguiente plática nunca se llevaría a cabo. Pido demasiado. Las monjas le secaron el cerebro. Se mordió una uña, pensativa. ¿Mi papá goza en la cama? ¡Ni siquiera los imagino haciendo el amor! Les parece una cochinada... La falta de pasión es virtud indispensable entre los católicos. Los normalistas se burlan de las mochas y, sin embargo, a la hora de la hora, escogen a las rezadoras. Alaban que la novia vaya a misa de doce, que acuda a las citas acompañada. Mamá se negó a dar a luz en un hospital. La vergüenza de que un médico o hasta las enfermeras la vieran desnuda, la habría matado.

Subió a su recámara. La frustración la ahogaba. Se sentía incomprendida; peor aún, rechazada. Se miró en el espejo. La tristeza le quedaba bien. Resumiendo, cara y cuerpo son lo único que tengo para conseguir un cambio, sí, un cambio total. Aferrada a esa idea se tranquilizó un poco... Aunque sigo sin saber cómo se evita un adulterio.

Salió al pasillo. Sus ojos revisaron los figurines de la vitrina: estaban sucios. Desde que se fue Chabe, mamá solo contrata criadas de vez en cuando. Luego empieza a sospechar no sé qué, y a los pocos días las echa a la calle. Desconfía hasta de su sombra, pero ella sola no puede con todo el quehacer. La comida se retrasa, papá se puso una camisa sin un botón... y la que se armó.

Entonces, sin previo aviso, el dolor se concentró en las sienes, a tal grado que perdió el equilibrio. El ruido de su cuerpo al caer se oyó en la cocina, y Débora, alarmadísima, voló escaleras arriba. Desde chica, Teresita sufría desmayos que nada aliviaba. Debía quedarse inmóvil, apretando los dientes, pues un grito rebotaría en el cerebro, aumentando aquella tortura.

Débora la vio en el suelo y sin perder un instante, trajo alcohol y compresas húmedas.

—No se lo digas a tu papá —susurró igual que hacía años. Al principio, la niña obedeció aquel mandato sin chistar; después exigió razones—. Te llevarán a un hospital; te encerrarán en el manicomio.

Los pronósticos, convertidos en amenazas, culminaron en algo peor: Si alguien se entera, te quedarás a vestir santos. Ningún hombre quiere heredar una tara a sus hijos.

Teresita sentía las manos temblorosas de su madre aplicando los algodones. Una lágrima cayó sobre su rostro, sin conmoverla. Apretó los puños, con el cuerpo cada vez más rígido. Quizá la muerte se paseaba por sus piernas, su estómago, su corazón. En un momento frenaría los latidos y todo terminaría ahí, con ella despatarrada sobre el suelo.

Respiró despacio, como si pretendiera engañar a Dios. Si no la observaba, quizá podría mover los dedos, las manos... Un abismo, su propia soledad, la engullía y, al intentar coger algo que la salvara, vio el pelotón de víboras que marchaba hacia sus ojos. Entraron por sus pupilas, una a una, y ella, loca de angustia, pataleó y rodó, golpeándose contra el escritorio de Rafael. Su madre la detuvo; después la sacudió, invadida por la misma violencia que dominaba a la hija. Al fin, sin saber cómo, se separaron.

Sentada, incrédula, Teresita comprendió que recuperaba el movimiento. Sí, sobreviviría a un precio... todo tiene un precio. Las imágenes se amontonaban bailando en desorden. Recordó el pasado, la pesadilla a la que agregaba detalles hasta formar un rompecabezas casi completo: Yo iba al kínder. Chabe se encargaba de mí y de la casa. Todo marchaba a las mil maravillas y doña Débora se durmió en sus laureles mientras la criada, humilde, servicial, tan piadosa la tal Chabela, le abría las piernas al esposo.

Esa noche, la ciudad se ahogaba bajo la lluvia. Los relámpagos aterraban a la niña que, a sus cinco (¿seis o siete?) años, creaba fantasmas en los rincones. Un trueno la hizo buscar refugio. Su primera intención fue esconderse en los brazos de su madre, pero... ¡Respétanos! Jamás, ¿me oyes?, jamás te metas en nuestra recámara o te las ves conmigo. Si desobedeces, María Teresa, nadie te salva. Aquella penitencia pudo más que el miedo. A tropezones descendió la escalera. Atravesó la cocina llamando a Chabela y por un instante se detuvo. El estrépito la ensordecía; los relámpagos la rodeaban. Cruzó al patio, la lavandería. A ciegas abrió la puerta. Entró en el cuartucho de la criada y al instante se paralizó, igual que el tiempo. Durante unos segundos, ¿una eternidad?, vio las sombras, escuchó los jadeos... Aquello la horrorizaba, debía cerrar los ojos... y la boca... o su grito los enloquecería.

No supo cuándo, ni de qué manera, Débora apareció. La hizo a un lado. Su furia la estrelló en la pared y desde ahí, convulsa por el terror, la criatura vio; sus pupilas atestiguaron el pecado, lo prohibido. Su madre, con chinos en la cabeza y en camisón, golpeaba la espalda del marido, escupiendo insultos contra la puta, rompe matrimonios, pelada, india muerta de hambre... Cogió a Teresita por los hombros para encararla al infeliz que la engañaba. ¡Frente a nuestra hija! ¡Con una gata!

Desde ese instante creyó que ella, a sus cinco años o siempre, a sus seis o siete años o siempre, desde que nació, desde antes del nacimiento, era la causa del desamor, los insultos, las efímeras reconciliaciones, el perdón, la mentira, el ruego constante, los reproches interminables entre sus padres. Si no eran felices, ella, solo ella, tenía la culpa. ¿Por qué yo? ¿Porque entró al cuarto de su nana?, se lo preguntó mil veces. ¿Porque los vio?

—¿Te sientes mejor? —indagó Débora, recobrando el aliento.

La adolescente asintió.

—Te traeré un té. —La bebida milagrosa que suplía medicinas y doctores, guardando el secreto de aquellos soponcios.

Mientras la señora Landa se afanaba en la cocina, Tere fue al baño. El espejo le devolvió su imagen. Tengo dieciséis años, ya no soy una nenita desvalida. Los recuerdos, aun los inmediatos, se desvanecían: ¿en qué momento se recobró del desmayo? ¿Cómo se levantó del suelo? Consciente, solo quedaba un testigo: su palidez y, esa tarde, sus profundas ojeras.

Mientras se viste, la asesina maldice que prohíban los espejos en las celdas. Sin duda está pálida y ojerosa, como recomienda el abogado. No lo puede constatar porque, ahí, cualquier objeto puede convertirse en arma. Hace poco, una yerbera practicante de abortos rompió su espejo y, cuando el carcelero le llevó la comida, le encajó un vidrio en la mano. Porque sí. ¿Le caía mal? No, no mucho. ¿Para escapar? Ni siquiera lo intentó. Su única razón fue «porque sí».

Prende el velo negro imaginando la impresión que causará al jurado. ¿Tengo pinta de viuda inconsolable? Me pondré más sombra bajo los ojos. A través de la ventana, vislumbra una luz intensa. Quizá en otro rumbo de la ciudad llueva y los relámpagos creen fantasmas. Mientras sus manos acomodan el cabello, sin brillo, oloroso a jabón barato, descubre el golpe en la frente. Seguro me desmayé. Seguro me pegué contra la cama. Contempla a su alrededor, cerciorándose. Estoy en la cárcel. Aunque llueva, esto ocurre hoy, al amanecer, no una noche hace muchos años. Sucede aquí, a unas horas del juicio.

De pronto escucha varios truenos. Más y más cerca. Lucha por mantenerse en el presente; sin embargo, los recuerdos la arrastran. Retrocede tratando de asirse a los barrotes del camastro, a su escasa sensatez.

El estruendo se divide en seis: seis balazos para vengar un engaño. Moisés me enseñó a usar su pistola... ¿quién iba a decir que la usaría contra él? Desdoblándose, testigo de sí misma, ve sus dedos sobre el gatillo, siente el frío del metal, la detonación que ensordece. Y no se detiene. Lo maté por el mismo motivo: el engaño.

De súbito, un dolor ardiente estalla entre sus piernas. No solo asesina al marido; también pierde al amante. Irremplazable. Único. Evoca, gimiendo, el placer de las caricias casi dolorosas; Moisés apartando los cabellos negros, tan largos que cubren los senos.

El ruido de la segunda detonación ya no la sorprende. Además, aquel disparo es un acto inútil: Lo maté con la primera bala.

—Debió frenar sus impulsos —refunfuña el licenciado Lozano—. La repetición implica odio, un deseo alevoso de venganza.

—En ese momento lo odiaba —admite ella.

El abogado tiene una idea:

—Daré un nuevo giro a los hechos. Los seis tiros indican que usted estaba frenética, que había perdido el juicio.

—¿Por un engaño se pierde el juicio?

—Lo considero más, mucho más que un engaño, María Teresa.

—Tiene razón; mi marido lo tramó paso a paso, aprovechando todas sus ventajas: mi juventud, mi inexperiencia.

—Tranquila, señorita, perdón, señora. —Contemplando la angustia de los ojos negros, promete—: Yo la saco de este lío. Alegaremos defensa propia... no, seis tiros a quemarropa sugieren algo distinto... Despreocúpese, yo la libraré del aprieto. Estoy a punto de retirarme y me iré invicto. Jamás he perdido un caso, aunque éste... usted es una asesina confesa, que mató con premeditación, alevosía y ventaja.

—No, premeditación no, licenciado. Maté cuando comprendí la bajeza de su engaño. Me era infiel desde un principio. ¡Siempre, siempre me engañó!

—A pesar de su belleza, María Teresa —murmura Lozano.

Basta, ¡basta, ya basta! Increpa a los recuerdos, como si fueran personas y pudieran escucharla. Los nervios me traicionan. ¿Qué tal si me equivoco diciendo lo que no debo? Echaría a perder la defensa de Lozano.

Observa nuevamente la celda y las paredes se le caen encima. Frenética, se quita los pasadores y los arroja al suelo. Los ojos se llenan de lágrimas; sus labios tiemblan. Me peinaré mil veces, hasta que logre la imagen perfecta. ¿En serio? Estás demasiado pálida y con unas ojeras espantosas. Según el abogado, eso le gusta al público: La imagen de una joven doliente, abandonada por todos, señalada por la justicia. Alza un brazo y olisquea su miedo, ese sudor penetrante imposible de disfrazar. Apesto a cárcel. Este encierro se mete bajo la piel y deforma la mente. Seguiré presa aun en la calle. ¿Bromeas?

¿Hay una posibilidad de que salgas libre? Solo cargando mi historia.

Lo maté porque me engañó, por eso… Por eso recuerda un detalle, otro detalle más de aquella noche, de aquellos truenos… En mi recámara, Chabela recogió las sábanas empapadas de pipí y las apretó contra su pecho, como un escudo. Luego se inclinó para acomodarme los cabellos. Entonces el sudor a india, mezclado con sexo, colonia y traspiración de mi padre, me golpeó el rostro. Teresita, yo no tuve la culpa. Tu papá entró en mi cuarto, me tapó la boca y, luego, ¿pos ya qué? Me quedé callada porque el mal estaba hecho. Pero yo no tuve la culpa.

De cualquier modo, perdió su empleo. Muy de mañana los aullidos me despertaron:

—Si tuvieras vergüenza, ya te hubieras ido, apestosa. Coge tus cosas y te me largas.

—Estoy esperando que me pague, señora Débora.

—Ni creas que recibirás un quinto. Y, si sales embarazada, y te atreves a poner un pie en esta casa, te acuso con la policía.

Rafael no dijo ni pio. Así atestigüé el cambio: mi madre se convertía en la mala; mi padre en el castrado. Desde ese momento, ya no usaría con tanta libertad sus privilegios de hombre para mangonearnos.

Hubo tantos alaridos que aprendí a taparme las orejas. Mi papá me llevaba a la escuela (mamá se quedaba en cama, sufriendo jaquecas), comía en una fonda (mamá vomitaba bilis), recogía la ropa en la tintorería, sacaba la basura, hacía el intento de peinarme. Como aquel desastre no podía seguir, recurrió al cura.

Tales conversaciones no eran para mis oídos; por eso mamá me encerraba en mi recámara; pero apenas bajaba las escaleras para recibir a don Pascual, yo abría la puerta. Y, mientras pintaba en el cuaderno nuevo o recortaba muñecas de papel, escuchaba a los adultos.

—¡Ni se te ocurra correr a Rafael de esta casa! —Advertía el sacerdote, alzando mucho la voz—. Lo empujas a que se amancebe con la tal Chabela y haga público lo que ahora es privado. ¿Qué te espera? ¡Una mujer sola, sin medios para mantenerse! Piensa en tu hija. ¿Merece que le quites el respaldo del padre y la sumas en la miseria? ¡Abre los ojos!

—Perdóneme, don Pascual, pero a veces pienso que sería más digna si me divorciara. Mantendría a Teresita con mi trabajo.

—¡Sueñas! ¿Qué sabes hacer?

—Soy buena cocinera. Si vendo pasteles…

—¿Cuántos? ¿Veinte, cincuenta, cien? ¿Dónde? ¿Rentarías el horno, conseguirías ayuda? Rafael es una persona honorable y solo cayó en la tentación buscando lo que todo hombre necesita. Si la esposa desea un marido fiel, debe poner algo de su parte. —Al cura le molestaba pisar el terreno resbaladizo entre la castidad y la lujuria—. Cede a los requerimientos de tu esposo. —A la ultrajada le ardió la cara de vergüenza—. ¿Entiendes a qué me refiero? El débito conyugal nunca ha sido placentero, pero Dios premia semejante inconveniencia dando hijos al matrimonio. Ustedes solo tienen una criatura, por lo cual deduzco que no se esmeran lo suficiente para agrandar la familia. Esto, te lo advierto, es un pecado mortal. Así que enmienda tu error o, de lo contrario, ni te quejes.

Débora terminó bajando la cabeza. ¿Acaso podía rebelarse contra la Iglesia? Ni siquiera trataría: era una buena católica y creía en el infierno. Además, según parece, soy más culpable que Rafael.

Capítulo 2
Miss México

Aquel 28 de abril de 1928, el comerciante salió de prisa; no por una urgencia, que hubiera justificado semejante descuido, sino porque detestaba su casa. Desde la reconciliación disminuyó en altura. Débora se había quejado, en secreto, con sus vecinas. No se lo digan a nadie, rogó, y el chisme corrió como pólvora. Así que la señora subió en la estimación general. ¡Qué mujer tan generosa! ¡Qué gesto ese de perdonar, confiando nuevamente en el traidor! Un ejemplo, una santa. Él, en cambio, perdió el respeto del barrio por idiota. La infidelidad era motivo de orgullo, se pregonaba entre los compinches... siempre y cuando la esposa no la descubriera o se hiciera ojo de hormiga. Así que la gente, estaba seguro, se reía a sus espaldas.

La revista Jueves de Excélsior quedó en la sala, sobre un sofá. Camino al Zócalo tuvo un presentimiento: ese olvido causaría muchos problemas. El destino todavía ofreció una segunda oportunidad al comerciante: si volvía sobre sus pasos... Vio su reloj. Tengo tiempo. Se detuvo. No, prefiero tomarme un café en los portales.

Media hora después, al entrar al comedor, Teresita se felicitó por su buena suerte. ¡Vaya, olvidó la revista! Leeré lo que, según mi señor padre, no entienden las mujeres: política y economía.

Después hojeó la sección de Sociales. Un encabezado, «Certamen de Belleza», invadía la mitad de la página. Lo revisó dos veces. Se divide en selección y concurso. Si mando una foto y obtengo los votos suficientes, me permitirían competir por el título. ¡Qué absurdo optimismo! Pero… ¡qué ganas de hacer algo diferente!

Siempre le echaban piropos por la calle, sobre todo desde que subió el dobladillo de sus faldas. Cuando estudiaba en la Normal, el maestro Abasolo fijaba la vista en sus pantorrillas y ya no la despegaba y, además, ¿Qué hay de malo en mandar una foto? El público decidirá si vota por mí.

La ganadora, la Señorita México, representará a nuestro país en Galveston.

El título la deslumbró. De pronto le importó un rábano qué sucedía ese 28 de abril de 1928. Aquel Señorita México borró economía y política, más problemas sociales. Nunca pensó que la belleza de una mujer se midiera y pesara, catalogándola cual mercancía de lujo. ¿Ella? ¿Ella, Teresita Landa? ¿Soy bastante bonita para concursar? Desde luego no aspiraba al primer premio. Sería un honor que la tomaran en cuenta. Pero, ¿qué tal si…? Su corazón se detuvo. La fecha. ¿Aún estaba a tiempo? La convocatoria finalizaba en dos semanas.

Se encerró en el baño. Ante el espejo estudió cada facción, cada gesto, sonrisa, parpadeo, cabello, piel, lunares, perfil, tres cuartos, frente. No poseía la belleza clásica griega, ni la aristocracia romana, ni, ni, ni tampoco. ¡Magnífico! Tenía esa hermosura fresca de la juventud, ¡qué cursi!, la seducción de

138

lo moderno. ¿Qué otra cosa? El punto exacto entre sensualidad e inocencia. Los hoyuelos: una infancia todavía cercana; la sonrisa: convite a lo vedado; el cuerpo: un lago de leche y miel, donde los jueces naufragarían. Carajo, mi abuela ni siquiera cumple el mes de muerta y yo aquí, dándole vuelo a la hilacha. Ella me comprendería. ¿Verdad, abue, que debo lanzarme al estrellato?

¿Y Moisés? Lo acabo de conocer. Si no le gusta cómo actúo, que me deje en paz. ¡Ay! Si me coronan reina de la belleza iré a Texas. Hablaría del tú por tú con la prensa americana, quizá hasta con el presidente de Estados Unidos. Citarán mis palabras. Les demostraré que pienso igual, mejor que un hombre. Practicaré mi inglés. I love ice-cream and boys and... La retratarían lamiendo un barquillo. Sexy Yum. Saldré de esta ratonera. Viajaré sola, sin vigilancia. Por tercera vez leyó los requisitos:

Mujeres entre 18 y 25 años, solteras, de buena reputación moral, que no trabajen en el medio artístico.

¡Chin, aún no cumplo 18! Le tomó cuatro segundos resolverlo: Falsifico el acta de nacimiento. En los portales de Santo Domingo cambian las fechas y ni siquiera cobran mucho. Total, por unos cuantos meses, ni quién lo note.

Su foto en primera página. Alguien, muchos, la población entera embobada. Dizque somos catorce millones y medio. Pues los catorce y el medio la admirarían. La Metro Goldwin me ofrecerá un contrato. Su nombre en carteleras. ¡La adoración de miles, millones de personas! El entusiasmo la conmocionaba. ¿Sería modelo como su abuela? ¡No! Una verdadera actriz. ¡Hollywood! Tomaré clases de actuación, canto, baile.

Sudaba frío, caliente... Mi papá me correrá de la casa. ¿Y qué? A ella no se le cerraba el mundo. Alquilo un apartamento. Me compro ropa nueva. Su inteligencia asombraría al público. Un reportero dirá: Olvídese de la Odontología y las caries, señorita; muestre los dientes en una sonrisa. Se encogió de hombros. Solo les interesa mi belleza, pero yo pienso: Sí, señores, aunque no lo crean las mujeres pensamos.

De repente, aquella avalancha se detuvo. Quería remodelar a la sociedad, aplastando costumbres ridículas basadas en el castigo y el miedo. Solo cuento con mis piernas... pues las uso. Probaré que una chica decente puede enseñar las piernas sin que se termine el mundo. Sofocaría esa moral absurda que aplastaba lo espontáneo, la alegría de vivir. Llevaré a cabo mis planes, no solo porque se me pega la gana, también para que progresemos. Mi abuela lo dijo: se empieza por poco y, cuando la bola rueda, no hay quien la pare.

Ante un hecho consumado, mi papá cederá. ¿Y mi mamá? Bueno, es un cero a la izquierda. Su optimismo se desinfló. ¿Y si me ponen de patitas en la calle? Debo caminar con pies de plomo. Nadie dijo que triunfar sería fácil. Entonces recordó al Cerebrito: Si me necesitas, llámame. Acabamos muy amigos y conozco a su novia, no creerá que me le ando ofreciendo.

Buscó su teléfono en una libreta y, al ver los nombres de sus compañeros, se emocionó. Extrañaba el ambiente, los estudios... Llamaré de la farmacia. Ojalá el número sea Ericsson o no podré comunicarme.

Tuvo suerte: Manolo contestó la llamada. Cuando terminó de exponerle el plan, concertaron una cita. Al girar se topó con cuatro señores esperando, pacientemente, a que desocupara la bocina. Su sonrisa fue la mejor disculpa.

—No faltaba más, señorita.

—Una preciosidad debe platicar con sus pretendientes.

—¡Quién fuera joven!

Tales piropos aumentaron sus esperanzas. Seguro miles la superaban, pero ella poseía sex appeal. Gringuitos, prepárense: con un poco de suerte me reciben en Galveston. Atraigo a los hombres corridos y con experiencia; en cambio, los muchachos me tienen pavor. Mensa, metiste la pata por atrabancada: en la Normal debiste disfrazarte de mocha. Alzó los hombros: El pasado, pasado y... quizá los jueces, por su edad, aprecien lo bueno.

Regresó a su casa casi corriendo. Hojeó la revista. Localizó la información: el jurado estaba compuesto por Alfredo Ramos Martínez, director de la Escuela de Artes Plásticas; el escultor Ignacio Asúnsolo; el escritor, poeta y crítico Enrique Fernández Ledesma y el artista Carlos González, caballeros que destacaban en su medio gracias a su comprobada honradez y, todavía más, a su amplio criterio. Ni siquiera los he oído mencionar; pero con esos títulos tan rimbombantes, calculo que andan entre los cuarenta y cincuenta. ¡Perfecto!

Durante los dos días y catorce horas que faltaban para ver al Cerebrito, Tere tuvo que ponerse guantes. O me comeré las uñas y los jueces me descalificarán. Estaba tan nerviosa que creyó delatarse una y mil veces, pero sus padres no le ponían la menor atención.

Cumplir con los requisitos del concurso la salvó de la locura. Necesito cuatro fotos recientes, acta de nacimiento (falsa), una identificación. Por sentimentalismo, se dirigió al changarro donde su abuela alguna vez trabajó. En aquel viejo edificio no se paraban ni las moscas y al dueño, anciano y chocheando, le encantó saber qué había sucedido con Asunción Tamayo, su modelo predilecta. Al terminar la sesión, además de prometer las fotos para el día siguiente, hurgó en los archivos hasta encontrar una foto estupenda: Asunción posando como ángel.

—Se la regalo. Su abuelita estará muy orgullosa de usted.

Tere ocultó la muerte de la aludida. Mejor que siga suspirando por ella. Luego se enfrentó a lo más difícil. Mamá se negará a despilfarrar en un traje de baño. Ya la estoy oyendo: ¡Teresa, ni siquiera sabes chapotear! Pues no pediré permiso; tengo el dinero que me dejó mi abue y voy a gastarlo. Compraré algo muy (muy) sugerente. ¿Me rasuro? ¡Sí! Igual que las artistas. Mi mamá se ve horrible con medias de nylon y pelos en las piernas. Obvio, pondrá el grito en el cielo... Me vale cacahuates.

A la hora fijada, Teresita y el Cerebro se sentaron ante una mesa. La nostalgia los invadió.

—Deberíamos vernos más seguido, Manolo... aunque quizá pido demasiado. Margo se pondría celosa y yo debería esconderme, inventando una serie de embustes, para llegar sola a un restaurante. Incluso ahora mismo, si alguien me ve, me acusa con mi mamá. —Suspiró, resignada—. Además, no tienes tiempo.

—Conseguí trabajo, pero para los compañeros de la Normal siempre hay tiempo.

Tras pedir dos cafés, el Cerebrito soltó lo que traía en la garganta:

—Preferiría no ser ave de mal agüero, Tere... ¿Ya le diste vueltas al asunto? ¿Sabes qué arriesgas inscribiéndote a ese concurso?

—¿Te refieres a mis papás? Acabarán por doblar las manos.

—Me refiero al montón de reglas que vas a romper. Eres muy loca y te meterás en un lío espantoso. Desde que salimos de la Normal vives como apestada: no tienes amigos. De plano, Tere, te hiciste de pésima fama. A ellas les da miedo que les quites el novio; a nosotros que nos rebajes. —Al fin respiró: ya estaba dicho.

—¿Te incluyes? ¡En qué concepto me tienes!

—Pues... discúlpame, por favor. Me molesta ofenderte, pero no te escogería para novia. Hasta con Margo tengo mis dudas: le encanta sacarme la delantera; pero me quiere y ahí la llevamos.

—Apuesto a que te agradece tanta condescendencia. —Lo observó, despectiva—. ¡Sales con cada burrada! ¡Eres el liberal, el manga ancha del grupo y sigues creyéndote superior!

—No solo se trata de la pareja. —Revolvió el café, aunque ya estaba frío—. También interviene la familia, el qué dirán... Espera, déjame explicarte: los demás cuentan. Necesitas relaciones para conseguir trabajo, una recomendación, apoyo económico... Cuesta un chingo abrirse paso y, si además cargas con una novia que tu mamá rechaza, provoca envidia a tus hermanas y tu papá considera demasiado independiente, la cosa pasa de gris a oscuro.

Teresita ni siquiera replicó.

—Con lo cual pronostico que, precisamente porque no eres una chica tradicional, ganarás el concurso. Eres muy guapa, tienes las faldas bien puestas y me enorgullecería que representaras a nuestro país. Le diré a los demás que envíen sus votos. Provocas recelo, pero también admiración. Si fueras...

—¿Dócil, tranquila, estúpida, obediente?

—Te perseguirían cual perros tras un hueso. —La estudió, como si se tratara de un enigma—. Te criticaremos siempre. ¿Olvidarte? Nunca.

—¿Quién entiende a los hombres?

—Búrlate. Quizá lo merecemos. Por otro lado, nadie sabrá quiénes escogieron tu foto.

—Eres genial, Cerebrito. Escondes bien la mojigatería de tus cuates, su falta de... lo que ponen las gallinas. —Levantó los ojos—. Me previenes contra serios peligros, ¿verdad? Y no te falta razón. —Echó azúcar al café, convirtiéndolo en almíbar—. Aun así, seguiré adelante. No, mejor no. Olvídalo, Manolo.

—¡Ni maíz! Gracias a nosotros, ya te veo coronada. Dame la foto. Yo la envío.

Hubo un levísimo forcejeo. A Tere la halagaba tanta insistencia, esa presión que la ¿obligaba? a ceder.

Cerebrito, caballeroso, pagó el consumo y ambos sellaron el pacto con un abrazo. Camino a su casa, la invadió el optimismo. A sus diecisiete años, (dieciocho para fines oficiales), se consideraba invencible. Nunca se había sentido tan segura, tan exquisitamente nerviosa: ¡Ganaré la convocatoria!

Una semana después, Débora constató ese triunfo. Aunque no lo creía, estaba ante sus ojos, a cuatro columnas, en Excélsior: ¡María Teresa Landa y Ríos fue elegida para competir en el concurso Señorita México! Ella y otras jóvenes habían alcanzado el número de votos requerido y aquel deslumbrante título brillaba en el horizonte. ¿Escogieron a Teresita? ¿A su hija? ¿La misma que seguía durmiendo a las diez de la mañana en su recámara?

Aquello casi la tira al suelo. ¡Si se entera Rafael! Imaginaba la reacción del marido y las implicaciones le ponían la carne de gallina. Echa una tromba, pero con el alma en un hilo, iba a subir al segundo piso cuando el timbre la detuvo. Disimulando su mal humor, abrió la puerta.

—Rubén Cabrera, de Excélsior. Si no es molestia, me gustaría hablar con la señorita Landa.

Como si un hechizo la hubiera convocado, Teresita apareció en lo alto de la escalera. Posando su mano en el pasamanos, sonrío con una naturalidad deliciosa, como si hubiera nacido ante una cámara. A velocidad increíble, el reportero sacó cinco fotos.

—Antes del fallo, entrevistaremos a las concursantes en el balneario Jardines Esther. La invitamos a que nos acompañe, este sábado, a las diez.

—Cuente conmigo.

—La recibiremos como usted se merece. —Las galanterías prosiguieron durante tres minutos.

Una vez a solas, Débora descargó su indignación:

—¿Sabías que ese hombre vendría?

—Ayer fue la votación y supuse que hoy publicarían el resultado. Manolo, ¿recuerdas al Cerebrito?, informó a los alumnos de nuestra generación y votaron por mí.

—Eso es una trampa.

—Ni tanto. —No se sulfuraba ni hacía berrinches. El triunfo le daba seguridad, una pose que le sentaba de maravilla—. Revisa las fotos: soy la mejor.

Débora coincidió. Aunque trataba de decir algo, ¿elogio, reproche, censura, felicitación?, permaneció muda.

—Mamá —suspiró Tere, haciendo gala de paciencia—, así

eligen a la reina en una kermesse. Solo los familiares, el novio o los amigos votan por ella. ¿Piensas que sale la más bonita? Te equivocas. Gana el papá más rico. El señor gasta una fortuna y se da el gusto de ver a su hija coronada. Yo no obligué a nadie a votar por mí.

—¿Por qué no nos avisaste? Te hubiéramos...

—¿Ayudado? ¡Por favor! Me habrían cerrado las puertas, no solo las de esta casa, sino de cualquier posibilidad. —Entonces soltó su rencor—: Me consideran su peor enemiga. Se avergüenzan de mí, de mis ideas, de mis planes. Amontonan obstáculos y les encantaría si doblo las manos y me caso con quien ustedes escojan, aunque sea totalmente infeliz.

—Estamos iguales. Tú también te avergüenzas de mis creencias y de cómo practico la religión.

—Hoy no me pelearé contigo. Te necesito.

—¡Ah, vaya! —Su propia ironía le hizo daño.

—Si quieres que confíe en ti, pon la muestra: confía en mí.

Tras un largo silencio, Débora preguntó:

—¿Qué quieres que haga?

—Acompáñame a la entrevista.

—¿Solas?

—Es una entrevista, mamá, no una ocasión para el mal. Nadie te faltará al respeto. ¿Entiendes? Un diálogo entre ese reportero y yo.

—¿Y saldrá en el periódico?

—¡Por supuesto! ¿Qué te pasa? ¿Ya ni siquiera puedo expresar mis opiniones? Para ti y las monjas todo es pecado. Ven perversiones hasta en el aire que respiramos. —Caían en lo mismo: quejas, acusaciones. Lastimándose, corrían por un laberinto sin salida—: Eso revela su actitud ante la vida, la que a ti te contagiaron: pesimista, represiva. Ni siquiera aspiras al cielo, solo a salvarte del infierno. ¿Comprendes?

—Soy demasiado torpe para discutir contigo, pero durante años oculté que leías novelas que más vale ni mencionar. Por ti enterré mi conciencia. —Se le llenaron los ojos de lágrimas.

Tere se conmovió. Consideraba normal apoyar a un hijo; pero hasta ese momento captó a qué precio.

—De verdad te lo agradezco.

Se abrazaron. Su madre, ignorante, llena de prejuicios, miedosa, quizá ridícula, era la única persona con quien contaba. Aceptarlo la humilló; al mismo tiempo se preguntó qué había hecho para exigir algo más o a alguien mejor.

—Necesito avanzar, abrirme camino. ¡Por favor, ayúdame!

Débora asintió. Temía perder a Tere, la niña adorada que le sacaba canas verdes.

—Si te comportas como una señorita decente...

—Sí, sí, mamá, lo que quieras.

Tanta docilidad bastó para alarmarla.

—Tu padre puede leer esa entrevista, Teresita. Recuérdalo.

—Te lo juro: me portaré bien —Las palabras mágicas que su madre deseaba escuchar. Entonces oyeron el portazo. El amo regresaba a su casa.

—Explícale a mi papá. —Y, abandonando a Débora a su suerte, subió las escaleras de dos en dos.

Desde su recámara, oyó la discusión, el llanto, ruegos, gritos. Se juzgaba muy por encima de los prejuicios de don Rafael, pero en ese momento se sintió incómoda. Aquello no era un juego. El comerciante defendía su imagen moral, creada por medio de un trabajo honesto, mediocre, útil e irreprochable. Estaba realmente herido: su esposa favorecía a la hija para deshonrarlo.

—Pensé que me habías perdonado, Débora. Hace años que ocurrió aquello.

—Te lo juro; esto no tiene nada que ver con nuestros problemas. Yo no le di permiso. Ella envió el retrato y aceptó participar. Me lo anunció hace un rato. —El cansancio de aquel hombre a quien el mundo aplastaba, le saltó al rostro—. Jamás vengaría tu engaño destruyendo a Teresita.

Hubo un silencio que contrastó con las reclamaciones anteriores. La ganadora de la preliminar a Señorita México aprovechó esa pausa. Respirando hondo, bajó al comedor. Aparentemente serena, dijo:

—Mamá, aunque me consideres incapaz, sé lo que me propongo y, papá, no lo hago para herirte.

El silencio se ahondó. En automático, con movimientos habituales, los Landa ocuparon sus lugares alrededor de la mesa. Entonces Rafael la trató como adulto.

—Explícame.

La escucharía, un privilegio inmerecido hasta entonces. Teresita bajó la cabeza. En medio de esos dos, que le parecieron anticuados, con demasiados años encima, la emoción la apabulló.

—Les pido, les suplico, que me ayuden.

Se inclinaron para prestarle atención.

—Suena cursi, pero aquí me ahogo. Soy una privilegiada, muchas quisieran estar en mis zapatos y, lo juro, aprecio su esfuerzo, el amor que me demuestran. —Puso las manos en los brazos de sus padres y ellos la miraron, dispuestos al perdón—. Pero no es suficiente. Quiero una vida mía, que no le pertenezca a nadie, ni siquiera a ustedes; una vida donde yo me mande. Si son felices en esta casa, cuánto me alegro; yo necesito irme.

—¿A dónde?

—He estado pensando... Soy débil —los acusó—, porque nadie me enseñó a pelear. ¡Ni modo! Aprenderé sola. —Suspiró melancólica, luego dijo rabiosa—: Ya lo pronosticó mi papá: por el simple hecho de ser mujer, nadie irá a mi consultorio. No me atrae la maternidad, ni la lucha social, tampoco me sostienen los ideales religiosos. Todo esto, que ahora digo de corrido, lo entendí poco a poco y lo fui pegando en mi cerebro a pedacitos. Andaba sin rumbo, dejando pasar el tiempo y... descubrí la convocatoria.

—¡En mal momento olvidé esa revista en la sala! Vi, de pasada la convocatoria, pero jamás se me ocurrió que te inscribirías al concurso.

—Me atrajo la posibilidad de triunfar. Era un remolino, un abismo... Perdón, hablo igual que en las novelas, pero de verdad no pude resistirme. Yo, ¡yo! reunía los requisitos para ganar. Los hombres me coquetean, me cubren de piropos, saludan, se quitan el sombrero. No lo hacen con las demás. Yo los atraigo.

—De alguna manera los alientas, Teresa. Soy hombre y lo afirmo con conocimiento de causa. Por una sonrisita o un gesto, sabemos cuándo una joven nos da entrada. De lo contrario jamás nos atreveríamos a abordarla.

—Solo atacan si están seguros de la victoria, ¿eh? Y luego nos acusan de vanidosas.

—Si no vas al balneario, consideraremos esto un mal chiste,

Teresa. De lo contrario, se convertirá en una bola de nieve incontrolable. Rodarás hacia el abismo.

—Lo siento, papá: ¡concurso porque concurso! Quiero que el mundo entero evolucione, que la gente defienda sus ideas, que se besen en público...

Los Landa se miraron asustadísimos.

—...que las mujeres trabajen al lado de los hombres, que no tengan miedo a los curas. ¿Entiendes?

—¡Naturalmente! Pretendes acabar con la moral y las buenas costumbres.

—Más bien con la camisa de fuerza que nos inmoviliza.

—¿Y cómo la reemplazas? Sin un freno, reinará el libertinaje.

—Y dale con las exageraciones.

—Tú lo único que quieres es salirte de esta casa para hacer todas las tonterías que se te ocurran.

—Quiero cambiar lo que está a mi alcance: lo pequeño, lo gris, la hipocresía disfrazada. Pondré mi grano de arena.

—¡Vaya, nos saliste filósofa! Ya decía yo que si estudiabas...

—¿Te confieso algo? Lo acabo de pensar, papá. No, más bien lo pensé mucho, infinitas veces, pero hasta hoy lo expreso. Una vez dicho, dicho queda.

—Felicidades —dijo Rafael y añadió cortante—: Débora, sirve la sopa.

La familia comió aprisa y en silencio. Cuando Teresita se levantó de la mesa, el matrimonio volvió a respirar.

—Me doy por vencido: no puedo con esta niña —admitió Landa.

—Calma o se te derramará la bilis. —La frase, de tan repetida, perdió significado.

—Si le niego el permiso, es capaz de ponerse a dieta de hambre o tomar barbitúricos a escondidas. Ni ella ni nosotros sabemos hasta dónde llega su rebeldía.

Estaba tan descorazonado, que su mujer le tendió una esperanza:

—Todavía no gana el concurso, gordito. —Ambos se aferraron a esa posibilidad—. El jurado la descalificará. Seguro pierde.

En unas horas, ¿cuántas? el jurado, doce ciudadanos comunes y corrientes, determinarán la suerte de María Teresa Landa. No se juega un título de belleza; expone su libertad. Al menos estoy a salvo: la pena de muerte jamás se ha aplicado a una mujer. Alguna ventaja habíamos de tener. Miss México suspira con algo semejante al alivio: Mi vida no peligra. Por lo tanto, ¿considera «vida» pasar el resto de sus días en una celda? Lo prefiero a la muerte. Morir me causa terror, un pánico sin límites. Me niego. ¡Me niego! No abandonaré este mundo, espantoso e injusto, a los diecinueve años. Seduciré al jurado. Doce hombres de mi parte, al cien por ciento… igual que los cinco que me dieron la corona. Entonces su belleza fue suficiente para el triunfo; hoy, ¿podrá salvarla? Esos señores honorables, íntegros, ¿impedirán que una asesina salga libre? Estaré, como antes, como siempre, en manos de hombres. Ellos decidirán mi destino apenas amanezca.

Apenas amaneció, Teresita se preparó para un día muy complicado. En la intimidad de su alcoba, desenvolvió el traje de baño. Lo había comprado en El Puerto de Veracruz. Entrar en una tienda con dinero propio y sin supervisión, le pareció el primer paso hacia la libertad.

No fue una experiencia agradable. La vendedora, una gorda que sin duda le envidiaba cuerpo y juventud, la midió de arriba abajo sin ocultar su censura. Luego, en el probador, tuvo la molesta sensación de que la espiaba. Por último, el dichoso «bañador», que posiblemente solo usaría para el concurso, costó una fortuna. El dinero que me dieron por las baratijas de mi abuela no durará para siempre. Tengo que averiguar cómo están mis finanzas.

Cuando fue al Banco de Londres y México, descubrió que no tenía ni idea de cómo hacer un cheque. El gerente había conocido a doña Asunción así que, con aire paternal, le esclareció aquel misterio.

—Eres heredera universal de tu abuelita, que en paz descanse. Yo mismo puse su cuenta a tu nombre y le aconsejé a doña Débora que alquilara la casa; pero no puedes despilfarrar el dinero a tontas y locas hasta cumplir veintiún años.

—Cuando sea una ciudadana sin derecho a voto.

Aquella afirmación resonó en el recinto. El funcionario ocultó su contrariedad reanudando la plática.

—Mientras tanto, doña Débora te aconsejará.

—En resumidas cuentas, me permitirá gastar lo que es mío.

Ante ese rencor, el gerente suspiró: Los muchachos ya no respetan a sus mayores, ni muestran agradecimiento. ¿A dónde iremos a parar? Pero las sorpresas aún no terminaban.

—Habrá una manera, supongo, de que tenga acceso a mi dinero.

—Quizá, con la anuencia de tu señora madre…

—Mañana venimos a hacer los trámites.

Ya en la calle, no se fijó si los transeúntes se le quedaban mirando, medio bobos. Se concentró en varios detalles: Antes no me hubiera atrevido a hablarle así a don Germán Villavicencio. ¿Antes? Antes de que me escogieran para participar en el concurso. La elección dividía el tiempo: la que fui y la que soy. Esto le provocó un sentimiento cálido: la confianza en sí misma. ¡Reúno los requisitos!, se felicitó, todavía sin creerlo. Tengo algunas cualidades, aunque solo sean físicas y mis padres jamás lo reconozcan.

El policía que dirigía el tránsito, le indicó que atravesara la calle. La verdadera libertad empieza por el dinero. Gracias a ti, abuela, gracias, gracias, tengo las riendas de mi destino en las manos. Puedo ser odontóloga. Abriré mi consultorio y... ¡me vale un pito si tengo clientes! No los necesito para mantenerme; tampoco que el título de Señorita México me abra camino. Lo repitió azorada: ¡Ni siquiera el título!

Aquello daba una nueva perspectiva al asunto. Con dinero, haré lo que quiera. Solo tengo que esperar a cumplir veintiún años, una eternidad. Y luego... ojos que te vieron ir y no te verán volver. Me desaparezco. Se ruborizó un poco, muy poco. Mis papás se lo merecen: si les doy chance, me casan y al año tengo un hijo. Y se me acaba la vida.

Una joven, en dirección contraria, chocó contra ella. Ambas se disculparon y, durante unos segundos, Teresita evaluó a la muchacha. ¡Újule, está para los perros! ¿Falda plegada, gris? Hasta las monjas se la pondrían. Se peina de chonguito y tiene bozo. La desconocida le dio cierto asco y se hizo a un lado. Apuesto a que ella también me critica. Ojalá fuera al concurso para comprobar que no soy una piruja, aunque enseñaré las piernas. Y no me iré al infierno. No, directo al paraíso. Cantaré con los arcángeles a la diestra de Dios Padre. La blasfemia ni siquiera estrujó su conciencia; gozaba intensamente su herejía.

El encuentro fugaz con la muchacha le revelaba su propio descontento: Esa pobre personifica lo que detesto. Las mujeres necesitan que las sacudan o esta mojigatería se prolongará eternamente. ¡Y los curas y las beatas felices, acrecentando nuestro conformismo!

Le gustaría gritar: ¡Despierten, compañeras, vivimos en pleno siglo XX! Tienen derecho a verse bonitas, no es pecado, pueden atraer a los hombres, tampoco es pecado. Luzcan el cuerpo, siéntanse bien bajo su piel y miren hacia arriba: el cielo, de tan azul, conmueve el alma y ustedes se resignan a ver el suelo.

El tiempo todavía le alcanzó para hacer una cita en el salón de belleza. Al fin, se atrincheró en su cuarto. Ante el espejo del ropero, ensayó cómo caminaría frente a los jueces. Los tacones altos ya no impedían que ondulara sintiéndose vampiresa. Tras numerosos intentos logró lo que consideraba una mezcla de elegancia y seducción, entonces se echó sobre la cama y durmió cual bendita.

Y hoy… Hoy la proclamarían reina de la belleza.

Llegó a la Alberca Esther con el corazón en la boca. A pesar de su aire sofisticado, el cabello corto, a la última moda, y el maquillaje que triplicaba su belleza, temblaba por dentro, sobre todo cuando la separaron de su señora madre. Débora escogió una silla a media carpa: su valor no le alcanzaba para posesionarse de un sitio en primera fila.

Una edecán llevó a Teresita al recinto donde se efectuarían las entrevistas, en cabinas privadas, garantizando cierta privacidad. Al comprobar que no estaba sola, se tranquilizó un poco. Según su costumbre, catalogó a sus rivales. Modestia aparte, no me llegan ni a los talones. Esa... demasiado gorda; ojalá también demasiado mensa. Aquélla tiene más de 25. Seguro alteró la fecha de su nacimiento, igual que yo.

Mientras esperaba su turno, repasó las respuestas, incluso se tapó los oídos para concentrarse. Cuando la llamaron, practicó la caminata ondulante y seguramente le salió bien pues el reportero la recibió con evidente admiración. Sentada ante él, lo abanicó con sus pestañas. El nerviosismo profundizó sus ojeras dándole un aire enigmático, muy de moda, y Rómulo Ceballos Velasco cayó a sus pies (en sentido figurado) antes de que la señorita abriera la boca.

—Es usted una digna representante de la belleza mexicana. —La chica agradeció el piropo—: Desde 1920 Estados Unidos realiza una competencia para escoger a Miss USA. ¿Lo sabía?

—No, cuénteme —exhaló, apoyando el mentón sobre su mano.

—Se llamaba International Pageant of Pulchritude and Beauty. Tuvo tanto éxito que seis años después lanzaron la convocatoria a nivel mundial.

Teresita recordó las clases de etimología latina y decidió lucirse.

—Pulchra significa limpia, aseada. Por lo tanto, ¿la chica que se baña gana?

El reportero ni siquiera sonrió: le caía en el hígado tanta cultura. La imprudente siguió exhibiendo sus dotes:

—Si me ofrecen un contrato en Hollywood, el idioma no sería un obstáculo. Domino el inglés.

—Usted obtuvo el mayor número de votos en la elección previa a este concurso. Quizá nos represente en Galveston... aunque semejante encomienda es un hueso duro de roer.

—No se preocupe. Conozco a los gringos. A diferencia de aquí, donde tenemos miedo de todo, en Estados Unidos rechazan lo anticuado, pero yo sé dónde pongo los pies.

Rómulo Ceballos observó a la concurrencia:

—Aunque muy risueñas y amables, sus rivales no hablan inglés, ni han cursado la secundaria. Las considero incapaces de sostener una conversación con los jueces norteamericanos; dejarían mal parado al país. —La cuestionó directamente—: ¿Las conoce?

—Ni de vista.

—Raquel del Castillo fue propuesta por los electricistas ferrocarrileros; Eva Frías, hija de mi colega Heriberto Frías, tiene influencias en nuestro medio; Mercedes Ortega, de ojos maliciosos y traviesos...

Mientras el reportero enumeraba a la competencia, Teresita decidió: Me pondré más rímel en las pestañas.

—Zoila Reina... Qué opina, señorita Landa, ¿ese apellido predice el triunfo?

—Quizá. Si digo sí, me doy por derrotada; si digo no, me juzgará una vanidosa. ¿Usted a quién coronaría?

—Me resulta imposible escoger entre tantas flores, pero Inés Nájera, una beldad, causa sensación entre los jueces.

A Tere se le bajó el color y Ceballos desvió la plática.

—Reláteme su infancia.

—Gris. A las mujeres siempre nos ponen obstáculos para los estudios, el trabajo...

—¡Excelente! Un toque patético fascinará a los lectores de Excélsior: «Siempre fue una niña triste pues adivinó que las mujeres rara vez realizan sus sueños».

—Yo no hablo tan cursi.

—El lenguaje de la nota social, donde aparecerá este reportaje, debe proyectar elegancia. Continúe, por favor.

—Desde chica me apasionó la lectura. Mi padre jamás fomentó esa inclinación. Me prohibió estudiar y no pagará mis estudios universitarios. —Aquella venganza le supo a gloria—. Pero se necesita mucho más para vencerme. Ya estoy inscrita en Odontología.

—La felicito —masculló. Tras algunos segundos, continuó—: ¿No considera inmoral posar en traje de baño? La foto saldrá en todos los periódicos.

—Muchas señoritas y hasta señoras hacen a un lado tales prejuicios. Yo igual.

Lo desafió con la mirada y el periodista correspondió en la misma forma:

—¿Viajaría sola a Estados Unidos?

—No lo pensaría dos veces.

—¿Cuenta con el permiso paterno?

—Soy independiente en todos los aspectos de mi vida —afirmó con absoluto descaro—. Para eso estudié: me valgo sola y me considero tan capaz como un hombre. —Ah, cuánto disfrutaba su papel.

—Una percepción muy original.

¿Ese incrédulo ironizaba? Teresita se sintió atacada y se aferró a sus ideas.

—Las mujeres que estudian son tan aptas como los varones y a menudo logran cumplir sus deberes con mayor rapidez, puesto que tenemos más paciencia, somos más diligentes y asimilamos hechos y conocimientos con más claridad.

El reportero apuntaba a gran velocidad y, de repente, Teresita se dio cuenta de que estaba metiendo la pata.

—¡Dios mío, van a creer que soy una feminista rabiosa! —se retractó—. Bueno, espero que comprendan.

—Comprendemos, señorita. —Su mirada recorrió el escote, los brazos desnudos y, obviamente, las piernas—. ¿Cuál es su mayor cualidad?

—Pocas veces me veo ante un espejo —mintió, contundente—. Importa más la inteligencia, aunque muchos caballeros no compartan mi criterio.

—Señorita Landa, lea esta nota mañana. Le ayudará a conocerse: «Belleza inquietante, sobre todo por su palidez y un aire melancólico». ¿Qué opina?

—Le agradezco los elogios.

—Su rostro me obliga a expresar mi genuina admiración —repuso, galante.

Una organizadora interrumpió la plática:

—Pase al vestidor, señorita Landa. Acaban de llegar Enrique Díaz y Eduardo Mellado. Las retratarán antes de que desfilen ante los jueces en traje de baño.

¡Recaramba! Mi mamá no sabe lo que le espera. Su hijita semidesnuda ante un montón de individuos pertenecientes al sexo opuesto. Bueno, ¿ya qué? Deberá aguantarse.

La prueba que todas temían resultó baba de perico. Pesaron a las concursantes, eso sí, pero nadie se atrevió a medirlas. Implicaría tocar ciertas partes corporales, publicar intimidades. Aquello provocaría un escándalo y ya bastante tenían los organizadores con haber conseguido a veinte jóvenes (algunas no tanto), cuyo número doblaba el del año anterior.

La mañana era ideal para el lucimiento de las bellas; un sol tibio bañaba la piel y los rosales florecían. Las chicas caminaron en fila india ante el jurado. Eso no estuvo tan difícil: su proximidad les daba cierta confianza. Para cerrar la prueba, desfilaron una por una, revelando quiénes eran expertas en aquellos meneos y quiénes actuaban por primera vez con semejante indecencia. Cinco ascendieron a finalistas.

La segunda parte consistía en preguntas (insulsas).

—Aquí fue donde la puerca torció el rabo —pronosticó el tío de Angelina, al constatar que la sobrina permanecía muda.

Otra tartamudeó. La tercera hablaba demasiado aprisa y la cuarta en susurros ininteligibles. En medio de aquella debacle, Teresa Landa se posesionó del estrado, sazonando su discurso con una frivolidad irresistible.

A los jueces se les hizo agua la boca cuando Teresita posó durante un minuto entero frente a ellos. Hubieran votado inmediatamente; mas, sofocando cualquier acusación de parcialidad, hicieron como que se consultaban y medio discutían. Sin que se dispersara el humo de varios cigarrillos, emitieron su fallo: María Teresa Landa y Ríos fue elegida Señorita México, por unanimidad. Su belleza y desparpajo borraban el concurso precedente así que, para enterrar tamaño fracaso, recalcaron que era la primera, la única que hasta ese momento podía vanagloriarse de semejante triunfo.

El llanto de las envidiosas acompañó tal anuncio; a las despechadas las consolaron sus parientes quienes lanzaban miradas asesinas a los jueces, tachándolos de idiotas. Débora, hecha una gelatina, temblaba de ansiedad. No sabía si reír o llorar, así que rio y lloró al mismo tiempo.

Por su parte Zoila Reina, quien no obstante su apellido se quedaba sin corona, lanzó un grito rabioso:

—¡Están ciegos!

Su padre tuvo que emplear toda su autoridad para que aquello no pasara a mayores. Mientras tanto, los familiares de las rechazadas, vacilando entre la resignación y el despecho, aceptaron el veredicto.

—De estas cinco muchachas comunes (y algunas corrientes) —musitó el dueño del balneario—, Teresita es la más joven, guapa, desenvuelta y tiene un cuerpo de oh là là.

—Estoy de acuerdo —asintió su socio—. Los jueces la siguen abrazando con un buen pretexto: las felicitaciones. Yo me formo en la fila.

Los fotógrafos se abalanzaron sobre Tere, mientras los meseros ofrecían antojitos mexicanos que los invitados acompañaban con cerveza, distendiendo el nerviosismo de la competencia. Cuando la distensión amenazó con volverse francachela, doña Débora agarró a su hija del brazo y la sacó del balneario. Así terminó ese primer acto. Lo sabroso empezaría veinticuatro horas después.

Los diarios lo anunciaron: «Posó en traje de baño». Breve frase, gran escándalo. La radio difundió los pormenores, en tanto los chismes añadían exageraciones y jaculatorias, salpicadas con críticas salaces. Las damas condenaron a diestra y siniestra: ¡Enseñar las piernas ataca las raíces morales de la sociedad! Los caballeros sintieron un interés súbito por las noticias y compraban el periódico, saltándose las páginas sobre política, hasta que Teresita aparecía en todo su esplendor y les sonreía con una dulzura que trastornaba la imaginación.

En algunos casos, mucho antes del anochecer, «posó en traje de baño» se transformó en «posó desnuda» y solo tras contundentes aclaraciones se calmaron los ánimos porque una cosa era rechazar la impudicia y otra, bastante distinta, calumniar a esa preciosidad. ¿Cómo se llama? Tere Landa. Fue mi compañera en la prepa. Mi tía conoce a su mamá. Mi primo compra leche en el expendio de don Rafael. Dicen que vomitó bilis cuando se enteró de lo sucedido. Y que desgarró los periódicos donde salía su hija con la corona de diamantes, hasta que solo quedaron pedacitos. A esa ceremonia fueron poquísimos. Nadie sabía cómo llevarla a cabo; les faltó experiencia. Claro que tiene novio; hasta dos. ¡Ay, cuánto me hubiera gustado ver su coronación! Para la siguiente, chatita.

La multitud acosaba a la reina; pero sus compañeros de la Normal no se presentaron en Correo Mayor, ni siquiera para una felicitación de cortesía. En unos cuantos días todos, festejantes, festejada y mirones, adquirieron callo. Su majestad vivía intensamente. De pronto, medio mundo sabía a dónde enviarle ramos de rosas. Cada mañana, Rafael perdía horas luchando contra los curiosos. Una costurera regaló el atuendo para el banquete patrocinado por Jueves de Excélsior. En tan solemne ocasión, el gerente, Gonzalo Espinosa, impondría la banda verde, blanca y roja a la Señorita México y la modista deseaba que Tere proclamara quién había hecho la hermosa prenda que lucía.

Turbas de desconocidos, que la insultaban o declaraban amor eterno, impedían que los señores Landa siguieran con su rutina. De repente ya no importaba que el comerciante se sulfurara porque nadie lo tomaba en cuenta, ni que Débora hubiera actuado, según unos, como alcahueta; según otros, como madre protectora. Los acontecimientos se sucedían a velocidad asombrosa y Tere debía tomar decisiones transida de emoción, de nervios y, sobre todo, de felicidad.

Ese día, lo más urgente era el banquete. A una hora de tan magno acontecimiento, la chica ideó frases originales y un comportamiento impecable. Repasaba las palabras cuando la puerta de la recámara se abrió de par en par.

—Esta vez no, Teresa. No voy contigo, aunque te quedes vestida y alborotada. No conozco a tus patrocinadores, habrá pocas mujeres y tu papá se lavó las manos respecto a tu conducta. Imagínate cómo lo tienes: ¡hasta la coronilla! Así que no, no cargo con tan enorme responsabilidad.

—Ni yo voy a rogarte.

—Te pintarrajeaste como una tiple.

—Como una actriz.

Teresita cogió su bolsa, se contempló por última vez ante el espejo, y bajó las escaleras con un temple inigualable. Esperó unos cuantos minutos y, a las dos en punto, mientras su madre se retorcía las manos, subió al coche que acababa de estacionarse frente a su domicilio.

—Buenas tardes, señores.

Tres caballeros le cedieron el asiento del copiloto, para que fuera cómoda, y ella pidió que no abrieran las ventanas.

—No quiero que el viento me despeine —coqueteó.

La atmósfera, rezumando agua de colonia y humo de cigarrillos, se mezclaba a un aroma particular: piel blanca, perfumada en exceso. Una acompañante habría impedido que el espacio cerrado del coche perturbara al dueño del periódico, al editor y al encargado de Sociales. No tenían la menor intención de seducir a Teresita, pero nunca habían estado con una chica ¿decente? a solas, apretujados en el asiento trasero, sudando a mares, con el recuerdo de aquellas piernas magníficas incitándolos. Mientras se presentaban, revelando títulos y ocupaciones, la señorita se volvía a saludarlos. Entonces, seis ojos descendían por la doble vertiente de sus senos. Los frenó el encaje del vestido y aquello los trajo abruptamente a lo inmediato.

Tere Landa, en cambio, se desenvolvía con aplomo. En una semana aprendió a aceptar alabanzas, juzgándolas bien merecidas. Convertirse en el centro de atención era un mazapán que se deshacía en la boca; que la escucharan embobados, una caricia a la vanidad.

Le pareció un trayecto demasiado corto. Al llegar, una multitud aguardaba para aclamarla. Sus pupilas, sombreadas por largas pestañas, apenas se posaron en la plebe. Luego recorrieron la fachada del restaurante. Tanta elegancia… ¡en mi honor! Los fotógrafos Díaz, Delgado y García, competían por plasmar la imagen de la homenajeada.

La Mujer, revista predilecta entre las damas, describió aquel momento culminante: El automóvil se detuvo e inmediatamente se tendieron mil manos para ayudarla a descender. La reina de México lucía un sombrero de organza, a la última moda, que dejaba entrever sus cabellos cortos. En este mismo material, el vestido, apenas cubriendo la rodilla, causó revuelo. Los zapatos rematan las medias blancas, mostrando los límites de su belleza corporal. A partir de hoy, las jóvenes la imitarán, estamos seguras.

La foto que ilustra esta nota, muestra el brindis. La beldad, rodeada por caballeros, exuda confianza y seguridad. Ve de frente a su interlocutor y la diestra que sostiene la copa de champaña, con que le dan la bienvenida, no tiembla. Esta joven de dieciocho años, conquista adeptos incondicionales, pero su actitud impide que haya faltas a la decencia. Con María Teresa Landa, el país inicia una revolución mucho más profunda que la anterior.

Su majestad disimuló varios bostezos durante los discursos almibarados y tremendamente aburridos. Solo sobrevivió porque se dividía en dos: la actriz y la observadora, ambas hambrientas de triunfo y de viandas. El homenaje se prolongó hasta que, al fin, la banda tricolor cruzó el blanco perla de su vestido. Los invitados concentraron sus miradas en María Teresa. Entonces perdió la noción del tiempo. Me admiran, repitió, saboreando aquel elíxir de dioses y varios bocadillos. Triunfé. Y hasta sus oídos llegaron los vítores de los curiosos, que llevaban tres horas en la acera.

Tras segundos de pánico por enfrentarse a un grupo empresarial selecto, recobró sus fueros y sostuvo una plática salpicada por preguntas, fotos y elogios. Los roces constantes sobre sus brazos aumentaban la excitación física y emocional, mareándola.

Aunque apenas había desayunado, solo picó la comida. Aquel banquete rebasaba sus expectativas. Si para otros el vino y la servilleta en forma de flor eran comunes, a Tere le revelaban un mundo distinto, más refinado, más digno de su victoria. Como si le echaran agua fría sobre la cara, captó la mediocridad de su familia y su estrato social. Un sabor agrio se mezcló al pastel francés que se llevaba a la boca.

A las seis la despidieron. Cumplida su misión, resultaba superfluo que altos ejecutivos perdieran su tiempo en esa muñeca. Ya la sacarían de la caja cuando hiciera falta. Un chofer la llevó a Correo Mayor.

—¡Bendito Dios, llegaste sana y salva! —exclamó Débora, quien había pasado la última hora espiando por la ventana—. Me arrepentí como de mis pecados por no acompañarte.

—Mamá, ni siquiera es de noche. Fui a una comida, co-m-i-da, a plena luz. Además, nadie te invitó. Serías un pegoste, una molestia. Entiende, por favor

—¿Y los señores que te recogieron?

—Se quedaron en el restaurante.

—Para tomar coñac y fumar puros.

—¿Ves? Nadie me faltó el respeto, ni estuve en peligro, ni nada. De hoy en adelante salgo sin cuidadoras. ¿Te enteras? Ya no requiero nana.

La rutina diaria cesó. Teresita iba de fiesta en fiesta y, desvelada, no se molestaba por organizar su tiempo: se levantaba a las doce, comía a deshoras; y, gracias a su herencia, recibía a peluquera y manicurista en ese hogar (antes) sacrosanto.

Una mañana, sin dar los buenos días, revisó el correo: anuncios publicitarios, cartas de varios admiradores, saldo bancario; por fin, una sonrisa rompió su desgano:

—¡Liverpool me regala el ajuar que aparté para la cena donde conoceré a las personas que me llevarán a Galveston!

La palabra, pronunciada con acento inglés, apuñaló a su madre. ¡Era verdad! Teresita viajaría a los Estados Unidos, ese país inmoral donde concluiría su perdición. Porque, si los gringos no hubieran hecho ese concurso, Excélsior no habría publicado la convocatoria, Tere no la hubiera leído, ni inscrito, y ¡mucho menos! posado semidesnuda.

La chica acercó una silla al flamante teléfono cuya instalación, desde luego, pagó.

—Yo no tengo por qué hacer gastos inútiles —dijo Rafael, y Teresita, que rápidamente se acostumbraba a lo superfluo, desembolsó sin la más leve objeción.

Al sentarse, la bata se entreabrió dejando al descubierto sus dos trofeos. Teresita levantó la pierna derecha: Necesito depilarme, calculó, mientras Débora, cual hilacho, se dejaba caer en un sillón. La Señorita México no era su Tere, la criatura angelical que educó con tanto esmero. Esa desconocida marcó tres números telefónicos. Las mismas veces murmuró, con su voz más sexy:

—Gracias; sí, lo haré. —Luego se volvió con su arrogancia de reina—. Excélsior me ruega que solo autografíe las fotos publicadas en Revista de Revistas. Las ventas suben como espuma. Esa publicidad ayudará a que me contraten de modelo.

Débora, muda, se dirigió a la cocina. Hirvió hojas de tila, pero el té se enfrió sin que lo probara. Las lágrimas rodaron por sus mejillas. ¿En qué había fallado? ¿Realmente merecía tan cruel castigo?

Otra molestia: las flores. Llegaban por docenas y Débora las colocaba en cuanto recipiente había hasta que abandonó gardenias, dalias, lilas y rosas a su suerte: marchitarse día a día. Yo nunca supe lo que es esto, pensó, recordando el insípido noviazgo con Rafael. Nunca me compré un vestido escotado, nunca he ido a un restaurante de los caros, nunca, nunca... y me voy a morir igual. Como hoy. Como ayer. Entonces ya no le parecieron tan desproporcionadas las locuras de su hija y, a su pesar, la envidió.

De chisme en chisme, la noticia del triunfo se esparcía cual pólvora aun entre aquellos que jamás leían el periódico. Sí, sí, nuestra vecina… ¡Santa Catalina! ¿Ganó el concurso? ¿Qué concurso? ¡Pero si jamás llamó la atención! Sus pobrecitos padres, tan decentes que son y con una hija p…

Los maestros de la Normal comentaban sesudamente el caso:

—¿Vieron las fotos de Teresa Landa? Las venden en Bucareli.

—Pásamelas para echarles un ojo.

—Apenas se graduó y ya parte plaza.

—Además de inteligente, una chulada.

—Las poses del cuerpo femenino resultan imprescindibles para entender al sexo débil. Vampiresas, cabareteras, cirqueras, ilustran una verdad: la mujer solo tiene un valor, el sexual.

—Colega, habla usted igual que en el Medioevo y vivimos en el siglo XX. Según mi opinión, estas fotos son un testimonio cuyo significado va más allá de un caso particular. Comprobarán el cambio social que provoca nuestra alumna.

Los vecinos atropellaron la más elemental urbanidad. Varios, cuyo número aumentaba, tocaron el timbre de Correo Mayor 119. La primera vez, el matrimonio Landa enmudeció ante aquella turba. Desde la puerta, intentaron dar explicaciones y, como las interrupciones se multiplicaban, se encerraron en su hogar.

La pareja perdió los estribos. Para ir a su trabajo, el comerciante se abría paso a empellones, murmurando un «buenos días» que pronto sustituyó por violentas interjecciones.

Las señoras Pérez, Jiménez, Canseco y Rocasola, que vivían en la misma calle, idearon un asalto estratégico. Entraron por la cocina, con el loable fin de aconsejar a Deborita.

—Permitiste algo inconcebible, comadre.

—Si no pones remedio...

—Comprenderás que nuestras hijas ya no pueden tratarse.

—El mal ejemplo cunde.

—Mira lo que dice tu hija. —Enriqueta Pérez le puso un recorte del bajo la nariz—: Las mujeres que estudian son igual de capaces que los hombres. ¿Eso piensa Teresita?

—Pues...

—Tú serás responsable si acaba mal. No lo niegues, te enorgullecía que tu hija estudiara.

—La considerabas superior a las nuestras.

—Dios castiga la soberbia, Débora.

La aludida reaccionó de manera extraña.

—Sí, vecinas, dieron en el clavo. Me enorgullece que Tere sea la única con un diploma. Además, tiene pantalones. Cometió un error al posar en traje de baño; pero su valor, esa determinación por abrirse paso, nadie se lo quita. Yo no envidio a sus hijas. Ustedes, ¿pueden decir mismo?

Excélsior, dispuesto a sacar raja del concurso, organizó festejos que culminaron con un desfile. Teresa Landa lució su belleza por las avenidas principales. El entusiasmo subía de tono a medida que los carros alegóricos pasaban ante la Alameda y se desbordó frente a Sanborn's. Los transeúntes piropeaban a «la novia de la calle de Madero», la reina más reina, la flor más bella entre las flores. Espontáneamente formaron una valla, donde los comentarios iban de boca en boca.

—Su sonrisa franca enamora.

—¡Qué dientes, qué labios!

—¡Y cuánta alegría! No finge, la invade el júbilo.

—Su cuerpo parece hablar. Se ve tan libre, tan pizpireta.

—¡Cómo alza los brazos, cómo saluda!

Espontáneamente, los mirones aplaudieron. Teresita, desde la altura del carro alegórico, agradeció el homenaje bajando las pestañas.

Esa misma tarde, las señoras Pérez, Jiménez, Canseco y Rocasola, se reunieron para tomarse un cafecito. Hubieran invitado a Débora; pero no le perdonaban su actitud. A solas, esparcieron veneno.

—Teresita nació coqueta porque de la mamá, tan seca, tan brusca, no lo heredó.

—Oigan —pidió la Chata, que traía pruebas para respaldar sus afirmaciones—. Esta foto la titulan Miradas que matan. Ahora lean el comentario: la Señorita México rompió con el Manual de Carreño quien aconseja mantener una actitud discreta en la plática con un caballero. Sin el menor disimulo, dirige la mirada a su interlocutor. No estamos acostumbradas a tanto atrevimiento.

—Para mí, este reportaje es griego mezclado con japonés, así que explíquenmelo: La pose corporal delata el temperamento de la joven. Por esta razón podemos determinar su carácter sin temor a una equivocación.

—Queda muy claro: Tere se desbarrancará y nadie frenará su caída.

—Pues el reportero la alaba: Su actitud muestra a una joven segura, confiada y decidida, cuyo futuro abarca grandes logros. Por lo pronto, concursará en Galveston, Texas, para seguir cosechando triunfos. Lo predecimos: ¡en Estados Unidos recibirá ofertas para debutar en Hollywood! Habla inglés mejor que los norteamericanos; el idioma no será obstáculo. —Se miraron, estupefactas.

—¿Teresita? ¡Qué va a hablar! Eso dice el reportero que ni siquiera conoce el idioma.

Continuaron observándose, entre sorbos de café. Una conclusión salió a flote:

—Ya cortamos a la tal Teresita; sin embargo, no basta. ¿Qué tal si nuestras hijas se rebelan contra nosotras?

Hubo un estremecimiento común.

—Aplicaremos la ley del hielo a los Landa.

Las demás, dando ejemplo de responsabilidad maternal, apoyaron aquella decisión.

—Todas para una y una para todas.

La convicta ya vestida y maquillada, se recuesta sobre el camastro. Su rigidez evita las arrugas en el vestido, pero también el descanso. Las vecinas nos aplicaron la ley del hielo: todas contra mí y yo contra todas... porque nadie odia a una mujer como otra mujer.

Amanece. El sol vence las penumbras y muestra, sin disfraz, esta infamia: la celda donde estoy presa. La cárcel mutila el espíritu, castra nuestra dignidad para siempre. El licenciado no da señales de vida. ¿Qué hago si se retrasa?

Moisés Vidal, que hasta entonces no había dado señales de vida, se presentó cuando Teresita andaba por distintos rumbos. Sus padres habían doblado las manos y esa claudicación propició un libertinaje donde ni el respeto o la familia contaban. Carecemos de las armas necesarias para detener esta avalancha, se disculparon a sí mismos. Rafael deseaba que su esposa sujetara a la hija; Débora que pusiera límites, y ambos, incapaces, se hacían a un lado, mientras aquella pesadilla rodaba hacia el abismo.

En circunstancias distintas, la señora Landa no hubiera recibido al general. Esa noche, sintiéndose muy sola y, además, traicionada por el marido, le abrió la puerta de par en par. Se refugió en su virilidad (tan obvia), como quien agarra una brasa ardiente: él sabría cómo sujetar a Teresita. Sin embargo, cuando Moisés ya estaba adentro, captó su error: aquel tipo no admitía sugerencias, ni siquiera peticiones.

Previniendo que exigiría hablar con la niña, buscó una excusa. Algo creíble, Virgencita. Ilumíname o este salvaje me mata.

—Vengo a ver a don Rafael —anunció el brigadier, buscando dónde colocar el enorme ramo que llevaba en las manos. Carajo, hay rosas hasta en el suelo, marchitándose. ¡Gasté una fortuna en vano! De pésimo humor, puso sus flores sobre el sofá.

—Lo siento mucho. Hace una semana que mi marido pasa horas encerrado en la recámara.

—Mejor. Si no puede enfrentar esta situación, más ayuda quien no molesta —afirmó, contundente. Nada le parecía tan despreciable como un pelele—. Teresa está pidiendo a gritos que alguien le marque un hasta aquí y ni usted ni su marido...

A la anfitriona se le subieron los colores:

—¿Cómo se enteró del concurso?

—Señora, las piernas de su hija están en todos los periódicos. Me voy a Veracruz, por órdenes superiores, regreso y me encuentro un caos. Póngase en mi lugar: dejé a mi novia, una chica decente, a su cuidado. Usted me la devuelve, si acaso me la devuelve, convertida en la Señorita México, con todas las barbaridades que eso implica.

En son de reto, la aludida preguntó:

—¿Y usted se cree capaz de imponerle su autoridad?

—Nadie, nunca, me ha acusado de blandengue. Para eso vengo: porque soy capaz. ¿Dónde está Rafael?

—Acostado.

Sin solicitar permiso, subió al segundo piso seguido por Débora, que apenas lograba seguirle el paso. La puerta de la recámara rebotó contra la pared y, ante semejante estruendo, el comerciante se sentó sobre el lecho. La consternación se pintaba en su rostro.

—Señor Landa, voy a cortar de tajo este desbarajuste. Me caso con Teresita.

El aludido carraspeó, pero ni una sílaba salió de su garganta.

—Estuve con la Galla. —Vidal, un mago barajando verdades a medias, aclaró de inmediato—: Con doña Josefina Galla, administradora de un establecimiento de amplia reputación.

Rafael no le creyó ni el bendito, pero se sentía insuficiente para desenmascararlo.

—Jose me dio detalles sobre lo sucedido durante mi ausencia.

—Se fue cuando más lo necesitábamos —suspiró Débora, dichosa de encontrar un apoyo y, al mismo tiempo, de censurar a ese cavernícola—. Como su pretendiente usted tiene ciertas prerrogativas.

—Ojalá su hija compartiera tal opinión, señora.

—Si nos hubiera dado su dirección o la fecha de su llegaba, le habríamos avisado.

—Trabajo para el gobierno. No acostumbro impartir información confidencial. —Entonces lanzó la acusación que tanto mortificaba a su futuro suegro—: Rafael, ¿cómo permitió que coronaran a María Teresa? ¡Señorita México! ¡Ja! Desde ese momento perdió lo de señorita.

Aquel insulto picó el honor paterno. De un tirón apartó las colchas y, en paños menores, se enfrentó al militar:

—Óigame usted...

Vidal clavó su índice sobre el plexo solar del comerciante y de un empujón lo volvió a sentar.

—Preste atención, señor Landa. En este país y, me atrevería a decir, en el mundo, actuamos según pensamos. Y aquí se piensa que su hija consiguió el título dándole demasiadas libertades a los jueces.

—Óigame usted...

—Aun si fuera mentira, esto es cierto: María Teresa llega de madrugada y ninguna persona respetable la acompaña.

Débora, desilusionada por el marido, perdió el control:

—Tiene razón. Hace días, ¿horas, siglos?, que apenas veo a mi hija. Entra y sale según se le antoja. Despilfarra. La rodean reporteros, modistas y un número creciente de moscardones. Por más que la aconsejo, ni siquiera me escucha y yo no tengo carácter para hacerme obedecer.

Moisés, pasándose la mano por el cabello, empezó a recorrer la habitación cual fiera enjaulada.

—A cambio de obtener el cetro, ¿qué no empeñaría una chamaca? ¿La decencia? Bastante devaluada, creo yo.

—Devaluada o inexistente, usted no merece a mi hija. —Se sulfuró Rafael. Un momento después, ¿quién lo creería?, alababa a la chamaca—: Teresita es muy culta. Terminó la Normal con altas calificaciones; habla inglés y francés. Usted no pertenece a nuestro medio; es un perfecto desconocido que se introdujo en nuestras vidas por mera casualidad.

—Lo que dice aumenta los defectos de la niña, Landa. Los catrines de las mentadas familias elegantes jamás la cortejarán: les da miedo que una sabionda se les suba a las barbas. Pregunte a las vecinas si quieren la mano de la nena para sus nenes.

El comerciante se enderezó:

—Aunque apoyáramos su petición, general, jamás impondríamos nuestro criterio. —Recordó las afirmaciones de Teresita y, sintiéndose seguro, recalcó—: Mi hija escogerá a su futuro marido.

—Absolviéndolo a usted de tamaña responsabilidad.

—Ella misma se lo explicó: se casará con quien le venga en gana.

—Conmigo. Gracias a la fama que se ha creado no le queda de otra. —Se acercó tanto que mezclaron sus alientos—. A mí, el qué dirán me hace lo que el viento a Juárez. Desde que la conocí, María Teresa se me volvió obsesión. Con un carajo, ¡no la puedo sacar de mi mente! Resumamos este asunto: si ella acepta, ¿usted daría su consentimiento?

Ante esa posibilidad, el pater familias intentó retractarse:

—En teoría…

—Más bien en la práctica. Vaya preparando la boda.

Mientras el general bajaba las escaleras, Rafael se retractó: Cedí demasiado pronto. ¡Todo sucede tan rápido! Teresita se descarrió. Mil libros raros la atarantaron. ¿Cómo la meto en cintura? ¿Bofetones, castigos? No, no soy capaz de golpearla... y ya perdí su respeto. Quizá nunca lo tuve. La saliva le supo amarga. Mi hija quedará al garete. La fama desaparece; la maledicencia, al contrario, perdura. Teresita necesita un hombre que la respalde.

—De que se case a que se pierda, mejor casada —dijo en voz alta. Su esposa lo miró; aquella aceptación parecía una derrota.

Desde el primer piso, Vidal gritó:

—¿Saben dónde encuentro a mi prometida?

—Hoy cena en el Tívoli —respondió Débora, vencida.

En el Zócalo, sin perder un instante, el general subió a un tranvía amarillo que, pasando por San Juan de Letrán y Puente de Alvarado, lo acercaría a su destino. Aunque la máquina no sufrió ningún desperfecto, cuando llegó habían pasado los discursos y los meseros recogían los platos con restos de lubina en salsa tártara.

Vidal todavía desperdició dos minutos sobornando al encargado para que le permitiera la entrada sin invitación. Le asignaron una mesa a bastante distancia de la principal, donde la Señorita México departía con cinco caballeros y dos damas.

Pidió la sopa Crécy y, como se terminó el pescado, de segundo plato le sirvieron ternera asada. La despachó a grandes bocados. Para el postre (Suspiros de Monja), las mujeres se despidieron. Ahora ningún obstáculo impedía que observara a la reina rodeada por sus súbditos: cinco bobalicones.

A Moisés se le alborotaron los celos, pero se contuvo: nunca más se le presentaría la ocasión de atestiguar el comportamiento de su novia a prudente distancia. Si me sale con un domingo siete, la planto y que se quede a vestir santos. A mí nadie me pone los cuernos. Y si esos mentecatos se sobrepasan, les sorrajo un tiro.

Aunque no oía las palabras, observó el lenguaje corporal con ojos de lince.

—Le estamos muy agradecidos, señorita Landa. Las ventas subieron hasta las nubes.

—Su triunfo distrajo a los detractores de Excélsior. Como bien sabe, Obregón acusa a nuestro diario de parcialidad porque publicamos los muchos errores que se cometieron durante la Revolución.

—Y, hoy por hoy, el candidato presidencial nos considera hostiles al «movimiento evolutivo», nombre rimbombante con que oculta sus arbitrariedades.

Teresita desvió la plática hacia temas más interesantes:

—Escuché la reseña del concurso en la radio.

—Skipper fundó esa estación, Parker CYX, la primera en América Latina.

—¿Skipper?

—Así bautizó Carlos Denegri a don Rodrigo de Llano y a los demás se nos pegó el apodo. Su innovación en la radio nos mantiene al tanto de lo que sucede en el mundo.

Vidal los catalogó: Estos pendejos ponen ojos de borrego como si la Virgen se les apareciera. Con esa actitud, no hacen otra cosa que subirle los humos a la «reina». En ese momento, Tere sacó una cigarrera. Al general se le cuadraron los ojos: ¿Vas a fumar?, pensó y por poco se levanta para arrebatarle el cigarrillo. No obstante su indignación, el humo daba el toque final a los collares, a la boa sobre los hombros.

El restaurante empezó a vaciarse y Vidal terminó su café de un trago. Ni los empresarios ni Carlos Gutiérrez, el actor, repararon en su presencia. Solo cuando se paró atrás de Teresa Landa, apoyando las manos en el respaldo del asiento, guardaron silencio. Los sorprendía la audacia del intruso que rompía tan grata intimidad.

Moisés se dirigió a la joven como si ya le perteneciera:

—Su señor padre me rogó que la recogiera.

Aquella afirmación molestó a la celebridad. Odiaba el sometimiento, del que creía haberse librado, y ni siquiera la sorpresa de ver a Vidal le impidió mentir.

—Muchas gracias, general, pero no es necesario. El señor Gutiérrez me acompañará.

El aludido no ocultó su asombro; aun así, se puso de pie. Frente a frente, los dos hombres se midieron y el actor reconoció su desventaja. No tenía arrestos para enfrentarse a un militar, posiblemente armado:

—Si usted insiste. —Nótese que Vidal ni siquiera había abierto la boca—. Le cedo ese honor.

Como si estuvieran de acuerdo, los demás presentaron sus disculpas: todos tenían asuntos urgentes e inaplazables. Teresita, verdaderamente furiosa por tan abrupta despedida, recibió la promesa para un nuevo encuentro antes del viaje a Galveston.

Apoderándose de una silla, el militar se sentó a ahorcajadas. Antes de que la niña le echara en cara uno o varios reproches, atacó: El que pega primero, pega dos veces.

—Su papá autorizó nuestro casamiento.

A estas alturas, sazonada por el triunfo y los halagos, nada la enmudecía.

—¿Sin mi consentimiento?

—Con su libre y total aceptación. Yo me encargo de que acepte, chula.

Estuvo a punto de decir: Jamás, jamás me casaré con usted, pero recordó sus besos. El bigote, las manos que la habían acariciado.

—Está usted muy seguro de sí mismo, Moisés.

—Por una razón bastante simple: nadie le entra a una yegua tan bronca. Se lo he repetido hasta el cansancio; apréndaselo porque será la última vez. Medio México compra sus fotos y se las comen a besos. Los lagartijos me envidiarían el papel de guardaespaldas, quizá hasta de novio, pero nunca de marido pues habrá engaños, pre y post boda. —Teresita lo contempló desde la altura de su desprecio—. Sí, linda. Según las malas lenguas, no tendrá derecho a vestirse de blanco y, ya casada, le pondrá una cornamenta gigante al tarugo que le dé su apellido.

La hermosa se levantó y, sin dirigirle ni una palabra al general, caminó hacia la puerta.

—La verdad no solo hiere, también incomoda.

Aquella ironía la paró en seco.

—¿Piensa que no puedo imponer respeto? ¿Que únicamente atraigo por el físico?

—A las mujeres demasiado cultas, igual que a las muy bonitas, nadie las aguanta; pero la cosa no termina ahí. Los días pasan, siguen pasando, y la joven se convierte en vieja; la princesa, en Cenicienta. La gente se acostumbra pronto a lo bueno: usted a sus admiradores, los ramos de rosas, las entrevistas que le trastornan el seso. Necesitará, como una droga, lo que hoy recibe y, óigalo bien, cuando se caiga del candelero, nadie le echará una mirada ni por casualidad.

Entonces volverá la cabeza y no habrá un gato a su alrededor, sobre todo si pierde la competencia gringa. Ya lo estoy viendo: sola, desesperada, se entregará al mejor postor.

—Me insulta.

—Le muestro la realidad: el mejor postor soy yo. A mí me importa un carajo que haya enseñado las piernas o que le hayan pellizcado el trasero.

Impotente para atajar a ese pelafustán, ironizó:

—Me encantaría saber el motivo de que me ofrezca, con tanta insistencia, su blanca mano. Si soy tan despreciable, ¿por qué se rebaja a mi nivel?

—Por tus besos.

El fervor resonó en su voz y ella sintió esa pasión que la acercaba al militar, acortando la distancia entre sus cuerpos. ¿Pone a mis pies un gran amor? Existen millones de palabras y él escogía tres: las precisas para conmoverla.

—Necesito que nos amemos... —Con desenfreno, en la cama, atropellando toda cautela. Una pendiente al vacío; bebiéndose, comiéndose, chupando cada parte de la piel—. Solo en ti, María Teresa, encontraré la saciedad del éxtasis porque me provocaste, cuando ya no la esperaba, una sed intensa.

De repente, reconoció el hambre que la ponía a merced de ese hombre. Si las demás son como mis compañeras de la Normal, apestosas a santidad... Si los demás ni siquiera saben besar... Él no aceptará una esposa fría, que lo frene; ni yo con un mustio que se escandalice por todo. Moisés Vidal exigía más, mucho más: a Teresa Landa, con piernas magníficas, el cerebro en su sitio y el miedo en ninguna parte.

La señorita se posesionó de aquel rol: heroína, musa, diosa.

—Le permito seducirme —dijo, sintiéndose una verdadera reina.

El militar respiró hondo: No hay yegua que se me atranque.

—Por lo pronto, salgamos de este cuchitril.

—¿También le pone peros? Es un restaurante de abolengo.

—Y de relajos. En la otra sala, el boliche se presta a que los hombres se quiten saco y corbata, beban, inviten un trago a las muchachas que fuman y terminen la noche muy apretaditos, dizque bailando.

—¿Qué tiene contra el baile?

—Los brincos del fox trot, los meneos de la rumba y el tango, impiden el romance. Además, prefiero las tonadas de la Revolución, donde los soldados se lanzaban a la lucha cantando La Adelita. Esos sí eran hombres.

Del salón contiguo llegaba la música de un trío y el general, quizá enardecido por el recuerdo de batallas y pólvora, apretó a Teresita contra la guerrera; tanto, que ella sintió los botones incrustarse su pecho… ese placer doloroso no le desagradó.

Algunos meseros llevaban copas, servilletas y cubiertos sucios a la cocina; otros alistaban las mesas para el siguiente banquete. Había un residuo de pureza en la blancura de los manteles recién extendidos, un olor a boda en la vajilla. Al terminar los preparativos, apagaron varias lámparas.

Teresita, suspirando, se entregó a la música. Por instinto de supervivencia, los empleados respetaron el espacio donde Vidal bailaba con la Señorita México y desaparecieron discretamente.

180

La pareja, deslizándose por entre las mesas del salón vacío, sintió la proximidad del otro: las manos unidas, los rostros a punto de tocarse. La penumbra los excitaba; pero Vidal prolongaba aquel momento cargado de sensualidad. Los cuerpos, a unos centímetros, milímetros, un soplo de distancia, exigían consumirse en un lento fuego pasional.

Haciendo un esfuerzo gigantesco, Moisés se detuvo, aunque el sudor le humedecía la entrepierna. Una sed de caricias íntimas, de sazonar esa fruta todavía verde, lo torturó.

—Te invito al Salón México.

La niña regresó a esta realidad con la boca seca y las funciones cerebrales disminuidas. Su instinto la sacó a flote: los meseros eran su escudo contra los ímpetus del general. Ahí podía manejarlo (más o menos) a su capricho.

—Es tardísimo. Mi mamá se queda despierta hasta que yo llego.

—De acuerdo. Te llevo a tu casa.

Deseaba insultarlo: Insiste, baboso. También agradecía a la divinidad su intervención: De la que me salvé.

En el coche de alquiler se mantuvieron rígidos, mirando por las ventanas. La ciudad quieta y a oscuras, dormía.

Cuando abrió la puerta de su casa, Moisés la acorraló contra la pared. Un instante después le besaba el cuello, la oreja. La mordió. Como no se quejaba, apretándose contra ella le descubrió su erección. Teresita, sofocada, ardía.

—¿Eres tú, hija?

Aquella pregunta quebró la pasión de golpe.

—Tere, pon el candado.

—Sí, mamá.

Moisés se rehízo, mientras se secaba la frente:

—Entonces queda claro. Al regreso de Galveston nos casamos.

Salió, mientras su futura esposa subía al segundo piso. Débora, con la cara embadurnada de crema, comprobó que su hija estaba sana y salva; más tranquila, regresó al lecho conyugal.

Todavía temblorosa, Tere se desmaquilló en el baño. Lo traigo loco, presumió al espejo. Desbordaba orgullo, certeza en sus encantos. Lo convertiré en cordero; que me dé luz verde…, y ya vería quién era ella.

El matrimonio Landa dejó a Teresita bajo la protección de Dios y de Moisés. Esa tarde, porque consideraba a su hija sin posibilidad de redención, Débora se puso a planchar camisas mientras la señorita atendía al novio.

Sentados en la sala, a prudente distancia, Tere preguntó:

—¿Me permitirá viajar sola, Moisés? ¿Confía en mí?

—En lo más mínimo —respondió, acercándose—. Creo que usted está pidiendo a gritos una buena lección, bonita. Así que en Galveston encontrarás la horma de tu zapato. Tú ya te ves firmando contratos, tu nombre en la cartelera. Pues ni siquiera llegarás a finalista: la ganadora será güerita y de ojo claro.

¡Lo odio, lo odio! La expresión de la joven lo hizo sonreír.

—Si acaso te dieran un papel en una película, sería de criada, mesera, la latin lover sirviendo a los rubios.

Muy digna, imitó a una estatua y el general, que conocía a las viejas (mujeres de cualquier edad), aprovechó su turbación.

—Ahorita estás en el candelero. Gózalo, muñeca. Yo no me

rebajaré compitiendo contra pimpollos. Que te traigan chocolates y flores… siempre y cuando no se pasen de la raya. Eres mía.

—Merezco estas amenazas y su actitud paternalista —repuso, humillada—. Debí empezar la plática anunciándole que iría a Galveston con o sin su permiso. También le aclaro que, si acaso le soy fiel, será por amor, no por miedo. Por lo tanto, exijo que usted corresponda en la misma forma.

—Teresa, escúchame bien: una pistola tiene seis balas y yo solo necesito dos. La primera para ti, si me engañas. La segunda para el poco hombre que me ataque por la espalda porque, frente a frente, no se atrevería ni a verte de reojo. —Un silencio helado invadió la sala. Vidal la contemplaba, sopesando cada posibilidad—. Viajarás sola…

—Acompañada por la representante de Excélsior.

—Ya te lo advertí y sobre advertencia no hay engaño.

De pronto, su proximidad les erizó la piel. Vidal le acarició el cuello; sus dedos morenos resaltaban contra esa blancura de nácar. Luego besó los labios entreabiertos y se estremeció. La pasión lo conmovía. Sujetando la mano que iba a rozarle la cara, condescendió:

—Ve y haz. Llega hasta donde puedas. —Lo sorprendió su propia generosidad. Quizá interprete mi actitud como debilidad. Por lo tanto, rectificó—: Tras el fracaso, se te bajarán los humos.

—Haré que se trague sus palabras, general. Allá también voy a ganar.

Lo dejó plantado en el sillón y subió las escaleras corriendo. Vidal se levantó, se acomodó la guerrera y esperó dos minutos exactos: Que haga su berrinche a solas. Sin despedirse de su suegrita, salió a la calle. Con esta chamaca no me aburriré nunca, sonrió.

Mientras recogía y lavaba los platos, Débora le describió al marido la escaramuza donde Teresita llevó todas las de perder.

—¿Los espiaste? —indagó entre admirativo y dudoso.

—Por si era necesario intervenir, gordo. Vidal carece de educación. Claro, vivió entre soldados y, te apuesto, no estudió en la Academia Militar; se curtió en el campo de batalla.

Para su infinito asombro Rafael, lo defendió.

—Tiene sus cualidades, Débora; protegerá a nuestra hija. Además, no estamos para escoger. —Satisfecho, citó un detalle que recomendaba al general—: Pasó a la lechería y me entregó un boleto de ferrocarril. Si quieres acompañar a Tere, haz tu maleta. Sería la única manera en que tú, él y yo nos quedemos tranquilos.

—¿Aceptaste el regalo?

—¿Estás loca? En tal caso, yo pagaría tus gastos.

Ante esa muestra de dignidad, a Débora le regresó el alma al cuerpo; luego, ante la complicada situación, se le volvió a escapar.

—Mi compañía sobra, Rafa. Teresita nunca me ha tomado en cuenta. Se portará como bien le parezca, aquí o en China. —A continuación, amontonó excusas—: Además, es un viaje larguísimo y llegaría con los huesos molidos. No hablo inglés, ni tengo trato social. ¡Por tu culpa! Apenas salgo de nuestro barrio para ir a la Merced. Solo me has llevado a conocer Tlalpan y Xochimilco, ni siquiera Cuernavaca.

—Quizá se te olvida: trabajo seis días a la semana. Acabo muerto. Los domingos los dedico al descanso y a Dios.

—Más a mi favor. Soy una pueblerina. Teresita se avergonzará de mí y sus groserías nos separarían aún más. A mí no me eches el paquete. Si Vidal o tú quieren cuidar a Teresita, adelante. Yo me quedo muy contenta en Correo Mayor, mi hogar.

El hogar que siempre odié. Correo Mayor me parecía demasiado mediocre para mis sueños de reina. En la sala, con muebles viejos y adornitos cursis, era imposible organizar una fiesta. Cuando heredé la casa de mi abuela, pensé en remodelarla. Ahí, Moisés y yo recibiríamos a los generales y altos jefes militares… Me llevé un chasco. Siempre estaba ausente. Siempre me dejaba atrás. «Pasaré una semana en Veracruz. Les encargo a Teresa, Deborita». Como si yo fuera un perro o un canario. Le reclamaba, pero le valía sorbete. «Eres una perla preciosa», me corregía. «¡Que no salga ni a la esquina, Rafael! La mujer en casa y con la pata rota». Disfrazaba su actitud con una broma: «Claro, no le rompas las piernas, es lo mejor que tiene. Bueno, aquí me despido, suegritos».

La despedida fue célebre. Más parecía que Teresita viajaba a la luna que a Galveston. Entre grandes y chicos, setenta y cinco mil personas presenciaron el desfile financiado por importantes marcas de autos. El famoso aeronauta Charles Lindbergh, de paso por la ciudad, se unió a la comitiva; pero nadie lo admiró tanto como a la Señorita México.

—Pos no —explicó un pelagatos a otro—: Linber ni siquiera tiene bonitas piernas.

—¿Ya se las vistes?

Por la noche, el baile se llevó a cabo en el famoso Hotel Regis con dos orquestas, entrevistas, fotos y discursos. La crema (y nata) de la sociedad acudió a aquella apoteosis, donde María Teresa Landa reinó hasta el amanecer.

185

Al despuntar el 29 de mayo de 1928, llegó a la estación Colonia, deslumbrando a cuanto transeúnte se cruzaba con ella. La acompañaban Moisés Vidal, sus padres, cinco maletas y los organizadores del concurso. Lentamente se abrieron paso desde Sullivan hasta el andén, pues la multitud se agolpaba para desear un merecido triunfo a su ídolo.

Pedro Segovia, charro de pura cepa, le regaló un sombrero, bordado en plata, y varios catrines le entregaron alcatraces, claveles, lilas. La señorita dio los ramos a su madre quien, orgullosa y conmovida, se secó una lágrima. Los reporteros se daban gusto: sacaron fotos, bebieron sus palabras... o eso creyeron, pues entre suspiro y suspiro, perdieron frases que después inventarían para la nota de Sociales. Uno, sin que lo intimidara el ceño fruncido o el uniforme militar, comentó:

—Usted, coronel, ¿aprueba este acontecimiento tan importante en la vida nacional?

—En primer lugar, muchachito, no me baje de grado: soy general; en segundo, Teresa representará a México en el extranjero, lo cual, estoy de acuerdo con usted, tiene cierta relevancia patriótica. Por lo tanto, lo apruebo.

El periodista hubiera ahondado en aquella afirmación, pero los mariachis interrumpieron su siguiente pregunta. La emoción, que estrujaba los corazones, aumentó con las guitarras. Aquella melodía despertaba una nostalgia infinita. Viejos y jóvenes imaginaron la separación de los amantes: en ese momento, Moisés y Tere formaban parte del folklore social. Los ojos se llenaron de lágrimas, acompañando el canto: «¿A dónde irá, veloz y fatigada, la golondrina que de aquí se va?».

Las personas que iban a despedir a su familia, abandonaron tías, hermanas, ¡hasta a la propia madre!, para rodear a la belleza triunfal. Se hubieran aproximado todavía más, suplicando una sonrisa, si la incómoda presencia de Moisés no hubiera intervenido. Agarraba a su novia del brazo, enterrando los dedos en aquella blanca piel indefensa. Su mirada marcaba límites; la pistola hacía que se obedecieran.

Cuando el mariachi entonó: «Junto a mi lecho le pondré su nido, en donde pueda la estación pasar», Moisés unió su vozarrón al verso, como si acabara de componerlo: «También yo estoy en la estación perdido, ¡oh, cielo santo, y sin poder volar!».

—Te voy a extrañar, preciosa. Ya te extraño.

El beso nacía en los labios. Un poco más y la multitud atestiguaría aquel amor.

—Los pasajeros deben abordar el tren. Partimos en quince minutos —anunció un empleado.

Ambos se contuvieron. Débora bendijo a su hija y luego, discretamente, desapareció. Rafael la encomendó a todos los santos mientras la abrazaba.

—Aquí, ante todos, podría hacer valer mi autoridad. Bastaría con que te negara el permiso para que este viajecito se cancelara.

Tere asintió y el respeto infantil, largo tiempo perdido, recobró sus fueros.

—Gracias, papá —musitó, sincera.

El brigadier acortó aquella escena. Tanto arrumaco lo irritaba. Teresita solo debía depender de él. De nadie más. Con caballerosa amabilidad, la ayudó a instalarse en el compartimento donde había rosas y algunas cartas. Tere, radiante, sentía locos latidos agitando su pecho.

—¡Conoceré otro país! ¡Mi sueño dorado! Durante tres días atravesaremos la provincia mexicana. Cuando regrese, le contaré a la prensa cómo es Estados Unidos, qué me dijeron, la recepción, el concurso. ¡Todo, todo! En un diario voy a escribir mis pensamientos, cada una de mis emociones.

Vidal la paró en seco.

—Ojalá te diviertas. —Recogió las cartas, que sin duda eran de algunos mequetrefes ofreciendo pasión, matrimonio y demás tonterías y, dándole la espalda, avanzó por el pasillo del tren hasta localizar a la organizadora de la comitiva—: Señora, le encargo a mi novia. Cuídela como a la niña de sus ojos, —su petición se volvió amenaza—: porque si algo le pasa, se las verá conmigo.

—Más bien conmigo, general —dijo Débora, emergiendo de un camarote—. A último momento, me arrepentí. Acompañaré a Teresita. No por usted, ni por mi marido, ni el qué dirán. Lo hago porque, si se enferma o me necesita, no podría perdonármelo.

—¿Viajará sin equipaje?

—Allá me compro ropa.

En cada ciudad, Teresa Landa era acogida por dignatarios locales y agasajada con distintas atenciones. Al pasar la frontera, los funcionarios de la aduana le dieron trato diplomático. Cuando llegó a Galveston, los inmigrantes mexicanos ovacionaron su nombre durante el recorrido al hotel Jean-Lafitte. Cumplido el protocolo de la bienvenida y el registro, la alojaron en una habitación contigua al mar. La estancia en Estados Unidos sería de ensueño.

Casi cuatro meses después, Miss México regresaba a su patria. Seguía siendo Señorita México. NADA más. Las letras mayúsculas se clavaban cual puñales en su alma. No obstante el traje de baño revelador y las largas piernas de tobillos delgados y pantorrillas sandungueras, ni siquiera llegó a finalista. Obtuvo el noveno lugar entre cuarenta concursantes de once países. Por primera vez se subió a un avión y aterrizó en México, el 22 de septiembre de 1928.

En el aeropuerto sonó la primera alarma: solo la esperaba un reportero medio ciego. Teresita lo comprobó cuando ese atarantado la confundió con una muchacha regordeta, a quien saludó con la mayor deferencia. Más agria que un limón, abrió brecha entre las maletas, su padre y Moisés Vidal, y dijo:

—Yo soy Teresa Landa. —A como diera lugar evitaría que se cometiera otra equivocación.

El cegatón, inmune a la belleza femenina, ni siquiera se identificó.

—Descríbame el concurso. Queremos detalles de lo que sucedió con los güeros.

Teresita lo pasó por alto, como también abrazar al papá y al novio. Estaba ansiosa de poner los puntos sobre las íes.

—¿Por qué no enviaron a alguien que reporteara mi regreso?

—Emplean a los novatos para que averigüemos si cae alguien famoso. Damos el pitazo y, si interesa en Redacción, otros se encargan de corretear la noticia.

¡Una humillación más!

—Pues entonces solo revelaré los pormenores de mi viaje a quien los aprecie.

—La señora que la acompañó iba a mandar un telegrama en cuanto ganara usted. Mi jefe planeaba comprar fotos de la coronación a las agencias gringas; hasta el director, don

Rodrigo de Llano, iba a felicitarla, pero según supimos, pues no... no ganó. ¿Hay alguna razón para...?

—Dos principales: racismo y falta de apoyo. Los norteamericanos me negaron la publicidad que merecía.

—Ah, caray. Discúlpeme, pero si escribo eso, rechazarán la nota. Y ya me cansé de servir cafés y llevar recados.

El general, a unos pasos, seguía en posición de firmes, pero empezaba a impacientarse. Tere, con un ojo al gato y otro al garabato, captó esos minúsculos movimientos e inmediatamente mintió con mucho aplomo:

—Me ofrecieron varios contratos de cine. En todos me daban un papel importante y, obvio, pagaban en dólares. Trescientos a la semana en la Metro Goldwin Mayer.

—¡Ah, chirrión, una fortuna! Y, ¿entonces?

—Entonces intervino el amor. —Se volvió hacia Moisés, retándolo—. Rechacé una carrera de actriz, fama internacional, dinero, éxito, ¡ay, una vida glamorosa!, porque voy a casarme. El general Vidal se adueñó de mi corazón.

—¿Así lo escribo?

—Sin que falte una palabra, muchachito. —Moisés se colocó junto a su prometida—. Agregas que hoy mismo iremos al Registro Civil. Ahora esfúmate. Esta es una plática privada y aquí sobras.

Mientras el reportero se eclipsaba, Rafael intervino:

—Se precipita demasiado. Antes de dar un paso definitivo consultaremos al señor cura. —Recordó el conflicto religioso y se tragó el resto—. Mi hija es menor de edad y necesita mi consentimiento.

El militar lo fulminó con la mirada.

—Landa, lo invito a que resolvamos este asunto en privado.

Por lo pronto, hágame un favor: usted y su señora encárguense de las maletas y yo llevo a Teresita a su casa, en mi auto. Le tengo preparada una surprise. Así se dice en inglés, ¿verdad, linda?

A la aludida se le congeló la sonrisa. Aquellas bromas no le hacían gracia.

Sorteando el tránsito, menos intenso a esa hora de la tarde, Moisés cambió su actitud.

—Hablas como en la época del cancán. ¡Intervino el amor! ¿No dices que te chocan las cursilerías?

Ella guardó silencio. Nunca admitiría que una historia romántica era la única manera de mantener la frente en alto. La gente olvidaría su fracaso si la engatusaba con un cuento chino, donde abundaran besos y suspiros.

—No te lo reclamo, chula. Al contrario, me halaga que confieses públicamente tus sentimientos.

Tere lo interpretó como una burla, ¡una más!, y se echó a llorar. María Magdalena se quedaba corta ante aquellas lágrimas que surgían de mil desilusiones pasadas y presentes. ¿Alguna vez terminaría aquel castigo a su vanidad donde lo peor, lo peor en verdad, era que Moisés hubiera predicho semejante catástrofe?

Mientras se limpiaba las lágrimas, desconoció esa parte de la ciudad.

—Oiga, por aquí no queda mi casa.

—Queda el Registro Civil.

—Dije lo que dije para salir del paso; pero no pienso casarme con usted.

Vidal estacionó el auto; un segundo después, sus ojos taladraban a la muchacha.

—Mira, bonita, pagué buenos pesos para que el juez se hiciera ojo de hormiga respecto a tu acta de nacimiento. Tuvimos suerte: en enero pasó la reforma al Artículo 130° de la Constitución, para secularizar los actos relativos al estado civil. Cuando se impone una ley, siempre hay cierto desbarajuste. Eso nos convino, además de otras cosas.

—¿Cuáles?

—En mayo, mientras tú andabas enseñando las piernas, se publicaron los cambios en el Diario Oficial. Ahora hay separación de bienes, divorcio, derecho a casarte nuevamente cuantas veces quieras. No debería decírtelo, pues con lo rejega que eres, a lo mejor te crees esta tarugada: igualdad de derechos entre hombres y mujeres. No, chula, no somos iguales. Considero un privilegio protegerte. No lo cedo por nada del mundo.

—Así disfraza usted su machismo. Yo te mantengo, tú me obedeces. —Tomó aliento, dispuesta a la lucha—. Considero una inmoralidad que la esposa permanezca al lado del marido por obligación. Propicia los cuernos sobre la frente, ¿no cree? —Lo recorrió con sus grandes ojos negros—. Se lo voy a preguntar de nuevo: si soy tan arisca, ¿por qué se casa conmigo?

—Te contestaré con mayor claridad, a ver si nos entendemos. Al principio fuiste un capricho. Te me metiste entre ceja y ceja. Te soñaba. Me soñaba haciendo el amor contigo. Luego, esa obsesión se convirtió en otra cosa. —Su rostro se transformaba, revelando sentimientos profundos—. Teresa, no es necesario que me quieras. Yo me encargo de enamorarte hasta que me correspondas.

—Espere sentado, general.

Lo hirió aquella burla, cuando tenía la guardia baja y se mostraba vulnerable.

—Estás desperdiciando tu única oportunidad. ¿Crees que hay otros tan imbéciles como yo? Pasaste cuatro meses en los Estados Unidos, sin vigilancia.

—Mi mamá no me soltaba ni a sol ni sombra.

—Tu mamá me vale madres. ¿Cuándo te mudaste a Los Ángeles?

—Cuando me ofrecieron clases de dicción, actuación, canto y baile, que pagaría a la firma de mi primer contrato de cine. —Agachó la cabeza. La derrota enrojecía su piel—. Pero no di el ancho. El buscador de talentos, que pensaba explotarme, aceptó las pérdidas y me devolvió, igual que predijiste.

—Reconocer los errores duele más que una mentada, pero aprendes.

¡Y cuánto! Escondió su tristeza tras un reto:

—Enseñé las piernas, ¿y qué? Sigo siendo decente, honrada, responsable.

—Si lo dudara, no te ofrecería mi apellido.

—Las demás me copiarán. Poco a poco la gente se abrirá a nuevas ideas. Con la publicidad que se dio al concurso mexicano, las jóvenes querrán lucirse. Apuesto doble contra sencillo a que los trajes de baño modernos se venderán por montones.

—Tú no te achicas ante la adversidad. Si fueras fácil de vencer, no me gustarías tanto. —La observó de una manera distinta—. No luches contra el mundo sin apoyo. Cásate conmigo.

La Miss, como la nombraban en los United States, nunca imaginó que podrían platicar sin agresiones. Ya no le pareció un idiota y, de repente, se imaginó como su esposa. Esa tibia seguridad la reconfortó. Sus condiscípulos nunca ascendieron a amigos; sus padres jamás la habían comprendido. Necesito alguien en quien confiar; tendré un refugio: mi casa, mi propia casa.

En ese preciso momento Vidal, cual mago, sacó una cajita del bolsillo y, presentándole un anillo, se lo puso en el dedo. Tere jamás había poseído un diamante, ni siquiera uno pequeño (este, bastante pequeño). Se atolondró; pudo más su indefensión, la incertidumbre... Si rechazaba a su único pretendiente... ¿qué le esperaba? La tutela paterna, la mediocridad en todo su apogeo. Contempló su anular, ese aro dorado, símbolo de su aceptación... ¿y esclavitud?

—Bájate. —Para que no hubiera más titubeos, con mano férrea la condujo al Registro Civil.

Desde ese momento el procedimiento legal marchó sobre ruedas: con dinero baila el perro. Apenas entraron, un empleado los llevó ante don Heriberto de la Concha. Tanto él como dos testigos habían recibido el pago estipulado, así que abrió el expediente conteniendo actas de nacimiento, exámenes médicos y otros engorrosos requisitos.

—Solo falta su firma, señorita.

María Teresa Landa titubeó. ¿Acepto? ¿Me niego? Entonces Moisés le dio una pluma y se quedó esperando, inmóvil. Tere sintió que los ojos de todos los presentes la taladraban y no pudo resistir esa presión silenciosa. Su mano tembló al firmar el acta. Tras unos minutos, la ceremonia llegó a su fin.

Al recibir la noticia, la consternación de los Landa fue mayor de lo que calculaba Teresita. Mas tuvo un efecto positivo:

los dejó mudos. Cuando pudieron articular palabra, lo hicieron con la resignación del condenado a muerte.

—General, somos creyentes. Para nosotros, el matrimonio es un sacramento, un compromiso sagrado de por vida. Por lo tanto, mi hija permanecerá en esta casa: usted se la lleva cuando un sacerdote los case. Apéguese a la moral o lo acusaremos de seducir a una menor de edad.

—No me amenace, suegro.

—Teresita sacó un acta de nacimiento falsa para inscribirse al concurso y ahora, según me cuenta, usted hace lo mismo, aumentándole tres años. Cometen un crimen. Los meterán a la cárcel —dijo Débora, ardiendo de indignación.

—Parece mentira que hayan pasado tantas cosas —suspiró Teresita—. Conocí a mi abuela, la enterramos, me presentaron a Moisés, conquisté la corona de reina, fui a Estados Unidos, viví allá cuatro meses y me casé... ¿O nuestro matrimonio no vale?

—¡Claro que vale, chula! Ante la ley vale.

—Ante la Iglesia...

—No discutamos, Rafael. Mejor explíquenme, ¿dónde conseguirán un cura? Los sotanudos le tienen pavor a Calles y se esconden hasta debajo de las mesas.

—Me encantaría casarme por la iglesia —interpuso Tere—. Pero solo si Moisés quiere...

Vidal infló el pecho. Así, sí. Por las buenas, todo, accedió.

—Landa, ¿cuánto tardará en hallar un curita?

—Una semana, quizás dos... Mañana hablaremos con don Pascual.

—Hablaremos es mucha gente —lo atajó el militar—. Depositaré a mi esposa con ustedes. Sí, señores, óiganlo bien:

les parezca o les moleste, bajo las leyes de este país Teresa es mi esposa —Aclarado el punto, dulcificó su actitud—: Tengo un problema urgente, que resolveré a la brevedad posible. A mi regreso, me encargaré de todo.

Giró sobre sus talones y salió sin añadir otra frase. Los Landa se miraron, intranquilos. Ninguno confiaba en esa promesa: Seguro dejará plantada a Teresita. El dueño de tres lecherías, resumió su amarga decepción:

—Estas son las consecuencias de tu conducta, hija. Tú lo quisiste, gózalo.

Pasaron ocho días. A Tere se la comían los nervios. ¿Volverá? A ratos rogaba, a ratos saboreaba la posible recuperación de su libertad. Por su parte, Débora quiso aprovechar aquella tregua. Serviría para cumplir con una responsabilidad largo tiempo pospuesta.

—Tu vientre es el cáliz donde tu marido depositará su semilla. —Exhaló, preparando el terreno para mayor información, pero la recién casada hizo una mueca de tan atroz fastidio que acabó con el discurso.

—Me voy de compras —anunció. Si de soltera apenas tomaba en cuenta la autoridad materna, de casada la descartó por completo.

Con la seguridad del rico, invadió El Palacio de Hierro, tienda mucho más elegante que Liverpool, gracias a su aire francés y sus modelos parisinos. Empezó por los camisones de algodón y acabó con las sedas que se pegaban al cuerpo, aumentando su seducción. Al acariciar un corpiño, sucumbió a un arrebato febril: primero noches largas, noches lentas; después, ya con experiencia, la pasión sin freno. El placer era una pendiente resbaladiza. Las decentes lo evitaban; Teresita, al contrario, se proponía explorarlo. Ojalá Moisés no me desilusione. ¡Que me vuelva loca!, suspiró, mientras pagaba las breves prendas. El precio le pareció excesivo: Caray, entre menos tela, más cuesta. Se vio semidesnuda, provocando al marido y, por un momento, tuvo miedo. ¿Qué tal si me considera una prostituta y me pierde el respeto? Además, los cuchicheos entre solteras asociaban la noche nupcial con el dolor, jamás con el gozo. Cuando me bese, cuando al fin esté dentro de mí, calmará esta ansia, comezón, necesidad... Nada más importará. Que me juzgue como quiera. Así soy.

Frente a su casa la esperaban cuatro reporteros. ¡No me han olvidado! Tal hecho restauró su vanidad. ¿Quién se acuerda de Galveston teniendo enfrente una historia de amor? El público devoraría la noticia.

—¿Nos permite una entrevista?

—Desde luego. Pasen a mi sala.

—Mejor le invitamos un café. Su mamá nos amenazó con llamar a la policía si nos ve rondando por aquí.

Miss Mecsico no se hizo del rogar y la misteriosa belleza, de grandes ojeras y oscuras pestañas, salió en una foto, rodeada de jóvenes periodistas que se aproximaban a Teresita más de la cuenta. Muy sonriente, elaboró una novela rosa que comprometía a Moisés. No se atreverá a contradecirme si esto sale en los periódicos.

—El 22 de septiembre nos casamos a escondidas. Moisés me exigió juramento de que regresaría al país para casarme con él y... yo le cumplí. Tenía tal urgencia de hacerme suya que ni siquiera me permitió mudarme de ropa. Fui al Registro Civil con una faldita beige, sweater del mismo color... —Mezclar ficción y realidad, resultaba un verdadero deleite. Sobre todo porque los muchachos aceptaban cada frase como la verdad bíblica.

—¿Sus padres se oponían a la boda?

—No precisamente. Exigen una ceremonia religiosa, pero...

—En estos tiempos, nadie habla de eso —la previno un reportero.

Teresita se sorprendió por la violencia de la interrupción e inmediatamente usó palabras menos riesgosas:

—Mi papá desea un compromiso moral porque cree que Moisés y yo somos demasiado distintos. Dijo: ¡Dios nos ayude, se están casando Venus y Marte!

—Excelente comentario.

—¿Y quién cree que gane? —coqueteó Teresita.

Los demás se rieron.

Risa: voz o sonido que demuestra regocijo. Yo nunca me he reído en la cárcel. Aquí olvidé la alegría. Y no creo que la recupere al salir.

El novio llegó quince días después para recibir una mala noticia: don Pascual se había esfumado. Unos creían que el miedo lo hizo huir; otros juraban que, tras cortarle la planta de los pies, los malditos herejes lo habían colgado de un árbol. De cualquier manera, la boda religiosa no se llevaría a cabo.

La novia titubeaba. ¿Me mantengo en mis cinco? ¿Apoyo a mis padres demandando que se cumpla esta condición?

—Tranquilos —ordenó el general, antes de que la frustración explotara—. Las cosas están color de hormiga y se pondrán peor. Por eso traje a mi medio hermano. —Tras una pausa dramática, agregó—: Esta misma tarde, Buenaventura Corro nos bendecirá. No esperen una larga ceremonia. Ni siquiera vestirá la casulla, pues lo persiguen. En realidad, aprovechó para escamotear una situación muy peligrosa, donde arriesgaba la vida.

—¿Y la misa?

—No habrá, señora. La misa nunca ha sido requisito indispensable para la celebración del matrimonio católico. La pareja se casa ante Dios, nuestro Señor, y estipula la autodonación conyugal, es decir, la mutua y libre aceptación del hombre, como marido, y de la mujer como esposa. Por lo tanto, se efectúa en la Ecclesia, cuerpo místico de Cristo, aunque no tenga lugar en un templo. ¿Me explico?

Los dejó atónitos. Débora y Rafael se atragantaron: ni siquiera ellos, educados por religiosos, sabían tanto. Teresita, boquiabierta, admiró los conocimientos del marido al que, hasta ese momento, juzgaba un inculto. Mentalmente reconoció aquel error y le pidió perdón... ¿o el militar, más listo que Luzbel, había preparado la respuesta a las probables objeciones de su suegra?

—De cualquier modo, ya compré mi vestido de novia y, aunque no haya invitados, lo usaré y me pondré la corona de azahares.

—Te verás preciosa —sentenció Moisés, besándola frente a los suegros.

Rafael y Débora, incómodos al máximo, claudicaron. Mejor casada que manoseada, se resignaron. Así que, cuando llegó el medio hermano, aceptaron el traje de civil, una bendición express, y la negativa a participar en brindis o felicitaciones. En media hora, Buenaventura Corro santificó lo que ocurriría esa misma noche.

Una vez que el sacerdote salió sigilosamente de la casa, debieron resolver el segundo problema: ¿dónde dormiría la feliz pareja?

—Quiero regalarle a mi mujer una maravillosa luna de miel, pero antes necesito cumplir una comisión. Aplastaré a José Gonzalo Escobar como a una cucaracha.

—¿Y ése quién es? —preguntó Débora, fingiendo interés por los asuntos del yerno.

Vidal la contempló sin dar crédito a sus oídos.

—¿De verdad lo ignora? ¡Viven en la luna! Teresa, ¿tú tampoco...?

—A mí no me reclames. Pasé cuatro meses en Los Ángeles. Entre clase y clase, apenas podía respirar.

—Cuando llegaste...

—Te posesionaste de mis pensamientos y mis actos. Durante las dos últimas semanas mi única preocupación fue tu regreso. Nos mantienes en ascuas: nunca avisas dónde estás, ni cuándo vienes. Además, mi papá nos prohíbe leer el periódico, una manera muy eficiente de controlarnos. Si no sabemos qué ocurre, ¿cómo opinamos?

—En boca cerrada no entran moscas —sentenció Vidal. Luego, volviéndose hacia el comerciante, dijo—: Este gallinero anda bastante agitado, así que mantendré su disposición: nada de periódicos. Una señora decente no tiene por qué enterarse de los crímenes y demás obscenidades que llenan las páginas de los diarios. Yo haré una purga de semejantes cochinadas y, seleccionando las principales noticias, las mantendré al tanto. Empezaré ahora mismo.

Dispuesto a lucirse, ocupó un asiento con toda parsimonia. Los Landa, en automático, lo imitaron.

—Me sé el cuento de memoria; no en vano pertenezco a las entretelas del gobierno. —Su voz adquirió tono de discurso—. José Gonzalo Escobar venció a Villa por 1914 o 15. El año pasado premiaron sus méritos militares, subiéndolo a general de división. Para demostrar que merecía el ascenso, combatió la rebelión de Arnulfo Gómez, a quien apresó y ejecutó en Teocelo, Veracruz, mi patria chica. Ese triunfo lo atarantó. Ahora se considera invencible y anda agitando las aguas con un movimiento al que llama Renovación. Todavía nada de cuidado, pero es mejor cortarle la cabeza a las serpientes cuando todavía son gusanos. Por tal motivo me comisionaron para vigilar la zona.

—¿Hasta aquí la información? —ironizó la recién casada.

—¿A qué te refieres?

—Solo puedo leer vidas de santos, así que me pregunto si en la política hay algo más interesante.

—El señor cura anunció que van a publicar la biografía de León Toral, promoviendo su beatificación —sentenció Débora, arrobada.

—¿Quién es ése? —indagó la Miss.

Moisés movió la cabeza, incrédulo. ¡Dónde fui a caer!, pensó.

—El asesino de Álvaro Obregón —respondió Rafael.

A Teresita se le agrandaron los ojos e hizo gesto de por qué no me lo dijiste antes. El negociante prosiguió, demostrando que estaba tan bien enterado de la vida nacional como su yerno:

—El martes 17 de julio, León Toral asistió a una misa

clandestina, en una casa que prestaban para el culto, en Santa María de la Ribera. Tras la bendición con agua bendita...

—Que incluyó la pistola del homicida —intercaló Vidal, para dejar las cosas bien claras.

—...el padre Jiménez y la congregación lo despidieron.

—Deseándole que ejecutara a un cristiano rápido y sin contratiempos —añadió el general.

—Predecían su martirio —exhaló Deborita, casi en éxtasis.

—¡Qué martirio ni qué chingados! ¡Un asesinato con toda premeditación, alevosía y ventaja! —Se volvió hacia su mujer y decretó con la autoridad del mandamás a quien todos se le cuadran—: Teresa, sírveme un tequila para tragarme la inquina.

Mientras los Landa lo contemplaban totalmente mustios, se empinó dos copas que le inspiraron un juego lingüístico:

—Le concedo una cualidad a ese León. Toral es machito; aceptó que hizo planes a conciencia. Una monja...

—¡Ay, sí, la madre Conchita! Hemos oído hablar de esa santa. Ella fue la que tuvo la idea de librarnos del demonio encarnado: Álvaro Obregón.

—Por cómplice la refundirán en la cárcel. Quien a hierro mata, a hierro muere, señora.

—Se equivoca, Moisés. Después de los interrogatorios la soltaron. Y, si a complicidades vamos, al Manco se le atribuyen las muertes de Carranza, Serrano y Gómez... —afirmó Rafael, cuyo valor llegaba hasta usar ese apodo despectivo frente a su yerno.

—Mientras no haya pruebas, a palabras necias, oídos sordos.

Un silencio ácido revoloteó por la sala. Teresita lo quebró haciéndose la ingenua:

—No discutamos. ¿Qué pasó después, Moi?

—Aquí les va la mera buena: antes de la una, Obregón abordó su Cadillac para comer en la Bombilla. Estaba contento porque los anfitriones, diputados guanajuatenses, le aseguraron que tenía la presidencia en la bolsa. Toral, que rondaba la mansión de mi general, abordó un taxi. Entre el tránsito, le perdió la pista. Renegó un poco, pero había averiguado el nombre del restaurante y llegó minutos después que la comitiva. Se hizo pasar por un dibujante que ilustraría la nota periodística y los pendejos policías lo dejaron pasar cual Juan por su casa. En el baño, escondió la pistola bajo el chaleco. Así dispuesto, salió al jardín del restaurante y empezó un retrato. Actuaba con naturalidad y, como era diestro haciendo trazos, nadie sospechó nada. Al terminar, se acercó a su víctima. A Álvaro le hizo gracia su imagen; al menos murió con la sonrisa en la boca. El primer disparo fue a cinco centímetros del rostro. Imagínense los borbotones de sangre sobre los manteles, el pasto, los zapatos. La barbarie en todo su apogeo.

A Teresita se le nubló la vista. El vértigo la hizo cerrar los ojos y, al abrirlos, una marea escarlata se le vino encima, mezclando escenarios y personas. Incontenible, aquel líquido encharcaba las servilletas, llenó la cucharita para el postre, convirtiendo el flan en moronga. ¡Qué risa, qué asco! Cubrió el pan, cortado en rebanadas, se mezcló al tequila. Alguien bebe cerveza roja, el reguero de sal, de blanca a bermeja, el estruendo de otra mesa que cae porque un muerto se derrumba sobre los platos, la comida.

Entre gritos incesantes, la sangre bañó a Teresita. Resbalaba sobre sus mejillas tibia, pegajosa, igual a la menstrual.

Entonces distinguió al asesino. ¿Moisés? Sus ojos se fijaron en la pistola al cinto. Instintivamente retrocedió hasta el respaldo del asiento. ¿Dónde estoy? ¿En el restaurante, en mi casa?

—Cuatro balas impactaron la espalda, agujerando el saco gris.

Sentía el líquido rojo entre las piernas. No, no, mis piernas son trofeos nacionales. Recordó las manchas ensuciando sus pantaletas de adolescente. Desde ese momento maldito pertenecería a un nivel de segunda: mujer. Quiso vomitar. ¡Ayúdenme! Mamá...

—El último proyectil atravesó el muñón. Había sangre por todos lados. Solo faltó que un perro la lamiera.

La marca del pecado original. Humillante, inmunda, carente del heroísmo con que la derraman los hombres: en la batalla, brotando del pecho. Solo había una redención posible: el parto, donde envolvería al hijo, humedeciendo el lecho, las vendas, la sábana... Ahí, en otra sábana, se consumaría el matrimonio, entre humores rojos, con un desconocido al que... ¿amaba, deseaba?

Débora descubrió la mirada vacía de su hija. ¿Se desmayó? Tiene los ojos abiertos.

—Tras los disparos, la orquesta siguió tocando durante varios segundos, hasta que las notas, desafinadas, callaron. Totalmente patitiesos, los presentes tardaron en sacar sus propias armas. Al arrestar al magnicida, la confusión se desató: ¡No lo maten! ¡Busquen a los cómplices! Juan Jaimes, atrabancado como siempre, propuso acribillar al homicida, pero Topete, o quizá Manrique, impidieron esa estupidez.

El comerciante se alegraba de aquel desenlace, como si con la muerte de Obregón vengara su humillante servilismo ante el yerno. Débora rogaba que Tere moviera un dedo, siquiera un dedo, para perdonar su propia inmovilidad.

—¿Es cierto que Calles entrevistó al acusado?

—Muy cierto, Landa. Toral le confesó que había actuado solo, lo cual es mentira.

—Mintió para proteger a sus padres y a su esposa.

—Pues hizo muy mal. Ocultando a los implicados, obstruía la justicia.

—Mató con un fin: que Cristo vuelva a reinar en México.

—Hágame usted el grandísimo favor: los devotos matan en nombre de Dios. No matarás y el leoncito suelta seis tiros a quemarropa. —Altanero, observó a su contrincante—. A ese buey le salió el tiro por la culata. ¡Hasta la alta jerarquía eclesiástica lo traicionó! El tal obispo de San Luis Potosí...

—¿Se refiere a monseñor Miguel de la Mora?

—...declaró que: No es el clero católico el autor del atentado, sino los pobrecitos exaltados que llevan su fervor hasta dar muerte violenta a un prominente político. Tan prominente que Álvaro ya tenía la presidencia en la bolsa —concluyó Vidal.

—La noticia se esparció como pólvora. Dicen que cuando el cuerpo llegó a casa de los Obregón, había una multitud esperándolo.

—Yo estaba en primera fila, junto a Enrique Osornio, el médico que le amputó el brazo en 1915 y dio fe del fallecimiento. También vi la máscara mortuoria. El disparo y el golpe al caer sobre la mesa, quedaron marcados en el rostro y luego en el yeso.

La voz de Moisés, su flamante marido, le llegaba desde

muy lejos. Los orificios aún escurrían sangre. Ella también, por su propio orificio; contaminaba con su propia sangre.

—Las versiones se oponen: según unos, el cadáver presentaba diecinueve impactos; seis de calibre 45...

Teresita intentó levantarse. Inútil. Un rojo espeso subía por su cuerpo, ganador del título a la belleza, tapando nariz, boca, oídos... Me ahogo. ¡Mamá! Mamá, ¿no me oyes?

—Siete tiros calibre 6; uno calibre 11. Los agujeros...

La vulgaridad de esa palabra, agujero, la sonrojó. Un hoyo por donde se impregna. Las balas entraron y salieron produciendo diecinueve boquetes. Y solo importa uno: entre mis piernas. La penetración ocurriría por la noche, esa noche, con toda premeditación, alevosía y ventaja. Los disparos a quemarropa. La cópula sin apelación, aunque duela. Tan indefensa como el muerto. Tan cubierta de semen.

—Las múltiples heridas lo demuestran: hubo varios atacantes. Un complot...

El gemido los hizo volverse. Observaron a la recién casada, exangüe, con los ojos en blanco. Los dos hombres se levantaron de sus asientos, lanzando exclamaciones.

—Bajen la voz —susurró Débora—. Le ocurre desde niña... si se impresiona o sufre un susto. Cuando regresa a la realidad, no recuerda nada.

—¿Desde niña? —Rafael balbuceaba—. ¡Nunca me lo dijiste!

—Sucedía cuando estabas trabajando.

—¡Por Dios, Débora! ¡Habríamos consultado a un médico!

—¿Para qué te preocupaba? Me hubieras echado la culpa de esta dolencia. —Se tragó las lágrimas—. La primera vez casi me da un soponcio. Fui a la farmacia y ahí me recomendaron a un doctor. No hay nada que hacer, me aseguró. —Mientras hablaba, frotó las manos heladas de su hija.

El comerciante la miraba como si se enfrentara a un monstruo. Buscaba frases para acusarla y se le atoraban en la garganta.

—No me quedé con los brazos cruzados. Recurrí a una comadrona, experta en enfermedades de mujeres. Opinó que estos vahídos desaparecerían cuando Tere se casara. —Reclinó la cabeza de cabellos oscuros sobre el sofá y las hermosas facciones se relajaron. De pronto, la pálida belleza de su hija la hizo estallar en sollozos.

—¡Ah, qué friega! ¡Así que ahora deberé sanarla! —La indignación del militar detonó en reproches—: Le salgo barato, señora. ¡Que el marido mantenga a la muchacha y, además, la cure de a gratis! —Se unió a Rafael, para increparla—: ¿Por qué no me dijo que su hija nació con una tara?

—Los desmayos solo la afectan en casos de mucha tensión, nervios o miedo. De veras, rara vez ocurren. Ya ve, mi marido ni lo sabía y, durante el viaje por los Estados Unidos, todo salió bien.

Nadie la escuchaba. Rafael trajo alcohol, dudando entre salir por un médico o... Vidal se lo llevó aparte.

—En estos casos, los hombres sobramos. Tu señora se encargará de Teresa. —Lo obligó a prestar atención—. La cosa se pone difícil, suegro. El asesinato de Álvaro ha generado mucha desconfianza entre los grupos políticos. Ya lo constatamos: Morones renunció a la Secretaría de Industria por la presión pública. Los obregonistas lo acusan de ser el autor del asesinato y yo... no meto las manos al fuego ni por él, ni por Dios Padre. Las sabandijas abundan. —En vez de acercarse a la muchacha, que en ese momento abría los ojos, eternizó su argumentación—: Calles pierde terreno, aunque se agarre al poder con uñas y dientes. Según dicen, alargará su gobierno dos años más y luego ¡ya veremos! En medio de este avispero, me comisionaron para aplacar los ánimos en Veracruz, donde Escobar anda metiendo bulla. Naturalmente, Teresa iba a acompañarme... —Al fin la observó—, pero tan delicada, imposible. —Se rascó el mentón, dubitativo—. Y ¿cómo la dejo sola?

—Nosotros la cuidamos —aseveró Rafael, seco. Jamás le perdonaría a Débora ese secreto, ni al general que considerara aquellos desfallecimientos una tara hereditaria.

Moisés estuvo a punto de rechazar la oferta. Abrió la boca; la cerró. Se quedó pensando durante medio minuto. Luego, algo parecido a una sonrisa distendió sus labios:

—Nunca se me hubiera ocurrido. Sí, es una buena solución. —La sonrisa se amplió—. ¡Excelente solución! —Como si una varita mágica lo hubiera tocado, cambió de actitud—. ¿Te sientes mejor, chula? —A besos le cubrió la frente—. Te prometo una luna de miel estupenda, en el mejor hotel, frente al mar; pero, esta noche, tendremos que conformarnos con menos.

Dos horas después, a pesar de las protestas de los Landa, el flamante matrimonio salió rumbo a un hotel. Teresita avanzaba a tropezones, blanca cual mortaja.

—Todavía me siento mareada.

Moisés la sostuvo. Ignoraba la manera de reconfortarla y, en una perorata incesante, ocultó su ineptitud envileciendo a José Gonzalo Escobar:

—Dicen que ya tiene diecisiete mil soldados: ¡una tercera parte del ejército nacional! —Tales cifras lo escamaban—.

Con tamaña hueste respaldándolo, se le subieron los humos. Le ha dado por llamar a Calles El judío de la Revolución y a su política un mercado vulgar, donde se compra y vende desde la honradez hasta las esposas de los lameculos.

Al oír esa palabrota se sonrojó, indignada.

—Moisés, te suplico me respetes; modera tu vocabulario.

—¡Me saca ronchas que a ese traidor lo asciendan a general de división!

—Camina más despacio.

—Yo sigo de brigadier y, según parece, con ese grado me haré viejo. —De repente sintió que ella se desmadejaba en sus brazos—. ¿Te sientes mal?

—Un poco. Ayudaría que no maldijeras.

Pensando en que la risa era el mejor remedio, Vidal se disculpó a su manera:

—Ni te fijes, muñeca. Estoy acostumbrado a platicar con la tropa y se me escapan algunos ajos y cebollas. ¿Ves cuánta elegancia? Hablo como señorita. —De pronto, la palidez de Tere lo impresionó—. Consultaremos a un especialista, nena. Estos desmayos me preocupan.

—Ya te dijo mi mamá que casi nunca me dan. —Luego, interpretando aquella preocupación a su modo, prometió—: Hasta que me alivie, no pienso embarazarme.

Tras ese esfuerzo, se detuvo en medio de la calle, donde la oscuridad marcaba grandes espacios entre los postes eléctricos. El general la estudió como si le abriera el cielo.

—¡Perfecto! No cargaremos con escuincles chillones, pozo sin fondo de ansiedades y gastos. Iba a sugerirlo, pero callé por… Las mujeres se encabronan… ¡Perdón, se me salió! Ni lo tomes en cuenta, primor. Las mujeres se molestan si no tienen un hijo a los nueve meses de la boda. Tú, al contrario, haces uso de tu inteligencia.

Aquellos elogios sonaban a música celestial. Su marido, ese generalote, aceptaba que ella fuera diferente. Esperaba una escena en que hubiera cedido a la fuerza y se encontraba con un hombre comprensivo y generoso. Algo muy parecido a la felicidad la invadió. Ante la mirada amarilla de un gato arrabalero, se besaron: un preludio largo que iniciaba esa noche.

En la celda, sus manos imitan las de Moisés: se acaricia los muslos. Extraño tus besos... el lecho de aquel hotel, suspira.

Tere jamás había estado en un hotel y aquél no brillaba por su elegancia. Desde la recepción, el dueño le dio una bienvenida estruendosa a Vidal. Tras el abrazo, incluyendo palmadas en la espalda, cogió la llave de una habitación.

—La veintidós, la de siempre, jefe.

Solo entonces, al levantar la maleta, se topó cara a cara con la acompañante.

—Las escoge guapas, mi general.

—Cuidado con lo que dices, Teófilo. Ésta es la buena, la mera mera. Hace unos días nos casamos.

—¡Ah, caray! —Abrió la boca, cual pez fuera del agua. Cuando se rehízo, guio a la pareja y, mientras la muchacha se metía al baño, prometió—: En un momento traigo el tequila. Hoy corre por cuenta de la casa.

Cinco minutos después, Miss México salió, igual que si entrara en escena. Extendió los brazos hasta tocar el marco de la puerta. El nerviosismo la mantenía quieta, recordando viejas pláticas: «Aguántate, al fin que dura poco». Aunque haya enseñado las piernas, llego al matrimonio como Dios manda. Soy igual de virgen que las otras. Para probarlo, deseó algo asqueroso: Ojalá sangre porque si no, Moisés supondrá un engaño... Un nuevo mareo amenazó con tirarla al suelo.

Vidal la acunó en sus brazos. Al principio suavemente; luego, desbocado, le besó el cuello, la pendiente entre los senos. Tensa, padecía aquellas caricias bruscas que se apropiaban de su cuerpo. Rechazaba al macho; pero también se quemaba, en el mismo volcán, con la misma ansia.

Llamaron. El general abrió de mal modo, importándole un bledo su erección o que el hotelero contemplara desde el corredor los pezones erguidos, el cabello turbulento sobre los hombros níveos. Agarró la bandeja y de un portazo recobró su intimidad. Dio dos o tres tragos al tequila y luego lo vació sobre Tere. Lamía el líquido; aspiraba, saboreando el sudor de la mujer que sería suya. A su merced, pero dispuesta... tan dispuesta que tuvo un momento de duda. ¿Me dieron gato por liebre? Para quedar tranquilo, la echó sobre las sábanas, casi tan blancas como la piel virginal. La mato.

—¡Por mi madre, si fuiste de otro te mato! —Todavía vestido, conquistó aquella plaza.

Los chismes no mintieron: una violación dura poco. Lo que se alargó fue la noche. Ambos bendijeron la sangre: daba fe de la decencia de una y la potencia del otro. Tere, medio borracha, cubrió las sábanas con varias toallas. También aprendió a echar volutas de humo que subían hasta el techo. A su marido le gustaban los besos con sabor a tabaco.

211

La segunda fue bastante disfrutable: Moisés demostró su experiencia. Tere, relajándose, se dio permiso de sentir placer.

¿La tercera? Deleitosa.

A pesar de que sus manos imitan las del muerto, nada lo reemplaza. Teresa, la matamaridos, quiere oír sus palabrotas, sentirlo sobre ella, recibirlo abierta, sin trabas, prometiendo, jurando que lo ama.

La devolvió a Correo Mayor convertida en la señora Vidal. El título, más cierto airecito victorioso, avalaba la satisfacción con que Tere aceptaba su nuevo estado. Para su marido, era una reina.

—Se la encargo, doña Débora, mientras yo ando por Veracruz. Me tardaré lo menos posible, pero uno nunca sabe qué hallará en estas peloteras. Lo repetiré por última vez: Teresa no sale a ninguna parte. ¿Entendido?

—Me trata como si fuera un soldado —se quejó la suegra.

—No sabe lo que dice. A esos me los pongo pintos.

En tres segundos hizo dos cosas: envió un recado a Rafael, despidiéndose, y besó la frente de su mujer. Después salió cual tromba.

En la cocina, ante un café bien caliente, madre e hija expresarían lo que les achicharraba la lengua.

–Hija, ¿qué tal te fue? Me pasé horas hincada, rezándole a la Virgen.

—Te escuchó. Me fue de perlas.

Débora suspiró, más tranquila.

—Bordé una sábana. La puse en una caja, sobre tu cama.

Tere soltó una carcajada.

—¿La sábana con el hoyito? Bueno, Moisés necesita un hoyanco y jamás usaría tal cosa.

—Lo recomienda la Iglesia.

—¡Ay, mamá! —El rencor contra su madre y todo lo que esa generación representaba, se acumularon en su voz—: ¡Ni siquiera casada tendremos algo en común! Vives en un siglo diferente y tus prejuicios me alteran los nervios. —Con demasiada fuerza, puso la taza vacía sobre el plato—. Si piensas que me mantendrás encerrada, quítatelo de la cabeza.

—Tu marido...

—A él y a mi papá los voy a tratar siguiendo tu ejemplo. A sus espaldas haré lo que yo quiera. Salgo y entro.

—Pero...

—Tú te callas porque si me delatas, nunca te vuelvo a ver.

Ocultando su humillación, solo atinó a preguntar:

—¿A dónde irás, Tere?

—A la biblioteca. Leeré hasta que me duelan los ojos. —Enumeró con los dedos—: novelas eróticas, educación sexual, cómo conservar al esposo, prostitutas famosas, Venus y el amor. Haré que Moisés me adore.

Débora lloraba a moco tendido.

—¡Cuánta razón tienes! Yo oí los consejos de las monjas y eché a perder mi matrimonio. Nunca me di cuenta de que era feliz hasta que tu padre me engañó.

Teresita, recordando que Rafael le había permitido viajar a Estados Unidos, salió en defensa del inculpado.

—Mi papá no te traicionó; fue tu marido.

—Es lo mismo.

—Un hombre puede ser mal esposo, pero buen padre.

—Te equivocas. Con ese engaño algo se rompió en nuestro hogar. Ya nunca fuimos una familia unida. —El dolor se filtró en las palabras—. Jamás volví a confiar en él. Cuando me decía que iba a llegar tarde, lo esperaba despierta. Los celos me roían por dentro. Acomodaba el reloj para ver la hora apenas lo sintiera meterse a la cama y, en cuanto se dormía, lo olisqueaba tratando de detectar un perfume, alcohol, la más mínima señal de otro engaño. —Miró a su hija, apenada—. Te descuidaba para espiarlo. Pasaba horas vigilando las lecherías; una cada mañana… aunque llegara tarde para recogerte en la escuela. Perdóname, Tere.

—No me di cuenta —dijo, disculpándola.

—Quizá no relacionaste una cosa con la otra; pero te daba miedo quedarte sola en el patio, cuando tus compañeritas se habían ido. Y yo, sintiéndome una mala madre, me curaba en salud. Antes de que abrieras la boca, te advertía: no pasaba el camión, hubo un accidente, demasiado tránsito. Tú te tragabas excusas y lágrimas y yo juraba dominar los celos, esos malditos celos que me carcomían el alma. —Se arregló la blusa recobrando la compostura—. Las monjas predicaban pudor, recato, y yo seguí sus instrucciones al pie de la letra. Me consideraba una mujer virtuosa y solo conseguí distanciar a mi marido. Rafael vengó mis rechazos acostándose con una criada. —Se sonó la nariz—. Carga con tu cruz, me dijeron, como si fuera tan fácil. Perdona, me ordenaron, como si fuera posible. Olvida: borrón y cuenta nueva. ¿Borrón? Quizás… aunque las deudas siguen ahí. A veces me las cobro, aprovechando sus remordimientos, pero nuestra relación fracasó. Ni la confianza se recupera, ni perdonas por completo.

—Nunca he olvidado aquella noche, mamá. A veces los rayos me despiertan y oigo tus gritos: ¡Debiste escoger a una mejorcita! ¡En mi propia casa! Yo quería mucho a Chabe... —El tono cambió—. Era mi nana.

Débora dobló el pañuelo y lo puso bajo su manga. Cuando un acontecimiento sobrepasaba su comprensión o sus fuerzas, se persignaba. Ahora no. Entonces se abrazaron. La hija trató de comunicarle su cariño: la madre de curarse aquella herida; pero el ahogo que sentía en la mitad del pecho permaneció intacto.

Al fin se separaron. Tere le enseñó los regalos de Moisés: una pulsera y aretes.

—Me cortaré el pelo.

—¿Más?

—Más.

Una punzada atravesó a la cuarentona. Envidiaba la seguridad de Tere, su desenvoltura y gestos espontáneos; la certeza de que un hombre la deseaba. Le hubiera gustado ser libre durante su juventud, al menos un día, veinticuatro horas sin miedo al pecado. Demasiado tarde. Te queda el consuelo de tu propia rectitud y, por favor, ya no hagas comparaciones, se amonestó.

Tarde o temprano, recordar a Moisés la lleva a una comparación entre su matrimonio y el de sus padres. Mientras cavila, sus ojos evalúan la celda, rodeada por la oscuridad y el silencio. La mantienen aislada, bajo una vigilancia estricta. Así sufre dos penas, aparentemente contradictorias: la incomunicación y la falta de privacidad. La carcelera, a un paso, la puede ver roncando, con la boca abierta, o quizás en una posición ridícula. Estar expuesta a los ojos de otros la degrada, como si fuera un animal a quien sus amos observan pariendo, comiendo, copulando, orinando. Por eso evita rascarse las axilas, el cráneo, cualquier acto que juzgue vulgar. Sin embargo, cuando pregunta algo, rara vez obtiene una contestación… Mejor. No quiero intimar con los guardias. Soy distinta a las demás y ellos lo saben y lo resienten. Estoy segura: me odian; solo esperan una oportunidad para atacarme, vengándose de mis privilegios. Si hubiera comprendido cuánto sufrió mamá, acaso no la habría criticado… ni despreciado. Ella siempre respetó las reglas que impone la Iglesia; entonces, ¿por qué le fue tan mal? La verdad punza sus sienes: Porque mi papá la engañó. El culpable es él. Igual a los demás. Igual a Moisés.

Después, cuando el dolor disminuye, hace un balance de su matrimonio. Aun con todo lo ocurrido, lo prefiere al de sus padres. ¿Mi matrimonio? ¿Así podía llamarse a aquella unión carnal, fuera de las normas, condenada por la religión y la moral? No importaba el nombre: escogía los pleitos, reclamos, sensualidad y risas que la unieron a un hombre de condición diferente, opuesta a la suya. Los chistes que le contaba. Las flores y el tequila. Que la sentara sobre sus piernas para darle de comer y metiera mano donde le pertenecía. La tina desbordándose, con aceites y perfumes; el mezcal. Sus sabrosas enseñanzas: cómo, qué tanto, cuándo, hasta que la convirtió en un objeto de placer que por las noches lo conducía, lentamente, al éxtasis.

Esa noche el general volvió y su mujer lo recibió con los brazos abiertos. Con las piernas abiertas, bromeó, contento.

216

Lo sorprendía que Tere lo mantuviera atado a sus faldas. A sus tetas, puntualizó. Hasta las pervertidas me aburren. Por lo tanto, no es cuestión de acrobacias. La muchacha despertaba en él cierta ternura, posiblemente amor, aunque fuera un gallo demasiado viejo para semejantes cursilerías.

En Veracruz la extrañó. Me trae menso porque apenas nos estrenamos. Cuando lo nuevo pase a costumbre, sucederá lo mismo que con otras. Si me harta, la devuelvo, bueno, no, la conservo como suplente... pues lo halagaba un chingo satisfacer a su hembra. ¿Para qué me hago bolas? Me saqué la lotería. Con las putas uno nunca sabe, a lo mejor fingen por la propina. Mi mujer, en cambio, se derrite; ¡yo, yo, la derrito!

Algunas veces, inspirados por el delirio, regresaban al hotel, donde se sentían libres.

—Prepárate, chula. Habrá que desquitar el pago del cuarto.

Lo hacían, pero Tere no quedaba contenta.

—Ahora que estás en México, quiero divertirme. Yo invito.

Debió parar oreja. Sin embargo, nada la sacaba de aquel deslumbramiento físico. Si alguien la hubiera comparado con una polilla girando alrededor de la luz (en este caso, Moisés) habría acertado. Él era un experto; ella, alumna estrella. No solo destacó en las lecciones; daba rienda suelta a su instinto, afinando, prolongando el deseo hasta que un agotamiento delicioso invadía sus muslos.

Para variar, porque en la variación está el gusto, lo montaba cuando él aún paladeaba el orgasmo. Le encantaban sus sugerencias:

—Me saliste descarada, chula.

—Otra vez, Moi, Moshe, ¿o ya no puedes?

—Ni de chiste lo digas, eres tú la que no puedes ni moverte, linda.

Y se reían. También. Juntos.

Estando con Vidal las horas parecían segundos; en su ausencia, una eternidad.

Dos semanas en la capital, pegaditos cual lapas; dos en Veracruz, extrañándose.

Ya no podían vivir a distancia. Recordaban la música populachera que entraba por la ventana y la luz neón, manchando la piel de colores. El hotel barato se volvió nido.

—Me gusta este cuarto porque aquí pasamos la primera noche; pero preferiría que viviéramos en casa de mi abuela.

—Te quedarías sola y desprotegida. La ciudad es un avispero. Podría pasarte algo. —Le besó la frente con ternura paternal—. Pronto terminaré mi misión y entonces nos mudaremos. Ya bastante lata le damos a tus padres.

Un mes en Veracruz. Para volverse loca.

Cuatro días con ella, para que me vuelva loco.

Fumando el mismo cigarrillo, exhalando el humo de boca a boca, a Vidal se le antojó la mariguana, antojo que sus soldados sabían cómo remediar. Entonces se lanzaron al vacío. Mientras el efecto de la droga duraba, nada impedía la exaltación pegajosa, húmeda y urgente del erotismo. Ahora terminaban de prisa, paso indispensable para un nuevo comienzo. Cada uno para sí, aunque al final ambos calmaran las exigencias del otro.

Seis meses de casada. Teresita sintió que despertaba. Se habían devorado, lo mismo que al tiempo. Aún con la pasión entre las piernas, tuvo un presentimiento: nada dura para siempre. Recostado sobre ella, Moisés se dijo: Tras la hoguera solo quedan cenizas.

¿Y ahora que lo perdí para siempre? Rescoldos quedan, musita la asesina, pero ya sin definir si aquello fue amor, obsesión o experimento.

—Solo los camaleones comen aire —Débora lanzó esta afirmación, todavía no comprobada por la ciencia, como preámbulo de su reclamación. Le abriría los ojos a esa tonta—. Exige que Moisés te pase el gasto. Tu papá trabaja de sol a sol y no es lo mismo alimentar a dos que a cuatro.

A la hija se le colorearon las mejillas.

—Te cayó de perlas la herencia de tu abuela. Derrochas en joyas, trajes... ¿Tu marido piensa que crecen en los árboles?

—Dime cuánto necesitas y desde mañana te deposito esa cantidad.

—No te estoy cobrando la habitación, ni la comida, Teresa, pero ya pasó medio año desde la boda y Moisés no da color. Si no reaccionas...

Tere prometió tratar aquel espinoso asunto, pero Vidal se escabullía cual anguila. Y, como temía atosigarlo, no insistía. Por otra parte, la halagaba que el general le hablara de política mientras bebía tequila, propiciando una conversación de igual a igual:

—Yo te tengo informada, encanto, para que no pierdas el tiempo leyendo el periódico. Compra novelas; aumenta tu cultura. Así te presumo con mis compadres.

—¿Cuándo me los presentas? —Fijó la mirada en su copa, todavía llena. Su semblante adquirió una seriedad desacostumbrada—. No conozco a tu familia ni a tus amigos. Me mantienes en casa de mis padres porque viajas. Al principio me callé, pero esto no debe continuar. Llévame contigo.

—En Veracruz te quedarías encerrada a piedra y lodo, Teresa. La situación está que arde y no quiero que salgas sin protección.

—Lo prefiero a soportar los reclamos de mamá.

—Paciencia, linda; solucionaré el problema a la brevedad. —Antes de que su mujer prosiguiera, llamó al mesero—. Más tequila.

A continuación desmenuzó las noticias; si habían ocurrido semanas o meses antes, lo tenía sin cuidado. Lo esencial era distraerla.

—Poco a poco han ido saliendo detalles del asesinato de Obregón. Parece que Calles dio órdenes de sacar, saquear, diría yo, los archivos de Álvaro. Sabe Dios qué contengan. Algo gordo, pues Manrique se opuso a esa arbitrariedad. Hubo un sainete.

—¿Quién es Manrique?

Pasaba por alto sus preguntas: él no daba explicaciones, bastante hacía con ponerla al tanto.

—Las aguas andan muy revueltas, a tal grado que Aarón Sáenz, Emilio Portes Gil, Francisco Manzo, Ríos Zertuche y otros que se me escapan, encararon al Turco exponiendo su descontento sobre la investigación del asesinato.

La última palabra estremeció a Teresita. Volvió el rostro: a la entrada del restaurante, por debajo de la puerta, vio el hilo sanguinolento, deslizándose por el suelo.

—Cuando mencionas la muerte del general, veo sangre. Por favor, hablemos de otra cosa.

Ni siquiera la oyó.

—Criticaron que la investigación estuviera a cargo del general Cruz, pues fue adversario de Obregón. Entonces Calles dobló las manos y le entregó el paquete a Zertuche.

Puedo oler la sangre, también al muerto. El cadáver tenía un olor a corrupción y a nostalgia de la vida.

—Me duele la cabeza. Cambiemos de tema.

—Sospechan que Luis Morones, secretario de industria y comercio —aclaró, para beneficio de su esposa—, es el autor intelectual del asesinato.

—¡No repitas esa palabra!

Las manos blancas temblaban al taparse los oídos. El general tuvo remordimientos, pero fueron opacados por la satisfacción de saberla frágil. La besó hasta que se calmó. Entonces volvió a la carga:

—Trasladaron el cadáver de Obregón al Salón de Embajadores, en Palacio Nacional. Ahí, un montón de lambiscones y otro montón de aspirantes al gobierno interino, le rindieron homenaje. Cubrieron el féretro de fierro con la bandera tricolor. Se veía impresionante.

Vidal, que veneraba el símbolo patrio, alzó la copa.

—Brindemos, chula. —Y el aguardiente bañó el relato—. Al día siguiente, a las 11 de la mañana del 18 de julio, apréndete estas fechas, Teresa, marcan nuestra historia, trasladaron el cadáver.

Agujerado. ¡Cállate, por Dios, cállate! Con seis, diez, cien agujeros repletos de sangre seca.

—Lo escoltaron miembros del Colegio Militar y el Estado Presidencial. La carroza llegó a la estación Colonia, la misma de donde partiste a Estados Unidos. Metieron el féretro a un vagón adornado como capilla ardiente y Manrique, que no pierde oportunidad, lanzó un discurso exaltando al muerto y la Revolución. Cerró con broche de oro: Exijo se haga justicia. Hubo aplausos; también gritos: Fusilen a León Toral, cállense, más respeto para el cuerpo presente. Antes de que el tren partiera, la banda de la Secretaría de Marina interpretó el Himno. Lo cantamos muy emocionados, mejor que cuando te tocaron Las Golondrinas.

Teresita se levantó de la mesa, trastabillando.

—Detesto tus comparaciones.

—Nena, sosiégate. Hace daño enojarse.

De pie, Teresita vació la segunda copa. Tras un instante, tosió, desvalida.

—No me dejes sola.

Sentándose en sus piernas, le abrazó el cuello. Vidal sintió los senos palpitantes, la respiración cálida y los sollozos, semejantes a jadeos. ¿Cómo abandonarla si tanto la deseaba?

—Una noche sin ti es como un día sin sol, mi alma.

—Llévame contigo. Pasaré horas leyendo, aprenderé a cocinar... ¡por favor!

—¿Estás segura?

—Y quizá tengamos un hijo.

A Moisés se le bajó el color.

—Todavía no. ¿Entiendes? Aún no.

—Está bien. Lo que digas.

Lo subyugaba así: suave, dócil.

—Te adoro, corazón. —Y, al musitarlo, supo que había mucho de verdad en esa frase.

Abrázame, pide, y la estrecha el frío de la celda.

Consuélame, y le responde el silencio.

Perdóname.

—Seño, el licenciado Lozano le manda decir que llega en media hora y que por favor vaya revisando las respuestas.

María Teresa se esmera en cumplir esa recomendación, pero los recuerdos la traicionan. Nuestra vida en Veracruz. Sí, nuestra vida feliz en Veracruz; la casita junto al mar.

El general alquiló una casita en las afueras del puerto. Ya estaba amueblada. Teresita solo tuvo que acomodar su ropa; peines y cepillos en el baño. Lo demás fue una soledad de ocho de la mañana en que el militar partía, a nueve o diez de la noche, en que regresaba. Para hacer algo, la otrora reina aprendió artes domésticas: cocinó, trapeó, barrió, remendó, pintó, sacudió y pulió hasta que las habitaciones viejas brillaron como nuevas.

Nunca se sintió tan insegura. En una ciudad extraña, con alzados enfrentándose al ejército, prefería la protección de su hogar a la calle, donde cualquier transeúnte se convertía en enemigo. Ese miedo ahorró al cónyuge el trabajo de vigilarla.

Tras un día largo, en que alcanzaba para todo y sobraba para mucho, Tere preparaba la cena. Cuando el marido anunciaba su presencia con un «ya llegó por quien llorabas»; iniciaban un ritual inmutable: beso, quejas sobre la estupidez de los subordinados y alivio por estar en territorio propio. Moisés despachaba el guiso, cuchareando con tortillas y bebiendo cerveza. Siempre daba las gracias, pero ella sabía que le hubiera dado igual pescado que pollo.

Terminando el café, caminaban por la playa. Teresita disfrutaba aquella hora, donde los sentidos se saciaban aspirando el olor salobre y admirando las estrellas. Entre cocuyos, descartaban los problemas políticos y religiosos del altiplano; ante el mar, nuevamente se pertenecían.

Una mañana, sin previo aviso, el general dispuso volver a la capital.

—¿Ya no hay peligro? —preguntó Tere mientras hacía las maletas.

—Por lo pronto...

Ignoraba qué prefería, si vivir con su madre oyendo consejos y recriminaciones, o esa casa contigua al mar. Moisés interrumpió tales reflexiones:

—¿Recuerdas que ejecutaron a Agustín y Humberto Pro sin previo juicio? Pues trataron de hacer lo mismo con León Toral. No pudieron. Las protestas obligaron a Portes Gil a iniciar un proceso que se apegue, más o menos, a la ley. —Al mismo tiempo que hablaba, iba echando la ropa sobre la cama—. Calles ya hubiera mandado al paredón al leoncito, pero Emilio no tiene los cojones suficientes para echarse esa responsabilidad. —Dobló una camisa y, con la rapidez de un experto, la metió en una valija—. El descontento aumenta. Zertuche no puso mucho empeño en resaltar los agravantes del crimen y los mochos conseguirán excelentes abogados para la defensa. Cuentan con el dinero de la curia.

—¿Conoces a esos licenciados?

—Si tales pendejadas provocan una revuelta, me mandarán a sofocarla. Cuando lo logre, me felicitarán. Muchos abrazos. ¿Y el ascenso? De eso nadie habla.

—¿Conoces a los licenciados que defenderán a Toral? —insistió, para calmarlo.

—Se barajan un montón: Alejandro González Cueto,

Demetrio Sodi, José García Gaminde, Gabriel Gay y varios otros, pero la investigación va lenta. Volvieron a investigar a Manuel Trejo Morales, el que prestó la pistola, a Jiménez, quien la bendijo, y a la puta de la madre Conchita.

—¡Moisés!

—Puta y reputa, aunque te moleste. —Descargó su malhumor en palabrotas—: ¡Pendejos! Están repitiendo cada paso para que no haya acusaciones de parcialidad; pero evidentemente las habrá.

—Desde el atentado, veo heridas y sangre. Esas imágenes me persiguen. Se borran durante días, cuando estás conmigo, y me atormentan cuando te vas.

Le confesaba su dependencia. Él sabía cuánto le costaba, por eso la miró por un largo momento.

—¿Para qué sufrimos, chula? De hoy en adelante nada nos separará. Cierto, viviremos con tus padres unas semanas, pero no pasan del mes.

—¿Lo dices en serio?

—Muy en serio. Aislados de todo y todos, tuve miedo de que nos peleáramos, igual a perros rabiosos. Me equivoqué. Me gusta platicar contigo, el modo en que me recibes, la comida lista, cada cosa en su sitio.

—Creí que no te dabas cuenta.

—Me doy cuenta y lo aprecio, más porque siempre he andado a salto de mata. Tú eres mi mujer, mi hogar. —La tomó en sus brazos—. Como dicen: poco a poquito te metiste en mi corazón. —Un beso llevó a otro—. No nos pongamos sentimentales, preciosa. Iré a comprar los boletos. Salimos el próximo lunes.

—Te acompaño.

—Mejor termina de empacar.

—Prometiste que ya nada nos separará.

Y el militar, por darle gusto, cedió.

El detective los vio en la estación del tren, muy apretaditos como si estuvieran en plena luna de miel. Siguió a la pareja hasta una casa en las afueras; tras anotar la dirección, llamó al licenciado. Este se lo contó a su cliente, la esposa del general. María Teresa Herrejón López de Vidal no se sorprendió en lo más mínimo, aunque le hervía la sangre.

—Ya lo habíamos planeado, señora, levantaremos una denuncia. La tengo lista desde hace meses y hoy mismo la presento. —No pudo ocultar su satisfacción—. Su esposo es un mago para dar el esquinazo; solo hoy y por mera casualidad lo pescamos abrazando a su rival. No llore, doña Tere. Le sacaremos una buena pensión, más mis honorarios, gastos del juicio...

—Se negará. Me juró mil veces dejar a esa cusca, rompedora de hogares. Creí que se le bajaría la calentura, como otras veces, pero esto ya duró demasiado. Algo ha de tener la tal piruja.

—Fue Miss México.

—Y a mí, ¿me falta algo?

—Desde luego que no —se apresuró a afirmar—. Es usted muy guapa.

—Ojalá lo hubiera apreciado mi marido, pero ese tarugo coge a cuanta falda se le pone enfrente. Además, tiene suerte. Se llama María Teresa, ¡igual que yo! Así no se equivoca al nombrarla. —El rencor la rebasaba—. Seguro le entibia la oreja con los mismos apodos que a mí, cuando éramos novios. Le debe salir muy natural: la práctica hace al maestro. —Se secó los ojos, rabiosa—. Supuse que lo amarraría con los hijos. Pues

226

ni así. Quiere a las niñas, no lo niego, pero sigue enculado, con perdón de usted, Lic.

El viernes, el militar se desperezó viendo el paisaje tropical. Cuando oyó el timbre de la puerta principal, fue a abrir. Todavía bostezando, recibió la demanda legal. Acostumbrado a las crisis, se despabiló en segundos. Leyó el texto dos veces salpicándolo de maldiciones (en voz muy baja para no despertar a Teresita) y, antes de las ocho, ya se entrevistaba con su primera esposa, en uno de los barrios céntricos de Veracruz. Le entregó un ramo de rosas, sin envoltura y todavía chorreando agua, que se robó de un puesto.

—A las niñas les traeré una muñeca.

—Prefiero que pagues las colegiaturas.

Como no la ablandaba, encaró aquel asunto.

—Retira los cargos, Teresa. Si aceptas, promuevo un divorcio voluntario, garantizándote una jugosa mensualidad. Podrías rehacer tu vida.

—Ya me mostraste el camino: abandono a mis hijas y me arrejunto con un jovencito. ¡A mi suplente le llevas veinte años!

—Diecisiete. Contrólate, por favor. Si te alteras, jamás llegaremos a un acuerdo.

—Debiste oír tus propios consejos. Un poco de control te hubiera venido de perlas.

—Escúchame…

—Ni una palabra. Habla con mi abogado. Te espera el próximo lunes, a las cuatro.

Y se dio el lujo de ponerlo de patitas en la calle.

Moisés llegó a su casa y por un instante contempló a su segunda esposa junto a aquel mar cálido y azul. Nunca más habitaría ese nido de amor donde fue tan feliz. Descompuesto, entró cual huracán y a borbotones anunció sus planes.

—Teresa, recibí un telegrama. Debo presentarme ante mis jefes, así que agarra las maletas y nos vamos.

—¿Hoy?

—Por fortuna tenemos todo listo. Mi hermano José Luis nos llevará a Jalapa y ahí tomaremos un tren a la capital. No pidas explicaciones. Te las doy en el camino.

Hicieron un viaje relámpago. Al día siguiente, solicitaban asilo.

—Su recámara siempre está limpia —dijo Débora, aparentando calma—. ¿Por qué llegaron antes de tiempo?

—Cosas del trabajo, señora. Espero no darles demasiadas molestias.

—Ninguna. —La distancia había limado asperezas; además, Teresita parecía feliz—. Mañana, después de misa, iremos a La Merced a comprar lo necesario para un banquete. ¡Se chuparán los dedos!

Los cuatro cenaron platicando amigablemente y se retiraron a sus habitaciones. Esa noche, el brigadier mostró una parte diferente de su alma. En lugar de iniciar una sesión erótica, le acarició la cara, dulcemente.

—María Teresa, no sé qué esconda el futuro. Sin duda tiempos difíciles; por eso quiero que me tengas confianza; nunca dudes de mi amor.

Lo sintió sincero, leal. Tal actitud propició que abriera su corazón.

—Ignoro cómo sucedió, Moisés. Me casé contigo por mi afán de independencia. Odiaba vivir aquí y tú eras el único que me abría una puerta de escape. Contigo iniciaría una vida mía, en que yo fuera responsable de mi destino. ¿Entiendes? El amor no entraba en mis planes, pero debió ocultarse bajo nuestros besos porque ayer, cuando salimos con tanta precipitación de Veracruz, me dolió abandonar esa casa alquilada, bastante fea, que convertimos en nuestro hogar. Entonces comprendí que me había enamorado. —Se acomodó en los brazos del marido—. Lo que más aprecio es tu rectitud. Vibra en mis venas, en cada uno de mis huesos. Mi padre engañó a mamá con una criada y yo los descubrí. Desde ese día presencié escenas de celos, insultos e intentos de perdón que nunca cuajaron. Su matrimonio se deshizo. Vivieron y me hicieron vivir un infierno. Mamá perdió la fe en sí misma. Papá le suplicó una aceptación que ella ya no podía darle. Cada detalle tenía doble sentido y cada palabra un reclamo. Yo me comía las uñas, mojaba la cama… y empezaron mis desmayos. —El pasado provocó un mar de lágrimas; el presente las derramó por sus mejillas—. Entre soldados, el engaño es prueba de virilidad, así que valoro mucho, muchísimo, que hayas sido fiel. Te ganaste mi confianza paso a paso mientras, sin que yo lo supiera, nacía el amor.

Vidal le besó las manos. Lo conmovía que usara palabras tan bellas. Nunca había llorado: los hombres no lloran; pero esa noche se sintió más macho al secarse, sin vergüenza, los ojos.

El domingo 25 de agosto de 1929, cuando Vidal bajó a la cocina encontró la casa de sus suegros vacía. Esperaré a que Teresa me prepare un café, pensó, mientras abría el maletín olvidado sobre el sofá. Sacó su cajetilla de cigarros y la Smith & Wesson. Por un momento acarició la cacha de concha nácar y luego la puso sobre la mesita. Apreciaba esa arma. Su sola presencia lo había ayudado a imponerse en numerosas ocasiones. Al ver el periódico, lo extendió al lado de la pistola y empezó a leer.

Tere se levantó media hora después. Enfundada en una bata de seda azul, fue a la cocina y desde ahí le advirtió al militar:

—No encuentro el café. ¿Se te antoja una taza de chocolate?

Le contestó un silencio total. Encogiéndose de hombros, se dirigió a la sala. Su marido se inclinaba sobre el diario, absorto, desencajado, con los ojos saliéndose de sus órbitas.

—Yo también pasé mala noche —lo consoló—. Extraño nuestra cama.

Él manoteó a ciegas, tratando de alejarla. Balbuceó, se sofocó con absurdas disculpas.

—¿Qué te pasa? ¿No puedes respirar?

Los ojos del general la taladraban.

—¡Habla! ¿Qué tienes? —Siguiendo la mirada de Moisés, leyó: «Miss México a las puertas de la cárcel». En grandes letras... a ocho columnas... los pormenores... su retrato...

—¡Nos acusan de adulterio! ¿Casado? ¿Estás casado? —Leyó otra vez, rápido, despacio, sin creerlo—. «María Teresa Herrejón de Vidal...» ¿de Vidal? ¿Tu esposa? —La expresión imbécil de Moisés la sacó de quicio—. ¡Contéstame! «Ha presentado ante el Ministerio Público una acusación contra su marido, el general...», entonces... ¡Es tu esposa! ¡Tu esposa!

—¡Mentira!

—¡Aquí lo dice! Mi foto... ¡Dios mío, la foto del balneario! «...militar acusado del delito de bigamia».

—La Prensa es un diario amarillista. Vende escándalos.

—¡Por eso no querías que leyera el periódico!

—¡Entiende, María Teresa! ¡Mis enemigos inventaron esto para desprestigiarme!

—«Su marido...» Tú, eres tú... ¡tú, tú!

—Inventan tonterías. Me difaman por envidia.

—¿Te enteras? Teresa Herrejón de Vidal, ¡de Vidal! Ella te considera... ¡Eres su marido! Eres de ella... Presentará una denuncia «contra su marido».

—Escúchame. ¡Puedo explicarte!

—«Acusa al general Moisés Vidal Corro, por el delito de bigamia, solicitando la detención del acusado». —Ahora veía claro—. Aquí dice que ella vive en Veracruz. ¡Alguien te descubrió en el puerto! Por eso salimos corriendo de allá.

—Cálmate. ¡Déjame explicarte!

—¿A mí también? ¡Me meterán a la cárcel por prestarme a la bigamia! Yo no me presté a nada. ¡Me engañaste! ¡Desde un principio, con toda intención! ¡Mentiroso! ¡Embustero!

—No hagas caso. Esto lo arreglo mañana.

—Tienes dos hijos.

—Hijas, pero...

—Zoila y Mireya. —Señaló el periódico. Los nombres daban consistencia a aquellas dos niñas. Ya no eran una simple referencia: existían—. Por eso te negabas a tener más hijos. Después, decías, después... Estás tan joven, muñeca. ¿Cuántos años cumplieron? —La respiración se interrumpía, la voz sonaba falsa—. Decías: Los bebés chillan... los pañales, los gastos... un pozo sin fondo...

—Escúchame: ¡claro que quiero tener un hijo, un hombrecito, contigo! Un niño que lleve mi apellido.

—Nos esperamos unos meses, chatita. Chatita, ¿cuál es la

prisa? —Trató de reír y sollozó—. Hubiera sido un bastardo porque no estamos casados. ¡No estamos casados!

La verdad caía despiadada sobre su imbécil ingenuidad.

—Teresa me dará el divorcio.

—¡Se llama como yo! Cuando te acostabas conmigo, te acostabas con ella.

—¡Jamás!

—¡Admítelo! Me robaste la virginidad, como a ella. ¡Me perdiste! ¡Como a ella! —Los insultos que aprendió de su madre escapaban como salivazos—. ¡Animal! ¡Bruto!

Recordó la confesión de la noche anterior, cuando le desnudó el alma. Las palabras que encerraban sus sentimientos, la decisión de dedicarle su vida entera. Y la rabia la cegó.

—¡Idiota! ¡Soy una idiota! Gastos. Un hijo implica gastos. Y tú tienes dos. Por eso no me dabas ni para comer. —A gritos—: ¡Mantenido! —Ahogándose—: ¡Traidor! Y yo, la mensa, pagando. Sí, pagando para que tus hijas comieran con mi dinero. Se comieran mi dinero. Y tú comiendo en la casa de mis padres. ¡Poco hombre! Explotando a un pobre viejo. —Vencida—: Y yo, defendiéndote. Tapándote las espaldas. Comiéndome mi herencia.

—Lo hice por ti. Porque no podía vivir sin ti. Te amo, te adoro, Teresa. Eres mi reina.

—Lo mismo le juraste a ella. ¿La llamas Teresa? ¿Tere, María Teresa? ¿Cómo nos distingues?

—Solo vale nuestro matrimonio ante la Iglesia.

—¿El cura que trajiste lo registró en una parroquia? Con esa constancia podríamos…

—Era mi medio hermano —confesó, hundido por tanta falsedad.

María Teresa lo golpeó sin que él tratara de atajarle las manos. Al fin, se quedó quieta.

—Nuestro matrimonio es inválido ante Dios y ante la ley.

—Esa certeza fue una lápida sobre cualquier esperanza—. Compraste al juez. ¡Me obligaste a casarme a escondidas! ¡Abusivo! El disgusto casi mata a mis padres.

—Con ella fue por lo civil, únicamente por lo civil. ¡No cuenta! ¡Entérate! ¡No cuenta para nada!

—Me voy a pegar un tiro. —Fuera de mí, cegada por una onda roja, ensordecidos mis oídos, descubrí sobre la mesilla de centro aquella pistola con la que tantas veces lo viera tirar al blanco, en Veracruz—. Un tiro acabará con mi desgracia.

—Y agarró la pistola dirigiéndola al corazón.

—¡Estás loca!

En ese momento regresaron los Landa del mercado. Al abrir la puerta escucharon los gritos.

—¡Suelta esa arma! ¡Te lo ordeno!

Ambos permanecieron inmóviles, temerosos de provocar una tragedia. Vidal lanzaba súplicas y órdenes, pero sin aproximarse. Un movimiento en falso la haría apretar el gatillo.

Estaba aturdida. Necesité unos segundos para comprender que la muerte era la solución, mi venganza. Me horroricé de mí misma. Sentí que iba a desmayarme.

—No la acose, general, o todos nos arrepentiremos.

Por un momento cerré los ojos. Vi a León Toral en el baño del restaurante. Lo vi tomar la pistola entre sus manos. Como yo. Temblaban. Era el elegido para castigar al ateo; encarnaba la redención de los católicos. ¡Venganza! ¡Venganza! Obregón debía caer bajo sus balas. A él, a mí, nos dio vergüenza nuestro temor, la posibilidad de fallar el tiro.

Recuperó el habla. Enérgica, le dijo:

—¡No resisto más, Moisés! Yo me mato. —Se apuntó a la sien, firme, sin que su diestra titubeara.

Moisés, loco de terror, se levantó de su asiento:

—¡Por favor, mi vida, suelta esa pistola!

—Si das un paso, me disparo.

Débora soltó la bolsa con las verduras. Sus piernas se negaban a sostenerla. Aquí habrá muertos. Rafael apartó a su mujer.

—¡No te me acerques, bígamo! —Lo apuntó con la Smith & Wesson, calibre 44.

—¡Hija!

—Papá, Moisés está casado. Tiene hijas. ¡Dos hijas! Con ella. Con la otra.

Giró hacia el adúltero:

—¡Me deshonraste! ¡Me engañaste!

—¡Hija, detente!

Celosa, iracunda, despechada, lo vi de nuevo: León Toral dirigió la pistola a la cara, para asegurar el blanco. La primera bala atravesó la mejilla del presidente electo. Temía que me mataran antes de que cumpliera mi propósito, confesó Toral al jurado. Alcé la diestra. Mi padre, a un paso, intentó detenerme. Ciega, loca, apreté el gatillo.

Dos balas atravesaron el uniforme militar.

—¡Me engañaste!

Débora se dejó caer; la dureza del suelo no borró su horror.

Orificios dobles: las balas entran y salen. Este hombre... ¿es mi marido?

—¡Detente!

Cuatro balas, una tras otra, agujeran rostro, pecho, pierna.

234

—¡Lo mataste!

¡No! ¿Toral? Tampoco ¿Álvaro Obregón? Sangraba, sangra profusamente. ¡Mi padre, maté a mi padre!

—La alfombra, ¡mi alfombra! —El ama de casa corrió a la lavandería. Ahí, a manotazos, agarró jergas, trapos sucios y limpios.

En la sala, los echó sobre el río de sangre, un mar de sangre. Apenas se dio cuenta, su marido se interpuso.

—No toques nada. No debemos tocar nada.

De pronto se reconocieron en esos rostros desvaídos. Rafael se hincó junto al yerno.

—Todavía respira.

La señora voló hacia el teléfono:

—Una ambulancia, un médico... —Jaló con tal fuerza que descompuso el aparato. Sin captarlo, vociferó—: ¿Cuál es el número del Hospital Inglés? Denme el número del hospital. —Puso la bocina en su oído—. El teléfono también está muerto. —Histérica, golpeó el auricular contra el marcador, hasta romperlo—. Está muerto. Muerto, muerto... Jesús bendito. —Lloró. Lloró mucho—. Tere, ¿qué hiciste? Diosito, sálvalo. Haz un milagro. Sálvalo.

Tere observó su obra. ¿Los manteles? La Bombilla. El suelo, servilletas blancas, la mesa cubierta de platos, con el periódico extendido. Correo... ¿qué número? Correo Mayor, mi casa. La alfombra. El pastel de tres leches. Aquí no ha sucedido nada. Teresita, ayúdame a limpiar... ¿la sangre? ¿Cómo se limpia la sangre? Agujeros en el sofá, el rostro, el pecho, la pierna.

Se arrodilló y abrazó a su marido. No es mi marido, a quien amaba a pesar de todo. Te odio, como nunca he odiado. Sus piernas se tiñeron de rojo. Puso la pistola en su sien.

Rafael se la arrebató.

—Está vacía —se disculpó Teresita. ¿Pido perdón porque ya no puedo matarlo o porque lo maté?

Sus ojos absorbieron la sangre mojando las pantuflas, la orla de la bata. Se arrastra hacia su madre. Al levantar los ojos la descubrió con la falda mojada y el cabello en un desorden total.

Doña Débora retrocedió gritando. Su yerno yacía moribundo. ¡Un orificio en el pómulo! ¡En el corazón! La asesina con una bata azul, roja, ahora roja, sollozaba.

—¿Qué he hecho? ¡Auxilio! ¡Sálvenlo! Te amo. ¡No te mueras! ¡Por Dios, no te mueras!

—Ayúdame a recostarlo —propuso a Rafael. No esperó ni un segundo: alzó las piernas, pesadísimas, del militar.

—Es inútil. Estás agraviando a un muerto. —Los tres contemplaron ese horror. Débora quiso abrazarse a su marido.

—Tienes sangre en las manos. Primero lávate. —Recobrándose, aceptó el papel que le asignaban las circunstancias—. Yo me encargo de todo.

Mis padres intentaron llevarlo a un hospital, pero ya estaba muerto.

—Papá, no llames a la policía. —Con la calma de los locos, pensó: Dos días después, el cuerpo del general Álvaro Obregón llegó a Navojoa, donde sus familiares lo trasladaron a Huatabampo para enterrarlo—. ¿Quién enterrará a Moisés, quién llorará ante su tumba?

—¡Cállate! ¡Déjame pensar! —A punto del infarto, la sacudió colérico—. ¡Si me hubieras hecho caso!

—No dejes que me lleven a la cárcel.

—¡Si hubieras obedecido!

—¡Tengo miedo! Él me engañó.

—Atrás de la tragedia, siempre hay un engaño —comentó Débora, rencorosa.

—Fue en defensa propia, papá.

—¡Si hubieras…! No te preocupes, yo me encargo de todo, Teresita.

—¿Es posible que Moisés viajara con una pistola lista para ser disparada? Yo no quité el seguro. Te lo prometo, papá. ¡No lo quité!

Débora salió de su aturdimiento como de un pantano. Todavía no descifraba aquel cúmulo de absurdos: adulterio, bigamia. Había ido al mercado, una actividad común, simple, cotidiana y, al volver a su casa, a su propia casa… ¡un asesinato! ¡Su hija! Debe haber una explicación. Teresita no es capaz de matar. ¡Con sus manos! ¡Con una pistola!

—Llama a un abogado, Rafael.

—No se me ocurre ninguno.

Débora cogió el directorio telefónico y lo arrojó. Aterrizó contra el estómago del marido, quien lo apretó por instinto, sin la menor protesta.

—¡Piensa! ¡Haz algo!

—No sé, no sé…

—Entonces pediré ayuda a los vecinos. Me vale rábanos si se enteran.

Ante esa amenaza, el comerciante reaccionó:

—Conozco al licenciado Lozano. Arregló un problema en la lechería. Gana todos los casos, hasta lo apodan El príncipe de la palabra. Voy a ver si lo localizo, porque hoy es domingo. ¿Dónde dejé su número de teléfono?

—¿Creen que puso la pistola sobre la mesa para que yo lo

matara? ¿Iba a suicidarse y prefirió que yo lo castigara? ¡Contéstenme! ¡Les estoy hablando!

Nadie la escuchó. Débora huyó, refugiándose en la cocina. Necesitaba alejarse del muerto, de la sangre, de la asesina... Sin estar consciente de lo que hacía, preparó un té. Lo derramó y, al quemarse, recuperó cierta prudencia. Calma, calma, musitó. Agregó un calmante y dos cucharaditas de azúcar. Temblando, se lo ofreció a Teresita... No, a ella no. Teresita es otra. No ésta. No la que mató a Moisés.

Su hija lo colocó sobre la mesita. Luego leyó el encabezado.

—El adulterio en los periódicos, nuestra vida en boca de todos. ¿Te imaginas el desprestigio? Deseaba que lo ascendieran a general de división.

La contempló incrédula. ¿Perdió el juicio? ¿Así de tranquilos hablan los locos?

—Tómate el té o se enfriará.

—¿Me refundirán en la cárcel?

—No grites, hija, no llores, de nada sirve. Anda, tómate el té.

Teresita se tentó la cara y sintió una piel gruesa sobre la suya. La fue despegando poco a poco hasta contemplarla entre sus manos. La estiró. Entonces reconoció el rostro de León Toral.

—¡Rafael! ¡Ayúdame! Teresita se araña, se está sacando sangre.

Entre ambos le sujetaron los brazos y no la soltaron hasta que el calmante hizo efecto.

La despertaron tres horas después. La asesina reconoció la habitación. Estaba en su cama, con la bata tiesa por la sangre seca. Ni siquiera se atrevió a tocarla, aunque la estremecía sentir esa suciedad sobre su cuerpo.

—El licenciado Lozano no quiere que te cambies de ropa —explicó Rafael—. Acortará una comida familiar para asesorarte. Si acepta tu caso, saldrás libre. Me dio su palabra.

Teresita lo miró azorada.

—Hay que enterrarlo —ordenó de pronto.

—Recé un rosario para que ese abogado nos ayude —dijo Débora—, y le ofrecí a la Virgen de Guadalupe ir de rodillas a la basílica.

—¿Dónde está el cadáver?

—Eso sí, Lozano cobra un ojo de la cara. —Landa se pasó la mano por la frente húmeda, esforzándose por pensar con claridad—. Supongo que también habrá que untarle la mano al juez, algunos testigos, el secretario... —El mundo se le venía encima y su cuerpo expulsaba esa angustia sudando a mares—. En fin, el cuento de nunca acabar.

—¿Dónde está Moisés? ¡Respondan! ¡Hablen!

—Ya nos encargamos de todo, hijita. Cálmate.

—¿Qué le hicieron?

—Se lo llevaron a la morgue —admitió Rafael.

Caminaba de un lado a otro. Quería confesar su impotencia ante aquel desastre. Él era un hombre decente... Soy un hombre decente. Esa afirmación lo absolvía del parentesco con Teresita. Abochornado se detenía, mascullaba ansiando esconderse en el seno materno. ¿Qué hago? Por Dios, ¿qué hago? Su mente le mostró el recurso que jamás había fallado: dinero, la solución de todos los problemas.

—¿A la morgue, papá?

—Venderé una lechería.

—¡Quiero verlo! ¡No me lo quiten! ¡Es mío! Es mi marido. ¡Mío!

—Mañana pongo un anuncio en el periódico.

Sus pupilas alucinadas se posaron sobre su padre. ¡Qué anciano, qué acabado estaba!

—No, papá. Ese negocio garantiza tu vejez —hablaba con claridad y sus padres prestaron atención—. La herencia de mi abuela ha servido para comprarme lujos, mejor que pague mi defensa. Vende su casa.

—Aún con esa suma, no alcanzará.

—Esto, un disparo, seis, seis —tartamudeó Teresita—. ¿Nos llevará a la ruina?

—No, claro que no. Ya veremos, ya veremos. Encontraré una solución. —La miró, reconociéndola—. Pediré que te asignen una celda individual.

—¿Me meterán a la cárcel?

—¡Cálmate! Solo por unos días —mintió, caritativo—. Te conseguiré una celda con cama, y que nos permitan mandarte comida.

Su hija lo contempló temblando. Tuvo que abrazarla para contener sus movimientos erráticos.

—El licenciado te lo explicará.

Como una inválida, aferrándose al pasamanos, bajó las escaleras. José María Lozano la esperaba sentado en el comedor. Apenas entró, se puso de pie.

—Señora, vengo a ponerme a sus órdenes. —Galante, le besó la mano. Tengo ante mí a Teresa Landa, la cereza del pastel. Contempló a aquel primor con ternura paternal. Me retiraré invicto. Esta niña cerrará con broche de oro mi carrera profesional, auguró, saboreando las palabras—. ¿Se le ofrece algo? ¿Agua, una colcha para la espalda? —La trataba como a una enferma o una demente—. Deseo que hablemos sin testigos. Sus padres ya me pusieron en antecedentes, pero requiero que usted me narre los pormenores del caso.

Negó con la cabeza, varias veces, insistente y terca.

—Está bien, esperaremos el tiempo necesario. —Su actitud revelaba un optimismo casi palpable—. Mientras, le expondré mi estrategia: resulta evidente que este crimen partió del honor ofendido, no del maltrato físico, emocional o económico. Usted es blanca, educada y su familia pertenece a la clase media; por lo tanto, nadie la compararía con las uxoricidas, pobres e ignorantes, que, de vez en cuando, llegan a los tribunales. Tomando tales hechos en cuenta, elaboraremos una estrategia para su absolución, señora Vidal.

—Señora Landa, por favor. De hoy en adelante usaré mi apellido de soltera.

—Mil disculpas —retomó la plática, desenvuelto, exudando confianza—. Hay un medio infalible de salvarla, el juicio oral. Este procedimiento posee una enorme ventaja: garantiza al inculpado que doce ciudadanos estudiarán el caso y darán un veredicto imparcial.

Teresita no entendía nada. Tampoco le importaba. Estaba más allá del terror, hasta de su instinto de supervivencia.

—En enero se publica una lista con dos mil nombres de varones aptos para este ejercicio. De ahí escogen los destinados a cada juicio. Si el suyo se lleva a cabo en noviembre, habrá menos candidatos; pero yo me las arreglo, pierda cuidado. Como abogado defensor, elegiré a nueve personas y tres suplentes, las más ad hoc. ¿Comprende usted?

Asintió, inerte.

—Usted estaría perdida en un juicio convencional. Con el jurado popular aumentarán sus probabilidades de éxito.

Teresita ni siquiera parpadeó.

—Permítame explicarle. Los planteamientos legales son susceptibles de despertar tal simpatía que los jurados descartarán pruebas y declaraciones. Un buen orador, y, modestia aparte, me considero el más apto, hace que el público se identifique con la víctima. La piedad florece; se idealiza al acusado y la catarsis desemboca en el fin propuesto: su absolución. —Las pupilas de la conyugicida miraban el vacío, así que Lozano añadió—: Mis palabras transformarán sus actos, de tal manera que solo pueda obtener el perdón. Confíe en mí.

—Está bien —musitó, agotada.

—Su belleza, desde luego, jugará un papel importantísimo; en especial si sigue mis instrucciones al pie de la letra.

Una idea se abrió paso en la indiferencia de la viuda.

—¿Me pedirá que mienta?

—¡Por Dios, me ofende usted! Apelaré a los más nobles sentimientos para que el público acepte lo que expongo, lo cual no implica una mentira. Haga oídos sordos a quienes se guían por un corazón de piedra y catalogan al jurado popular como un espectáculo circense. Por esta razón se estudia la reforma del Código Penal desde hace varios años. El 15 de diciembre es la fecha límite para el fallo a favor o en contra de la pena de muerte y otros cambios esenciales. Apenas hay tiempo de asir semejante oportunidad; pero, si se opone a mis sugerencias y el tiempo pasa, no respondo...

—Haré lo que usted mande: mi vida está en sus manos.

—Saldrá libre.

Teresita lo miró: en sus ojos brillaron la decepción y la esperanza.

—Un dolor me aprieta el pecho. Este pesar lo sufriré siempre en la prisión o en la calle; es lo mismo.

—¡Estupendo! Entendió a la perfección mis requerimientos, señora. Hable así, temblorosa, a punto de las lágrimas y el juez caerá a sus pies.

Se puso de pie y llamó a los Landa.

—Por favor, escriban la versión que entregarán a los periódicos. Hoy mismo la revisaré.

—¿Usted cree que tenemos cabeza para eso?

—Entonces, yo mismo lo haré. Solo tendrán que firmarla. También me encargaré del cuerpo, el entierro y demás trámites legales.

Al día siguiente, los voceros pregonaban la escalofriante noticia: ¡Extra! ¡Extra! Conozca a la autoviuda. Lea la declaración de la más bella asesina de México.

La nota decía:

El lunes 26 de agosto de 1929, en el Ministerio Público, tras un interrogatorio a cargo del jurisconsulto Pelayo Talamantes, María Teresa Landa y Ríos, de tan solo diecinueve años, expuso:

—Yo lo maté, a pesar de que lo adoraba. Desde ese momento lo único que anhelo es matarme y lo habré de conseguir.

—¿Cuál fue su móvil? ¿Odio, venganza?

—¡Ah, no, no, señor, eso no! Yo lo quiero con toda mi alma… todavía… y nunca le tuve rencor, pero no sé lo que hice. No estaba en mí. Quería matarme al comprender lo acontecido.

José María Lozano no mencionó que su defendida había ingerido varios calmantes. Se limitó a subrayar lo imprescindible:

—Estamos frente a un crimen pasional, un acto de locura que en unos cuantos minutos hizo olvidar un cariño acendrado para ceder paso a la violencia. Esta mujer, pisoteada en su amor y trastornada en su razón por los agravios contra su honra, además de la inaudita tristeza que le provocó el engaño del general Vidal, tenía derecho a defenderse. Usted y yo no comprendemos sus reacciones porque jamás hemos atacado a nadie. Por lo tanto, no podemos censurar a la señora Landa un comportamiento que, según nosotros, es anormal.

Aquel «nosotros» puso al juez del lado del defensor, caballero andante que protegía a damas agraviadas. El papel estimuló la vanidad de Pelayo Talamantes. Ya no dudó de la veracidad de esa bella mariticida; tampoco quiso prolongar el suplicio al que la sometía. Tras cumplir con los requisitos legales, giró el caso a su superior, Jesús Zavala, y éste al Jurado Popular.

Como el juicio tardaría, el coronel José María Pérez recibió a la convicta en la cárcel de Belén. Haciendo presión sobre el antebrazo, casi a fuerzas, la condujo por un angosto pasillo hasta llegar a la Ampliación de Mujeres.

Le asignaron cuatro paredes oscuras y un camastro. Al sentarse sobre el sarape piojoso, comprendió su situación y, en un intento por huir, se lanzó contra los barrotes de la reja. Gruñía como animal rabioso y la garganta se le desgarraba en aullidos.

—Basta de tanto grito —le advirtió Cuca López, la Efi. Se había ganado el apodo por la eficiencia de sus métodos rápidos que, además, no dejaban huella—. Te apago la luz hasta que te calmes.

Reinaron las tinieblas. El miedo la dominó a tal grado que le castañetearon los dientes. Y el frío. Se colaba bajo la piel, helando los huesos. No se movió, aunque el sarape estaba a unos pasos. ¿Qué había entre la reja y el camastro? Un abismo, los fantasmas de una noche lluviosa; Moisés tirado en el suelo, le abriría los brazos.

Sus gemidos escapan sin que lo sepa. No puede, no puede ya; su vida la abandona. Que la oscuridad la cubra, que su mente claudique... El aroma asalta sus nervios. Es... ¿agua de rosas? Su abuela lo fabrica. Cuando Teresita la conoció, doña Asunción bañaba sus arrugas con ese perfume frágil, temporal, de flor marchita.

Al mismo tiempo que el fantasma de Asun se acerca, su nieta siente una tibieza que se concreta en los dos brazos que la acogen.

—Vengo a acompañarte, Tere.

La niña asiente. Recostada en aquel regazo, sabiéndose a salvo, su alma se aquieta y borra, una a una, las imágenes de ese domingo sangriento. Y la anciana empieza a contarle un cuento.

—¿Cómo dormistes? —pregunta Cuca. Esperaba una escena de histeria o violencia y tiene ante sus ojos a una chamaca muda. A leguas se ve que no pertenece a esta mierda. Me alegra que don Chema Lozano haya repartido billete para que le tengamos ciertas consideraciones. De otro modo, bonita y joven... no respondo—. ¿Ya te vas a portar bien?

La asesina se endereza. Le duele cada músculo cuando se levanta del suelo, pero aprieta los labios, impasible.

—Obedeceré todas sus reglas.

—Órale. Si cumples tu palabra, las cosas marcharán mejor. Por lo pronto, sígueme. Te pondré en una celda más amplia, con ventanita.

Capítulo 3
La asesina

Pasan tres meses, algunos días e infinitas horas. A veces despierta amarrada. La inmovilidad le pone los vellos punta: pueden violarla. Cuando penetran la luz y los ruidos de la calle por los barrotes del ventanuco, llama a la matrona. Siempre la atiende solícita: nunca más habrá una Señorita México en la cárcel.

La autoviuda, la campaña presidencial y los movimientos feministas comparten las noticias y los diarios hacen su agosto. Nadie asegura que los lectores lean la página roja, donde la matamaridos reina, pero se sospecha que Portes Gil no puede competir con los ojos sombríos de una hermosa. Los reporteros se dan gusto inmortalizando a la Miss en su celda, el jardín de la cárcel o un libro sobre el regazo. Todas las fotos muestran su desolación y, estrujando corazones, conquistan adeptos.

Cada semana, esas tercas (las mujeres) exigen lo mismo: elección libre de la pareja, divorcio sin recurrir al arbitrio del Estado, divorcio voluntario, igualdad de salario, puestos de elección popular, participación en las casillas durante las elecciones, reconocimiento al voto y derechos políticos. ¿Nada más?, ironizan algunos.

Por fin, como un milagro inmerecido, el 28 de noviembre de ese año que chapotea en sangre, se elige al jurado. El Príncipe de la Palabra logra meter, con calzador, el caso Landa-Vidal, justo antes de que cambie la ley.

Contemplando la espalda corva y las ojeras que ya no debe resaltar con khol, el abogado la felicita.

—El dolor agobia a las mujeres desde tiempos remotos, desde siempre diría yo, recalcando su sometimiento legal, social y económico. Usted simboliza esa vejación, por tal motivo inspira piedad y el deseo imperioso de protegerla. Aumentaremos semejante impacto con su atuendo.

Lo observa, dudosa, y él se apresura a piropearla:

—Yo no intervine, señora Landa, se lo juro. La gente pide a gritos que transmitan el juicio por la radio. Además, las autoridades colocarán altoparlantes en Humboldt y Avenida Juárez. Prevén una audiencia de cuatrocientas mil personas. Quizá lleguemos al medio millón: ¡la mitad de los habitantes de esta metrópolis! Algo semejante sucedió con el asesino confeso de Álvaro Obregón, José de León Toral. Sin embargo, creo que superaremos su récord.

A las siete de la mañana, Débora ayuda a su hija a vestirse y maquillarse. A las nueve, dispuesta a jugarse el todo por el todo, María Teresa luce un elegante vestido negro, sombrero de tafeta, medias de seda con garigoleos que producen admiración y ternura entre los insaculados.

—¿Insacu... saco... culados? ¡Ay, qué feo se oye! —cuchichea una señora a otra.

—¡Mal pensada! Son los oficiales de justicia elegidos al azar.

Con la majestad de una reina, la asesina se sienta en la mitad del estrado. Su presencia hipnotiza al jurado; a tal grado que los jurisconsultos Luis Corona e Ignacio Bustos, giran para descubrir la causa. Una frase irónica distiende los labios del fiscal:

—Ojalá que la seda de esas medias o el rímel de tan largas pestañas, no influyan sobre el veredicto. —Exasperado, arremete contra la relajación social—. Desapruebo a las mujeres que usan vestidos sin corsé, cual bataclanas en los centros nocturnos donde oyen jazz, bailan, beben licor, fuman, conducen automóviles y hasta practican deportes, en especial la natación.

—La castigaremos, estimado Luis. A mí no me asustan ni me encandilan las mujeres en traje de baño.

El calor arrecia, mezclándose a olores que abarcan del perfume y el sudor a la comida que los prudentes llevan «por si acaso». La multitud se apretuja. Alrededor de seis mil desean ingresar al recinto; pero solo unos cuantos, con la complicidad de los ujieres, ocupan cuatrocientas butacas y, cien más, lugares privilegiados. El espacio se reduce a proporciones claustrofóbicas cuando entran los representantes del Cuarto Poder.

Los reporteros de Excélsior y El Universal se disponen a sacarle jugo a la noticia. Unas cuantas pinceladas emotivas doblarán el tiraje y, en consecuencia, el precio de los anuncios publicitarios. Por ese motivo redactarán los hechos «a su manera», obligando a los lectores a consultar varias fuentes si desean tener una idea más o menos objetiva del suceso.

—¿Firmarás la nota? —pregunta uno al otro pues, aunque trabajan para la competencia, los amiga corretear noticias.

—Con seudónimo. He recibido demasiadas amenazas acusándome de difamador, embustero y parcial.

—Iguanas ranas.

—Mis jefes contrataron al licenciado Querido Moheno para que redacte esta columna. Él conoce el tinglado; los políticos lo adulan o le tienen pavor. Un tipo así puede firmar con todas sus letras.

—Y tú, ¿qué?

—Aporto información; así, Moheno no tiene que estar presente.

Acto seguido se concentran en aquella tarea. Describen el ambiente: la aglomeración de las calles aledañas a la cárcel, el número estratosférico de vendedores ambulantes, la tristeza que impregna a la conyugicida. Al tenerla a unos cuantos pasos, el colaborador de Excélsior se inspira: La Venus permaneció inmóvil. Totalmente vestida de negro, la falda dejaba entrever sus curvas; el sombrero, velo y medias eran sombríos, lo mismo que su belleza nostálgica y la mirada más ausente que nunca. Ante su hermosura conmovedora nos rendimos a sus pies.

El Universal publica un párrafo menos extravagante, aunque también favorece a la asesina. Por su parte, El Nacional Revolucionario y la corte de diarios subsidiados por el Estado, critican el vestuario de la matadora de maridos. ¿Por qué? ¿Mal gusto, ceguera, envidia? Mucho más sencillo: el gobierno disciplina los órganos de difusión para imponer su programa político. A cambio de un servilismo incondicional les vende papel, elemento esencial en la producción de las grandes rotativas. ¿Y la libertad de prensa? Las autoridades se la pasan por las partes nobles.

Sin embargo, los intereses comerciales de Excélsior y El Universal los obligan a concentrarse en los sectores de la clase media, criticando a las autoridades, quienes inmediatamente les ensartan un mote muy peligroso: «enemigos de la Revolución». Por lo tanto, si esos reaccionarios endiosan a una burguesa inmoral y malinchista, el periódico del Estado debe hacer contrapeso, poniendo los puntos sobre las íes. Para abrir boca, El Nacional describe a María Teresa como «aquélla estatuaria mujer que triunfante paseó su desvergüenza en traje de baño y pregonó sus ambiciones por la calle de Madero».

La susodicha observa a los reporteros. A pesar de las múltiples entrevistas que concedió en los últimos meses, le inspiran una gran desconfianza. Engañan al público. En cada reportaje cambian frases enteras. ¡Me pintan distinta a como soy!, afirma, hostil.

Los asistentes se ponen de pie mientras el juez ocupa su sitio. Chema Lozano aprovecha el revuelo para tranquilizar a su cliente:

—Vea a su alrededor, señora Landa: pocas mujeres, lo cual nos conviene. En una sociedad patriarcal, como la nuestra, los hombres definirán su destino. Mire, allá está la prensa. Un reportero hace o deshace reputaciones y honras. Por suerte, los dueños de Excélsior han puesto a los lectores de su lado. Evidentemente, les incomoda que habiendo ganado el concurso que ellos organizaron usted haya cometido un crimen; pero, si proyectan una imagen de indefensión y dolor, como yo sugeriré, la convertirán en víctima y venderán la noticia y la publicidad por millones. ¡Gratis! ¡Sin que le cueste un centavo!

Apenas reina el silencio, Luis G. Corona asume sus funciones comparando a la acusada con Mesalina, Cleopatra, Lucrecia Borgia y Salomé: ¡mujeres perversas, vergüenza de su sexo! Su índice señala a la Señorita México:

—Prepara el crimen desde meses antes: estudia la posición de una pistola, practica el tiro al blanco. Al enterarse del adulterio, denigra al general Vidal con mofas y violencia, pues desconoce las virtudes que caracterizan a una esposa. —Toma agua antes de exhortar—: Impidan que la belleza de esta viuda negra los ofusque. Desenmascaren la inmoralidad oculta bajo esos velos.

Acto seguido muestra cuatro fotografías: en la primera, una mujer con el pecho desnudo, recostada sobre una cama, fuma transpirando sensualidad. El público contiene el aliento. Segunda: un gato se aproxima a su ama. Tercera: el felino, dando muestras de inteligencia humana, se recuesta entre los blancos pechos.

—¡Cuarta! ¡Abran bien los ojos! —No hace falta que los aguijonee, los presentes hubieran deseado tener telescopios—. ¡De frente, totalmente desnuda! Con razón le pareció poco enseñar las piernas en la Alberca Esther.

Lozano salta de su asiento.

—¡Falso! ¡Totalmente falso!

Los jurados arguyen entre sí. El juez deja caer su mazo sobre la mesa y en medio del súbito silencio resuena la voz del defensor:

—¡Esa mujer no es María Teresa Landa! ¡Ni siquiera se le parece!

El público se encrespa. Algunos hasta se atreven a insultar al fiscal:

—¡Mentiroso!

—¡Orden, señores, orden!

—¡Lengua viperina! —musita un anciano antes de que los ánimos se calmen.

—La señora Landa jamás posó sin ropa —insiste José María. Saca de su portafolio una foto y, esgrimiéndola, ataca—: Aquí está con el gerente de Jueves de Excélsior. Don Gonzalo Espinosa la felicita por su triunfo. Mi defendida manifiesta una ingenua coquetería, pero guarda su distancia, sin rebasar los límites de la decencia.

—El manual de Carreño, precursor de las buenas costumbres, aconseja mantenerse detrás de la figura masculina y nunca dirigir la mirada a los ojos —replica Luis Corona.

—Mis México rompe esa anticuada costumbre.

—¿Rompe? ¡Acaba con el decoro! ¡La educación! ¡La decencia!

—Mas nunca pierde la dignidad. Aun si el triunfo le da confianza en sí misma, se comporta como una dama. Esta joven, que tiene todo por delante, ¿por qué echaría a perder su futuro posando para ese tipo de fotos? —Las pupilas se clavan en la aludida, quien se tapa la cara, incapaz de soportar tanta ignominia— ¿Cuándo fue al fotógrafo si vivía con sus padres y estaba siempre vigilada? Lo acusaré de difamación, abogado. —Con rapidísimo ademán le arrebata la evidencia—. Señoría, por favor observe: ninguna de estas cuatro fotos muestra el rostro de la señora Landa.

Hay abucheos entre los asistentes. El juez alza la voz inútilmente. Algunos llaman cobarde al fiscal y el magistrado, tras unos segundos, domina las protestas desechando las pruebas.

Siguen varias declaraciones. Los reporteros bostezan; entonces los murmullos disminuyen, semejantes a un mal presagio. El fiscal presenta a una testigo. La señora Consuelo Reyes López, muy emperifollada, cruza la sala con amplio movimiento de caderas y paso seguro. Apenas se aposenta, señala a Teresita:

—Ella y el general pasaban horas en el cuarto del hotel. Todavía no estaban casados. Se comieron la torta antes de tiempo. Mire, aquí traigo una carta en que María Teresa confiesa cuánto le gustan los besos con bigote.

—¡Yo no escribí esa carta! —gime la viuda, pero su queja se pierde entre las exclamaciones de los asistentes.

El defensor escudriña a la testigo.

—Abogado, si me mira con tanta saña, me pondré nerviosa.

—¿Dónde se hospedaban los amantes, señora Reyes?

—No recuerdo el nombre del hotel, pero está en la calle de Chile.

—¿Cómo identificó a la acusada?

—Éramos compañeras en la Normal.

Una exclamación de azoro rebota en el recinto. Al mismo tiempo que los asistentes, José María Lozano contempla a la vilipendiadora cual asqueroso insecto.

—¡Traiciona su amistad! ¿Reniega de los años que compartieron?

—¡Judas! —Escupen dos o tres gargantas.

—¡Orden o mando desalojar la sala!

—¿Por qué intenta destruir a María Teresa Landa?

La testigo titubea, a punto de hablar se arrepiente, estudia durante tres segundos a la mariticida, se le colorean las mejillas y...

—¡Esa piruja me robó el amor de Patricio, el Pato Pérez!

—¡Ah, la difama por venganza! —deduce José María—. ¡Oh, dioses, líbrennos de las mujeres resentidas!

—Ofreciéndose en las aulas vacías, MT le desvalijó el seso a mi novio. Ya no se conformaba con mi cariño: me botó, como trapo usado. La muy puta...

—Puta pero inteligente —grita una feminista desde el fondo del recinto.

Ante esa afirmación apasionada, el jurado empieza a ver a María Teresa con nuevos ojos.

—Para que te enteres, Chelito, el Pato jamás me interesó —afirma Miss México.

—¡No me digas!

—Lo digo y lo pruebo.

Los ojos de los presentes van de una a otra, como en una partida de ping pong, pero muchos jurados detienen su mirada en los vaporosos velos que ocultan a medias la belleza de Teresa Landa, volviéndola más sugerente.

De repente, el mazo del magistrado cae otra vez sobre el escritorio. Cuando la conmoción disminuye y se elimina el testimonio de Reyes López, todos se reacomodan, dispuestos a presenciar el siguiente episodio.

La fiscalía llama a Teodoro Montalbán, actor de segunda si encuentra trabajo y cocainómano si logra pagarse la droga. Declara que conoce las motivaciones del asesinato, ya que prepara una obra teatral sobre el caso. Sin embargo, el magistrado desestima semejantes opiniones porque Montalbán no está en sus cabales: responde con notas de cante hondo a las preguntas, argumentando que nació en una cueva de Granada.

Una vez que el guardia de seguridad expulsa al comediante, el juez pide que se despache aquel asunto con mayor premura.

—Recuerden: los juicios orales deben concluir en un día. Están gastando pólvora en sandeces —sisea—. Nadie pone en duda la culpabilidad de Teresa Landa. ¡Ella misma confesó su crimen ante el Ministerio Público!

—Tiene usted razón, su señoría. ¿A qué vienen entonces estos testigos? ¡A quitarnos el tiempo! —exclama el defensor.

Inseguro por tanto fracaso, Luis Corona manifiesta:

—Resumiré el papel del sexo débil en la Historia. —El juez hace un gesto de hastío supremo y el abogado rectifica—: Resumiré muy brevemente... Veamos... Las mujeres honradas se nutren del dolor, imitando a la Virgen de Galilea. La verdadera, la única esposa del general Vidal pertenece a este modelo. Llora sin haber pecado, padece las culpas de su marido sin deseos de venganza.

—Entonces, ¿por qué lo acusó de bigamia? —pregunta Chema.

Su oponente ni siquiera se digna responder. Prosigue impertérrito:

—A diferencia de María Teresa Landa que, al desconocer la dicha de la maternidad, solo pensaba en vanidades, la señora Herrejón nunca planeó matar al infiel: era el padre de sus hijas; tampoco en suicidarse: debía educarlas.

El reportero de El Nacional Revolucionario toma nota de esas frases moralizantes. Su periódico instruye a la sociedad al difundir el ideal femenino endosado por el gobierno. En este caso, lo logrará si da amplio espacio a Corona y escasas líneas a Lozano. Como si escuchara tal decisión, el defensor se levanta:

—Permítame un comentario al calce, apreciado colega —ironiza—. Comete usted un desafuero al catalogar de tal manera a la señora Landa. María Teresa es una víctima de los tiempos convulsos que vivimos. Hagamos, si le parece, un recuento de las últimas innovaciones: el ascenso de la clase media provoca la inserción de las mujeres en el campo laboral.

Ganan un sueldo menor que el del varón pero, aun así, adquieren independencia económica. Al abrirse los cerrojos del hogar, único sitio seguro, habitable para ellas, los padres pierden poder. Con o sin permiso, las jóvenes participan en la vida pública, en un ambiente fundamentalmente masculino. Las más aptas se incorporan a las filas de maestros, profesionistas, comerciantes. Una vez conquistados estos espacios, siguen adelante. Sin menoscabo de su honra son artistas, cantantes, pintoras, empresarias, ¡hasta ganan concursos de belleza! La señora Herrejón debió imitar esos loables ejemplos en vez de mendigar una manutención al bígamo. Trabajando, hubiera garantizado la tranquilidad económica y la educación de sus hijas.

El enviado de El Universal coincide con tal punto de vista. Teresita es víctima de las circunstancias. Conmovido, escribe: El día de su triunfo, conocí a una joven feliz, que iniciaba su reinado. Hoy tengo ante mí la imagen de la desdicha.

El representante de Excélsior también concuerda con Lozano: María Teresa es un paradigma. Ciudadana progresista, con ideales de superación, se enfrenta a un Estado autoritario, maniatado por un sistema judicial obsoleto. Además, los jurados asienten cada vez que José María añade un tanto a favor de la asesina.

En cambio, Corona protesta:

—Esta palabrería, no viene al caso.

—Todo lo relativo a la mujer en general y, en particular a la señora Landa, viene al caso —interpone la feminista.

Mientras tanto, el príncipe de la palabra continúa su discurso:

—La mujer mexicana no es una abstracción: edad, clase social, escolaridad y trayectoria profesional tienen peso. Debo recalcarlo: María Teresa brillaba entre las demás concursantes. Era la única que hablaba francés e inglés y estaba inscrita en una carrera universitaria: Odontología. Pero, en un país de machos... —Hace una pausa. Sus ojos se clavan en los espectadores pertenecientes al sexo fuerte. Desea imbuirles un complejo de culpa pues, por el solo hecho de avalar ideas retrógradas, contribuyen a la tragedia de la chica Landa—. Aquí, a diferencia de las naciones avanzadas, nadie considera la inteligencia femenina una cualidad; si acaso, un obstáculo. —Pesaroso, se recoge sobre sí mismo—: Una corona de reina ofrece tentaciones mayúsculas. Por su juventud e inexperiencia, quizá un poquitín de presunción, María Teresa no se dio cuenta de que daba el primer paso hacia el abismo.

—¡Cierto! ¡Ciertísimo! —aúlla Corona—. La frivolidad la impulsó a andar desnuda por las calles y el feminismo ahogó la modestia propia de nuestras mujeres. Para corregir tales males, recomiendo que Teresa Landa vaya a prisión y utilice el cautiverio para meditar sobre sus múltiples yerros.

Gritos indignados contrastan con el susurro de María Teresa:

—Cada noche de mi encierro he meditado, señor fiscal. —Muchos no oyen esas primeras palabras, pero, a continuación, rige un silencio sepulcral—. He tenido delirios constantes en que pierdo fechas y confundo mis actos. No sé qué ocurrió primero. Quizá soñé lo que vino después. Tampoco entiendo si repito o invento. Me duelen las sienes... apenas duermo o me sumo en un sopor durante horas y horas.

¡Pobrecita! Los asistentes desean consolar a esa desvalida, tan frágil, tan sola.

Chema Lozano aumenta la emoción del momento:

—María Teresa cometió error tras error. Por ejemplo, en una entrevista dijo: Desde finales de la Gran Guerra las sociedades han desechado modos de pensar anticuados y reconocen que las mujeres poseemos un espíritu lleno de energía. Debió callar más ¡oh, incauta!, se creía con derecho a expresar sus opiniones. —Exhala, compasivo—. Esta alumna aplicadísima, entusiasta de la literatura castellana, que ganaba certámenes, poseía otra cualidad, permitida, afortunadamente, por sus detractores: era hermosa. —Su admiración descansa sobre la asesina, obligando a los presentes a seguir esa mirada, de tal manera que ojos y suspiros tienen un solo eje: ella—. Sus hombros, dos suaves colinas, el cabello de un azabache que ya hubiera deseado Cleopatra, la piel nívea, la cintura que cabe en dos manos, las piernas, ¡ah, piernas que merecen un trono!, sedujeron a los jueces del concurso.

—Pos claro —dice el mismo pelado que alguna vez la viera desfilar por Madero—. Los trajes de baño son lo de menos, hace falta rellenarlos y esta niña tiene lo que se necesita: harta estopa.

—¡Cállate!

—¡Patán!

—¡Vulgar!

—¡Desalojen la sala!

Hipnotizados por la descripción de esa maravilla que tienen enfrente, los guardias no mueven un dedo.

—Sin embargo, su inteligencia fue la mejor arma. Con voz grave y clara respondía tranquila, hilvanando una plática ingeniosa, chispeante como el champaña. Cuando le preguntaron cuáles autores prefería, afirmó: Anatole France, Paul

Bourget, Romain Rolland, Oscar Wilde, James Joyce, Bernard Shaw...

—¡Patrañas! —Se subleva Corona—. ¡Puros inventos! ¡Qué va a leer!

Lozano, cual mago, saca de la manga (del portafolio) una foto: María Teresa leyendo en su celda. El público, que en un 99% jamás ha oído nombrar a esos autores, mantiene la boca abierta y desquita su analfabetismo en el fiscal:

—¡Inculto!

—¡Ignorante!

—¡Burro!

El juez ni siquiera intenta imponer orden. Entonces, el orador embiste con una estocada mortal. Lentamente se dirige hacia la acusada:

—¿Podría recitarnos algo de Gustavo Adolfo Bécquer?

Obediente, la estatua viva aparta el oscuro velo y se pone de pie. Las palabras, elegía dolorosa, se esparcen por el recinto:

—Por una mirada, un mundo; por una sonrisa, un cielo; por un beso... yo no sé qué te diera por un beso.

Un aplauso cerrado, exhalaciones, casi sollozos, retumban en el recinto.

—¡Bravo, bravo, bravo!

—¿No comprenden? —explota el fiscal— ¡Se lo aprendió de memoria! Lo tienen ensayado, igual que el dizque luto y el dizque sufrimiento. Han creado un sainete postizo... pretencioso... ¡absurdo!

Esfuerzo perdido. La multitud ha llegado al punto en que solo escucha lo que quiere escuchar y ve lo que quiere ver. Considera a María Teresa una mártir y se apegará a ese dictamen. Punto final.

—Una mujer inteligente y preciosa —machaca el Príncipe, con la admiración a flor de piel—. ¿Nos sorprendería, entonces, que Moisés Vidal cayera, redondito, en sus brazos, cometiendo adulterio y arriesgando su libertad?

Los señores de la audiencia, que hubieran dado la mano derecha por pasar unas horas en el pellejo del general, no se sorprenden en lo más mínimo.

—El militar inició un asedio en regla. La llenó de obsequios, le llevaba serenatas, empezó a buscarla a la salida de la Escuela de Odontología para acompañarla a Correo Mayor 119.

María Teresa se traga su asombro. ¿Obsequios, Odontología? Eso nunca sucedió.

—Los domingos paseaban por la Alameda, como muchos enamorados. La adolescente, que nunca tuvo novio, era feliz. Moisés Vidal no cabía en sí de dicha, pues estaba conquistando el corazón de una joven maravillosa, a pesar de la oposición de sus padres.

—¿Por qué se oponían? —indaga Corona, pensando encontrar un punto débil en aquel embuste.

—Conteste, María Teresa.

—Mis abuelos sirvieron en el régimen de Porfirio Díaz y a papá le disgustaban los militares por lo que nunca daría consentimiento para la boda. Eso hizo que nos casáramos a escondidas.

—¡Desobedeciendo a su señor padre! Y no por primera vez —se regodeó el acusador.

Los asistentes contienen el aliento. ¿Adoran a un ídolo con pies de barro? ¿María Teresa los desilusionará? Majestuosa, sin perder el ritmo, amplia la explicación:

—Mi mayor anhelo era buscarme una situación independiente, de una independencia absoluta en todos los órdenes:

económica y espiritual, de tal suerte que nunca hubiera tolerado sujetarme a las formas ridículas del noviazgo tradicional. Moisés se quedaba hasta las tres de la mañana al pie de mi ventana y me demostraba su amor escribiendo poemas. No de gran calidad, pero expresaban la pasión que yo despertaba en su alma. Era un caballero, sin cultivo en su educación.

Las mujeres se remueven en sus asientos. ¿El amor justifica semejante rebeldía?

—No consideré el concurso de belleza inmoral porque numerosas señoritas y aún señoras hacían a un lado tamaños prejuicios. Cuando gané, mi padre me dejó de hablar, a mi madre no había quien la consolase y el general apenas podía calmarse. Pero, ante la aclamación pública, Moisés consideró patriótico que representara a México. Todo el día me abordaban periodistas, fotógrafos, galanes furtivos. Él aprovechó el vértigo de la situación para adecuarse a las necesidades de esta nueva vida y, sin yo quererlo, me hice dependiente de su compañía y sus halagos. Por amor desobedecí a mi padre. El 22 de septiembre de 1928 fuimos al Registro Civil. Llevaba una faldita beige, sweater del mismo color. Moisés presentó identificaciones falsas, compró a los testigos y ni siquiera dejó terminar al juez. Tras la firma, ya estaba casada: mi albedrío quedaba en manos de mi marido.

La feminista y sus secuaces sueltan una larga queja: ¡Dios mío, esa mártir en poder de un bruto! José María espera a que el gemido se extinga antes de iniciar su exposición. Se aproxima al meollo de aquella tragedia.

—La vida del general Vidal Corro es un rompecabezas a causa de un pasado turbio que, obviamente, procuró ocultar. Cuando estalló la Revolución, se sumó a los ejércitos locales de su patria chica, Veracruz. Servía bajo jefes oportunistas y cambió de bando varias veces. Al finalizar la contienda se esfumó, pero reapareció en 1924 para solicitar que las autoridades reconocieran su participación en la lucha armada, sin decir de qué lado estuvo. Gracias al desorden existente y a alguna triquiñuela, obtuvo el grado de general que, ciertamente, no merecía. Cuando lo ascendieron, se trasladó a esta ciudad. Al principio enviaba dinero y cartas a su esposa, la señora Herrejón; después cesaron. ¡Había conocido a María Teresa Landa! —Su desdén se acentúa—. Buenaventura Corro, medio hermano del general, conocía la existencia de la esposa y las hijas: Zoila y Mireya. Sin embargo, se prestó a una farsa en que una muchacha inocente se vistió de novia y azahares. La ceremonia tuvo lugar en una elegante residencia de nuestra capital.

A Teresa le encantó que la modesta casa de los Landa ascendiera de nivel, pero no se distrajo. Continuó bebiendo aquel discurso como si hablaran de otra persona.

—Moisés Vidal sabía que cometía adulterio frente a Dios, puesto que ya lo había hecho ante los hombres. Él mintió al jurarle amor; ella empezó a amarlo desde que el falso sacerdote bendijo los esponsales. La vil complicidad del medio hermano solo se explica porque el general provocaba terror.

—Bebe agua, reflexionando para sí—. Retrocedamos unos meses para comprender lo sucedido. La Señorita México regresó de los Estados Unidos completamente cambiada: adquirió confianza, comprendió que tenía grandes perspectivas; mas, ya lo confesó mi defendida, ¡las descartó en nombre del amor! Actuó igual que todas las enamoradas: creyó en los juramentos de fidelidad y respeto que el general susurraba a su oído. Sin embargo, la señora Débora Ríos, madre de la acusada, sospechó que el carácter autoritario del futuro yerno presagiaba graves problemas. Ahora sabemos que su despotismo era un pretexto para mantener a María Teresa en la más completa ignorancia. A una chica culta, Vidal le prohibió leer el periódico; a una muchacha independiente, salir a la calle. —Mueve la cabeza, estremeciéndose ante la tragedia que revivirá—: El domingo 25 de agosto, La Prensa publicó una canallada mayúscula: ¡María Teresa Herrejón López denunciaba a su marido por bígamo! ¡No solo compartía el mismo nombre con la señora Landa; también al mismo esposo! Imaginen, por un momento, a Miss México: su indignación, tristeza, furia, impotencia... ¿Hay palabras para describir la avalancha de emociones que la asaltaron? En el alma de la ilusa se desató la confusión, qué digo, ¡la locura! Vio negro. ¡La engañaba desde siempre! —La voz proyecta un asombro sin límites— Moisés Vidal le restó importancia al hecho, prometiendo corregir la situación económica por la que atravesaban. ¡El muy sinvergüenza les quitaría la manutención a sus hijas! La burlada noblemente se opuso: esas dos criaturas no tenían la culpa de los errores del padre.

—¡Mentira! ¡Quien lo afirme miente! —clama el fiscal, echando escupitajos—. ¡Convierte a una harpía en dechado de virtudes! Viste a Landa con la personalidad de Herrejón: ponderada, decorosa, tranquila. Es ella quien perdona al marido calavera pues posee una fuerza espiritual enorme. Su dulzura tiene un origen: la maternidad.

—Aclare, por favor, si esa dulzura surgió con el nacimiento de las hijas o si se marchitó con el adulterio del marido —solicita Lozano.

—¡No es necesario! —ataja el juez—. ¡Por el amor de Dios, abrevien! —De inmediato se tapa la boca. Mencionar a la divinidad durante la Cristiada, siendo un representante del gobierno, resulta poco acertado.

—Obedezco, señoría. —Se inclina Lozano, apropiándose de la palabra—. La mujer tiene una necesidad ingente de protección. En vez de ultrajar a sus esposas, los hombres deberían enaltecerlas, pero se complacen en pisotear y manchar y ensuciar y destruir esa honra que es reflejo de la propia. María Teresa, llevada por la atrocidad perpetrada contra lo más sagrado de su persona, cometió un crimen pasional y, así, lavó su honor.

—¡Un argumento totalmente errado! No hablemos de honra cuando la Mesalina que tenemos enfrente ni siquiera conoce el significado de tal vocablo.

—Señor fiscal, los uxoricidas…

—Urox… ¿qué?

—Asesinos de la esposa.

—¡Silencio! ¡Dejen oír!

—Los uroxidas muchas veces carecen de hombría y, sin embargo, salen libres cuando defienden su reputación. El jurado absuelve, hasta aplaude, si un cornudo descarga la pistola en la adúltera o en quien le puso los cuernos.

—Los crímenes mujeriles se multiplicarán si no sentamos un ejemplo —repuso Corona.

—Ya se asentó. Tras la muerte del general, María Teresa tiñó su belleza inquietante con una sombra de tristeza indeleble. —Lozano la señala y los corazones de doce jurados se aceleran—. Tras su declaración, la trasladaron a las mazmorras del antiguo Convento de Belén. Desde tiempos del virreinato este inmueble, dedicado a recolectar a las arrepentidas del sacerdocio sexual, era un gigantesco caldo de insalubridad. En 1863 se convirtió en la Cárcel Pública General y hoy alberga a homicidas, ladrones, violadores y presos políticos. No hay camas, ni catres. Los internos duermen en el suelo o en cartones y petates que les procuran sus familiares; andan en andrajos o semidesnudos, pues la prisión no proporciona vestimentas. La alimentación es miserable, ni siquiera tienen trasto para recibir su comida. Se les arroja en el sombrero.

—Licenciado Lozano, ¿está denunciando las condiciones que reinaron en esa cárcel hace sesenta años? Porque hoy, lo demuestran las fotos de la señora Landa en su celda, son bastante distintas.

No obstante la impugnación del juez, en las pupilas del público arraiga la imagen de una lúgubre prisión donde la Señorita México titiritaba en harapos.

—Para cuando se cerraron las puertas, con un estruendo que estremeció su alma, lo que menos importaba a María Teresa era su destino.

—Si tanto lo amaba, ¿por qué lo asesinó? —increpa el fiscal.

Quinientas cabezas se vuelven hacia la interpelada.

—Disparé por amor o celos o venganza y sigo sin explicarme cómo apreté el gatillo —replica, cual mustia flor—. Estrujaba al cuerpo sin vida del general, gritando su nombre. La sangre que bañaba mis manos era prueba de ese abrazo final y desesperado. Gritaba y lloraba pues no entendía nada. Desde entonces visto de luto; me cubre un manto negro de pesadumbre. —Las frases que le dictó Lozano, conmueven a los guardias. Les parece que escuchan poesía pura.

266

—Al menos ya no se pavonea en traje de baño —masculla Corona a un ayudante.

—Señores del jurado, tengan en cuenta un punto clave: la señora Landa disparó porque se sintió amenazada. El general intentó arrebatarle el arma y...

—Abogado, concluya, por favor —suplica el magistrado exhausto.

José María Lozano aspira. Tiene un auditorio cautivo y dará la más brillante alocución de su carrera pública. En una arenga que dura tres horas, elogia la civilización occidental, haciendo hincapié en la cultura francesa; rememora crímenes célebres, sobre todo pasionales; exalta su militancia política en la Cámara de Diputados; encomia dos cargos importantes: Secretario de Educación Pública y Bellas Artes, y Secretario de Comercio y Obras Públicas. Finaliza anunciando su próxima jubilación.

El discurso mantiene al juez en trance. Está oyendo la mejor perorata de su época. Durante las dos horas siguientes, Chema Lozano caracteriza a su defendida como la mujer digna que disparó contra quien le infligió deshonor y duelo. Considera el triunfo de María Teresa un punto clave: el ingreso a la vida moderna, puesto que lleva al país a los foros internacionales, fortaleciendo los movimientos feministas y comunistas, una moral más permisiva y la influencia de los Estados Unidos por medio de cine, música y revistas. Destaca tres puntos: a) una sociedad violenta soluciona sus problemas con pistolas, b) el poder se impone por medio del ejército y c) hay armas mortales, todavía humeantes, guardadas en roperos o cajones, al alcance de los niños. Ya casi sin aliento y, por lo tanto, más conmovedor, asegura que María Teresa nunca será feliz. Llevará los barrotes por dentro. Ella sola pagará por muchas otras.

—Apretó el gatillo en nombre de todas las mexicanas empujadas al crimen por el engaño y la traición. Moisés Vidal y cientos más son culpables de hogares desechos, con las nefastas consecuencias que esto implica. —Duda varios segundos; al fin pregunta—: Señora Landa, ¿se arrepiente usted de haber matado a su esposo?

El estupor asalta al recinto: nadie respira.

—¡No, jamás! Prefiero cultivar con sublime amor el recuerdo de Moisés, ya muerto, a odiarle en vida por destrozar lo más caro en todo ser humano: el corazón.

—Mi defendida comprende a su rival: el bígamo las engañó, a las dos les negaba una manutención digna y, a María Teresa, el derecho a la maternidad. Por eso agarró el arma, el símbolo del macho que la degradaba. Debía protegerse porque nadie más lo haría. Fue clara al decir… —Con una floritura, cede la palabra a la Miss, quien empapa su alocución en lágrimas:

—Moisés, no es justo lo que me has hecho. Si me casé contigo fue por amor, bien lo sabes… —deja salir un suspiro estremecedor—. Y tú destrozaste mi vida y mis esperanzas.

—En este caso, la ofensa mata. La aquí presente ya estaba muerta cuando descargó seis balas, que causaron diez orificios según la declaración del forense. El militar quedó tendido y su cuerpo se paralizó en una contorsión ridícula. Ella pidió perdón. —Chema Lozano se limpia el sudor de la frente, mientras concluye—: Frenesí, desvarío, amor, degradación, agravio, fueron los carbones que encendieron una hoguera de pasiones en la que ardió.

—La pasión es para los hombres —interviene el fiscal y la gente taladra a ese misógino que corta tan magistral alocución.

—Los hombres llevan siglos de humillar a las incautas. —Chema Lozano señala a la viuda, que se encoje en su silla, cada vez más sola—. A las mujeres les negamos el derecho a amar sin tasa ni medida, únicamente les concedemos el derecho al llanto.

Observa, junto con el magistrado, peritos, ujieres, feministas, testigos y público en general, cómo la infeliz se seca los pómulos. Tras una fuerte exhalación, el Príncipe pesca los cabos sueltos del panegírico y se lanza a la recta final:

—Esta hermosa dama, triunfadora e inteligente, vengó ese engaño monstruoso con el único elemento noble que ha imperado desde tiempos antiguos, la sangre. ¡El deshonor se lava con sangre! Esto hicieron otras, otras que han salido libres aquí, en México. Tratad a María Teresa como a ellas, como haríais con un hombre. —Solo entonces se da cuenta de que, llevado por el alegato, ha usado el «vos» igual que los tribunos romanos.

Un aplauso atronador premia al orador. La mariticida rompe en sollozos. Cuando se rehace, coloca su suerte a los pies del jurado:

—Los imperativos de mi destino me llevaron al arrebato de locura que arruinó mi felicidad matando a quien amaba con delirio. Si alguna vez amaron, me perdonarán.

Vítores y vivas, con el público de pie, acogen este gran final. Los jurados se felicitan, considerándose caballeros andantes que salvarán a la damisela, las mujeres se abrazaban eufóricas, Débora tiembla, ahogándose en un cúmulo de emociones, y hasta la carcelera se acerca a Tere para pedir que le dedique una foto.

La fecha varió según el periódico que publicaba la nota. Algunos diarios citaron el primero de diciembre; los demás, el segundo del mismo mes, como la noche en que María Teresa de Landa y de los Ríos salió libre.

Varios juristas comentaron tan debatible suceso en su reunión semanal:

—Yo estuve presente. Los juicios abiertos a la plebe se han convertido en un espectáculo vergonzante, que deja pésimamente parado nuestro sistema legal. Ahí, en medio de un desorden inaudito, se escenifican vodevil y pantomimas; se hace de todo, excepto impartir justicia.

—Ayer, el veredicto no se basó en ninguna causa de exoneración prevista por el Código Penal.

—La grandilocuencia de Lozano subyugó al jurado. Ya se habla de bautizar una calle con su nombre y hasta de erigirle una estatua en la plaza principal de San Miguel el Alto. Chema siguió la pauta que marcó Demetrio Sodi durante la defensa de León Toral, hace unos meses, explotando numerosos recursos retóricos, filosóficos, jurídicos, históricos y morales.

—En cambio, el incompetente de Luis Corona ni siquiera explotó los múltiples puntos a su favor.

—En la presente exención, puso su granito de arena el prestigio que rodea a la chica Landa. La fama, los atributos físicos y el orgullo de ser representados en el extranjero por una belleza, garantizaban su impunidad. ¿Cuándo juzgaremos en el Palacio Penal de Belén a una nueva Señorita México?

—Agreguemos la influencia de la prensa y la radio. Lo cursi, la simpatía hacia el defensor o la admiración a la acusada dominan cualquier razonamiento. Un juicio se convierte en el sainete de moda. El melodrama hace que los oyentes se identifiquen con la víctima a través de las emociones, sobre todo si se trata de amor.

—Cierto. Los reporteros construyen un personaje que suprime a la persona, en este caso, María Teresa Landa. Además, como lo acaba de afirmar usted, colega, el chantaje sentimental anula la lógica, induciendo al público a aceptar la versión del orador más hábil. Así se elimina el análisis que conduce a la verdadera justicia.

—Otra cosa, señores: los jurados, varones pertenecientes a la clase media, castigaron la inmoralidad de políticos y militares llevados por el idealismo rústico del macho protegiendo a la hembra. Quizá se daban baños de pureza.

Los cuatro jurisconsultos estudiaron las viandas que se enfriaban sobre la mesa. Los irritaba tanta ineptitud. Al fin, uno se sacudió aquella molestia:

—No hay mal por bien no venga. Este juicio parcial y subjetivo, que caracteriza lo peor del sistema, será el último de su clase. El nuevo código abolirá la pena de muerte y exigirá profundos conocimientos jurídicos.

—¡Ya era hora! En México siempre vamos a la zaga de la modernidad.

—¿Podríamos decir que una mujer provocó reformas radicales en nuestras leyes?

—Podríamos decir que fue la gota que derramó el vaso. De cualquier modo, merece un brindis.

Y, a una, levantaron sus copas.

Capítulo 4
¿Inocente?

Según una versión, sus admiradores la sacaron en hombros; según otra, salió del salón de cabildos compungida, sin deseos de hablar con nadie. En ambas, los destellos de las cámaras fotográficas la cegaron; hurras y porras la ensordecieron. La gente formaba una masa impenetrable que se movía cual tortuga monstruosa. Sea como fuere, a empujones y jalones llegó a su casa, y los padres, temerosos de la plebe, cerraron la puerta. El mundo exterior quedó fuera; en el interno empezó el castigo: duraría sesenta y tres años.

A partir de entonces, a María Teresa de Landa y de los Ríos, María Teresa de Landa y Ríos, María Teresa Landa y de los Ríos, María Teresa Landa y Ríos o María Teresa Landa Ríos, apodada la Viuda Negra, se le achacaron frases, ideas, actos y numerosos milagritos.

Esa mujer de nombre impreciso tenía tres actas de nacimiento que pasaban por originales. Primera: a los pocos días de nacida; segunda: la que falsificó para inscribirse al concurso de belleza; tercera: la modificada por Moisés Vidal Corro, que permitió a una menor de edad casarse, sin consentimiento de sus padres, con un bígamo. En la inscripción al Registro Civil, suponemos que los Landa dieron la fecha exacta del nacimiento, 15 de octubre de 1910, aunque resulta imposible comprobarlo. Las dos últimas se asentaron con testigos, ante notario público.

Entre su liberación y su reingreso a la universidad, hay un vacío: cinco años y meses donde cualquier suposición es posible: ¿Miss México invirtió ese tiempo en recobrar el equilibrio emocional? ¿Lo cotidiano terminó por borrar culpabilidad, remordimiento, justificaciones y disculpas? ¿Se acogió a la Iglesia, refugio de arrepentidos?

En 1935 obtuvo una licenciatura en Biología por la UNAM; dos años después, en esa misma institución, la maestría de Filosofía y Letras, con una tesis sobre Anatole France. Estos diplomas le abrieron las puertas del magisterio. Al parecer nunca llegó tarde, ni faltó a clases.

Impartió Historia, Ética y Filosofía tanto en las Preparatorias 1, 3, y 5, como en su Alma Mater, con el propósito de reivindicar el papel de la mujer. Sor Juana Inés, Catalina la Grande, Madame Curie, Isabel Tudor, Josefa Ortiz de Domínguez, Leona Vicario, María Estuardo, Catalina de Siena y muchas más, formaban parte del curso. Lo constata el novelista Francisco Pérez Arce, quien la vio recorrer los pasillos de San Ildelfonso «arrastrando su profunda soledad».

Sin embargo, María Teresa solo mencionaba de pasada a Safo de Mitilene, Aurelia (madre de Julio César), Artemisia Gentileschi, Hildegarda de Bingen, Teresa de Ávila, Verónica Franco y otras, por lo que sus detractores pusieron en duda los conocimientos de una fémina con aspiraciones a maestra. Para callarles la boca, María Teresa Landa y Ríos se doctoró. Su tesis, sobre Charles Baudelaire, le valió felicitaciones y honores (Cum Laude).

Los prejuicios fueron desapareciendo a medida que la sociedad aceptaba la incursión de las mujeres en todos los ámbitos. Tomó tiempo, pero a María Teresa le sobraba y ni las críticas más arbitrarias la apartarían de su vocación: la enseñanza.

En la Prepa Uno, salvo los que tuviesen corazón de piedra, no podíamos sino amarla. Escuchar a la maestra MT Landa en el colegio de San Ildefonso ha sido la experiencia más deliciosa que como alumno he tenido en la vida. Era una espléndida narradora que, al exponernos con apasionada intensidad episodios dramáticos protagonizados por importantes figuras históricas como Juana de Arco, María Antonieta y Ana Bolena, entre otras, nos remontaba a las épocas correspondientes y nos hacía estar allí como emocionados y atónitos testigos. Octavio Paz, escritor y premio Nobel; Jacobo Zabludovsky y yo, Luis de la Barreda Solórzano, tuvimos el privilegio de ser sus alumnos. ¡Ah, la maestra María Teresa Landa, la incomparable maestra María Teresa Landa! Entonces yo no sabía nada de la tragedia que muchos años antes le había tocado protagonizar. Ella era para mí la gran profesora de Historia Universal. No la veía más que así y eso era suficiente para que me tuviera lelo. Ni siquiera me interesaba por su estado civil ni acerca de su pasado…

Un día estábamos en su casa de la colonia San Rafael. Conversábamos sobre mujeres destacadas, de vidas difíciles, que ocuparon lugares prominentes en la historia. El tema nos apasionaba. Mi bombardeo de preguntas recibía respuestas que eran piezas narrativas o ensayísticas de arte mayor. En cierto momento le dije que cómo podía saber tanto. Sonrió un instante antes de ponerse seria, dar un trago a su whisky y mirarme a los ojos abismalmente: ¿Sabe, De la Barreda? Hay algo en mi vida que ni usted ni sus compañeros de clase imaginan. ¿Quiere oírlo? Me honra con su confianza, fue mi respuesta.

Cada tarde Luis asiste a esas charlas rituales. Viendo aquel rostro, donde la vejez todavía revela una antigua belleza, el muchacho escucha cómo su maestra protagonizó triunfo y tragedia en veintiún meses.

—Empezaré por aquellos después de mi liberación...

Los Landa solo hablaban lo indispensable. Palabras como cárcel, disparo, engaño, sangre, pistola, traición, adulterio, sexo, Moisés, desaparecieron del vocabulario familiar; la lengua se negaba a pronunciarlas. Las demás frases, de apariencia inocuas, se fueron reduciendo hasta que gestos y ademanes las suplieron.

El matrimonio y la hija se sentaban ante la mesa, a la hora exacta. Comían a regañadientes.

Rara vez salían. El comerciante, incapaz de encarar los problemas del negocio, vendió las lecherías, lo cual garantizó una reclusión cómoda, para esperar la muerte.

Nunca se tocaban pues aún el roce de los dedos provocaba un estremecimiento de horror: el contacto con una asesina. Aquella cercanía forzosa alteraba los nervios de los padres. Así que ocultaban su desesperación, encerrándose en sus habitaciones que de refugio pasaron a cárcel.

Y los años se sucedieron como cuentas de rosario. Al fin, los esposos transitaron del silencio diario al silencio eterno.

María Teresa apenas sintió esa ausencia: desde hacía décadas habitaban esferas distintas. La muerte desbarató aquel triángulo y, al mismo tiempo, refinó la sentencia a perpetuidad: estaba sola.

—¿En qué fecha precisa nací? Ni yo la conozco, Luis. Alguna vez le pregunté a mi madre si se internó en un hospital para el parto. Me contestó: Naciste tres semanas antes de tiempo, en nuestra casa. Casi me entierran. Tuvimos que cambiar el colchón por la hemorragia. Sabe usted, nunca se me había ocurrido que a principios de siglo se considerara «normal» un parto casero y, a finales, algo retrógrada. A partir de mi juicio, más o menos cincuenta años, hubo saltos drásticos. Pero no nos desviemos… La hemorragia. Nací en un charco de sangre, sufrí la menstruación como la peor de las maldiciones, cometí un hecho sangriento y jamás logré sacar de mi mente el asesinato de Álvaro Obregón. Me perseguía en las pesadillas; se ocultaba en mi inconsciente. Ni siquiera podía vestirme de rojo.
—¿Y ahora?
—Ese horror, la fascinación morbosa que la sangre ejercía sobre mí, desapareció con el tiempo. Ya no soy la que fui.

Los ojos del estudiante lo comprueban: la maestra luce una mascada escarlata alrededor del cuello.
—Del pasado, a la única que extraño es a mi abuela… o la imagen que sobrepuse a la realidad pues resulta posible, muy posible, que yo haya creado un mito. Lo que acepté de adolescente, hoy me parece dudoso. Según mi madre, doña Asunción sufría de demencia senil. Tejía historias extravagantes. Hasta respingó cuando le conté ciertas anécdotas. ¿Cómo

crees que tu abuela iba a ser modelo de un fotógrafo?, se indignó.

—¿Y usted qué piensa, maestra?

—Que nuestra única realidad es la que nosotros inventamos. Por ejemplo, algunos periódicos afirman que mi madre me acompañó a Estados Unidos; otros, que mi seguridad estaba a cargo de una representante de Excélsior. Yo, la única que podría afirmarlo o negarlo con conocimiento de causa, jamás he revelado el menor detalle.

—¿Por qué?

—Es mi secreto.

Luis observa a la anciana que conserva caprichos de niña mimada. Aun eso le hace gracia.

—Dígame, ¿regresó a México para casarse por amor?

—Habrá que definir qué es amor. Las historias románticas se venden bien, tan bien que hasta yo acabé tragándome esa fantasía... Pasaba horas tendida sobre el camastro de la celda. En la cárcel el tiempo siempre te vence. No importa tu resistencia física o tus recursos espirituales, la coherencia exige un esfuerzo titánico. Confundes la cronología de los acontecimientos. ¿Ocurrió ayer, hace meses, años, nunca? Primero luchas; durante horas hilvanas una secuela con la siguiente, al fin crees tener todos los cabos en la mano. Recapacitas, intentas una conclusión... y te pierdes. Eres la rata que corre en círculos a toda velocidad y, cuando caes rendida, sigues recordando sin saber qué recuerdas. El caos te chupa. La insalubridad del entorno, de tus propios pensamientos, produce tal desconcierto que, al emerger, aceptas lo que sea: dices lo que sugieren, obedeces, te salvas durmiendo, huyes de ti y de los otros. Para pescarme de algo, una idea, una frase, ¡algo que detuviera aquel diluvio de imágenes!, me rasguñaba la cara. No retenía la comida, apenas un caldo o un té. —Sonríe con cierta amargura—. El licenciado Lozano puso fin a esos «desplantes». Me llevaba analgésicos y se quedaba conmigo adoctrinándome. Entonces entré en una especie de sonambulismo. Los rasguños cicatrizaron; iniciamos las sesiones de fotos, algunas entrevistas. Él contestaba siempre. Al principio, mi mente rebatía sus falsedades, después olvidé qué rechazaba. Acepté esto, aquello... Los embustes, gotas que agujeraban mi cordura, me llevaron a una apatía absoluta. Aquel derrumbe psicológico impedía que me defendiera, ni siquiera cuando un reportero insinuó que fui la querida de un director cinematográfico. No lo publicó porque se hubiera echado encima a la opinión pública, pero sembró esa duda en mis recuerdos.

Al tomar el whisky, su mano tiembla un poco.

—Las mentiras de los demás fueron mi verdad. Y también mentí. Ansiaba decir lo que mi defensor, el reportero, mi madre, la carcelera, el cura, murmuraban continuamente, taladrándome los oídos con sus siseos rencorosos, calumnias persistentes, insistentes. Temían mi estupidez, ignoraban si los escuchaba. Los susurros volaban por la celda. Yo era la reina obediente, la muñeca idiota... Por fin, ayudada por calmantes, jarabes, café, poca comida, nerviosismo, miedo, muchísimo miedo, a todo, a cualquier cosa, ruido, silencio, cansancio, a una lasitud que invadía mis huesos y empapaba mi cerebro, entré en la incoherencia total. Recordaba a través de la emoción, nunca de la lógica. Las fechas desaparecieron. ¿Lo último ocurrió primero o viceversa? —Se concentra en sí misma—. Nunca se lo había dicho a nadie.

Luis calla; no disminuye aquella confianza con un simple gracias, pero su mano entibia la de su maestra y ambos se sienten unidos. Mucho después, habla con voz suave, atrayéndola al presente:

—Yo me concentraría en aclarar hechos importantes, maestra. ¿Qué la impulsó a inscribirse en el concurso? —Lo enmudece su propia crueldad. Consideraba tal dato imprescindible para el ensayo que planea escribir, pero... ¿tiene derecho de torturar a una anciana?

Doña Teresa responde al instante. Evidentemente ha pasado eternidades calibrando aquella situación.

—Antes del concurso tuve tiempo de reflexionar. Era obvio que nadie aprobaría mi participación y hasta el último momento pude retroceder; incluso lo pensé mientras me ponía el traje de baño. ¡Iba a enseñar las piernas! Eso implicaba una rebelión abierta. Al romper con las buenas costumbres, ya no sería una señorita decente. Las posibilidades de un buen matrimonio disminuirían, acercándose a cero. Al mismo tiempo quería que me coronaran reina, ganarle a las demás, probarle a mis padres que muchos me admiraban, demostrarme a mí misma que valía. Y ciertamente estaba ahí, muy presente, aunque en menor porcentaje, la decisión de provocar un cambio social. Créame, no busqué ese concurso. Me salió al paso, por suerte, coincidencia o ya estaba escrito en mi destino. Yo solo acepté la oportunidad de mover aguas estancadas. El gusanito de salirme de lo marcado, las reglas antediluvianas que me ahogaban, me carcomía. Y, siendo tan joven e inexperta, tan consentida por la vida, nunca creí que cometía un error fatal. Sí, a mis padres y a la sociedad les daría un soponcio, pero terminarían por aceptarme con todo y título: ¡Miss México!

María Teresa vacía el hielo derretido en una maceta. Luego entrega el vaso a su alumno, quien le sirve un segundo whisky.

—Haga la siguiente pregunta, Luis.

—No sé si deba…

—Han pasado sesenta y tres años. Podemos tocar cualquier tema.

Toma algunos segundos más. Odiaría herirla.

—¿Qué sintió cuando disparó?

—¿Cuándo maté a Moisés y me convertí en asesina? No sé. Sientes tanto, tan profundo, tan revuelto… Tardas en interpretarlo y solo le das nombre para explicar emociones que te apabullan. Como cuando haces el amor… Solo he podido sobrevivir absolviéndome. Jamás apunté con la intención de matar. Quería asustarlo, someterlo, pero… ¿matarlo? ¡Nunca, Luis, en verdad, nunca! Jamás pensé que Moisés viajara con una pistola sin seguro. ¿Por qué pasó por alto una precaución elemental? Además, puso la pistola sobre la mesa. ¿Quién deja un revólver cargado al alcance de la mano? ¿Qué buscaba? ¿Confesarse, un castigo? Y el periódico extendido, ante mis ojos. Apenas leyó la denuncia, debió doblar la página. Él sabía que su esposa, la tal Herrejón, lo acusaría de bigamia. Fue la causa por la que huyó de Veracruz. Entonces, ¿por qué desperdició tres, cuatro segundos? ¡Dobla la página, imbécil! Me oyó bajar la escalera, ¡dobla la página!, me oyó preguntarle si quería una taza de chocolate. Un simple movimiento: esconde el periódico. ¡Bajo el sofá, tras un cojín! No fue con premeditación, Luis. Apreté sin que una sola idea cruzara mi mente. No tuve tiempo de pensar. No hubo tiempo de nada, por culpa de Moisés. ¡De él! ¡Si en vez de discutir, se hubiera puesto de pie! Era mucho más fuerte y rápido que yo. Un manotazo habría bastado para que yo soltara el arma; un grito para que soltara el llanto. ¿Alevosía? Mi marido era militar. Estaba entrenado para enfrentar crisis, ataques imprevistos. Pudo desarmarme en un instante. Y, ¿qué hace? Permite que sostenga la pistola y la agite ante sus ojos. Me jura que aquello es mentira. Me promete arreglarlo a día siguiente. ¿Ventaja? ¡Él tenía todo a su favor! No era la primera vez que discutíamos. Sabía cómo amedrentarme. Pero no... sigue sentado, idiota. Se da cuenta de que enfurezco con sus absurdos argumentos y sigue. Sigue con lo mismo. Mañana me divorcio. Le paso una pensión a las niñas. Cada palabra engendra reproches, nuevas acusaciones. Y sigue. Lo amenazo con el suicidio. Suplica. Ruega. Y, cuando ya es demasiado tarde, se levanta, extiende la mano... Estoy fuera de toda razón; por su culpa, tiemblo... Ya no puedo aflojar mis dedos. Mis dedos agarrotados, convulsos. Seis tiros. Tanta sangre, Luis, un mar de sangre.

Tarda en recuperarse; tiene la garganta seca.

—El licenciado Lozano debió exponer estos argumentos ante el jurado —opina el estudiante.

—Ni siquiera logré expresarlos. Jamás me escuchó. Me visitaba para amaestrarme, como a una anormal, un monstruo exótico, que arrancaría aplausos al jurado. También ensayaba sus dotes histriónicas. Una palabra sugería la siguiente. Así hablaba durante milenios. Bueno, para cerrar el juicio, nos ensartó un discurso de cinco horas. Admiraba tanto su técnica que, por las noches, tendida sobre el camastro, la usaba para adentrarme en mi pasado. En ese laberinto, una palabra me llevaba de recuerdo en recuerdo.

—De cualquier modo y por elemental justicia, Lozano debió respetar los sentimientos de usted, su defendida.

—Hubiera perdido el caso. La gente no quería justicia; exigía un melodrama que condimentara sus vidas. La deformación de mi tragedia tuvo tanto éxito que muchas escenas fueron introducidas en varias películas como Las Abandonadas de Emilio «El Indio» Fernández. Figúrese, me interpretó Dolores del Río, una de las actrices más famosas del cine mexicano.

—¿Lo dice con rencor?

—No... bueno, quizá un poco. Aquella farsa me descubrió cuán poco le importaba como persona a «mis fans», a «mi público». Yo era material para radionovela, cine y, más tarde, televisión. Al mismo tiempo, gracias a esa ceguera colectiva, a la oposición del análisis objetivo, frío, de los hechos, salí absuelta.

—Agregue el deseo de reivindicar las vejaciones que ha sufrido la mujer y un sentido parcial de la justicia. Su tragedia modernizó el sistema jurídico. Usted ha vivido lo suficiente para comprobarlo y a mí me interesa tanto su caso que lo escogí como tesis profesional. Desde que me reveló su pasado he leído todo lo que se publicó en periódicos antes y después del juicio oral. Ha sido una experiencia increíble, única. —Le sonríe, admirándola—. Espero recibirme con honores para no defraudarla. —Al fin, titubante, suelta la última pregunta—. Y usted... ¿se absolvió?

Permanece inmóvil, viendo el vacío. El domingo del asesinato estaba en la sala, frente a Moisés. El revólver en mi mano despertó recuerdos malditos. Cuando descendí la escalera para desayunar, realmente bajaba una criatura empavorecida por los truenos, que buscaba un refugio en brazos de su nana. Al abrir la puerta los sorprendí, mi padre sobre Chabela, sufriendo aquel peso. Se detuvieron, estupefactos. Papá se irguió y vi, vi frente a mi inocencia de niña, el pene erecto, la excitación del rostro volviéndose estupor por mi súbita presencia. Desconocí a ese hombre. Era el agresor, el macho que engaña violando. Había que matarlo. Solo destruyéndolo salvaría a mi nana, a mi madre, me salvaría. Ese domingo, mientras revivía el pasado, mi mano sosteniendo la pistola giró hacia mi padre que gritaba: «¡Detente!». Había que matarlo. Iba a disparar... ¡Si Moisés no hubiera hablado! Pero pronunció mi nombre y yo me volví hacia el bígamo. Mis dedos, intentando arrojar el arma, apretaron el gatillo. El disparo ensordeció mis tímpanos, sangre, sangre, retumbó apagando los gemidos, un río de sangre... «¡Perdóname, perdóname! Las balas no fueron destinadas a ti». Puse la pistola en la sien: estaba vacía. Mi madre me la quitó: yo también estaba vacía.

—Maestra, ¿se siente bien?

Sus ojos negros lo enfocan.

—Calma, Luis, estoy bien. Hace mucho tiempo mis desmayos desaparecieron. Ahora, bajo una enorme tensión, me abstraigo, pero a los pocos minutos regreso a esta realidad. Y, a diferencia de antes, recuerdo hasta el menor detalle. Usted preguntó: ¿se absolvió? Yo le contesto: sí, soy inocente de ese crimen. Una pistola se interpuso; de lo contrario, nuestro pleito habría desembocado en reconciliación o divorcio; quizá hasta hubiera perdonado a Moisés. Todo es posible; solo una cosa cierta: yo nunca quise matar a mi marido. A él, no.

Tras otro largo silencio, el futuro abogado comenta:

—Su vida es interesantísima. Yo analizaré el juicio oral en mi tesis. Usted... perdóneme si insisto: ¿por qué no escribe sus memorias?

—Si estuviera segura de que transmito la verdad, lo haría, pero los recuerdos traicionan. Cuando supongo que me acerco más a la verdad, una voz extraña, que no reconozco como mía, se filtra en el subconsciente terminando las oraciones que empiezo o iniciando las que creí olvidar. —Se inclina hacia él en busca de apoyo—. Yo tuve mucha culpa de este desdoblamiento. Durante años me esforzaba por desvanecer ese domingo maldito en que maté a mi padre.

—¿A don Rafael? —aclara el alumno, aturdido.

—A Moisés. —Se corrige de inmediato—. Cometo este lapsus linguae con demasiada frecuencia. Como le decía, me esmeré por mantener la mente en blanco. Si una idea dolorosa o destructiva me atacaba, cogía un libro y leía en voz alta, durante horas. Hacía crucigramas; preparaba mis clases. Cualquier distracción con tal de no pensar. —Se acaricia la frente, agobiada de nuevo—. La televisión fue mi rescate. Mis padres y yo nos enfrascábamos en las telenovelas, cinco o seis cada tarde, sin despegarnos de la pantalla. Así reducíamos el largo espacio eterno entre la comida y la merienda.

—Si hubieran intentado comprenderla...

—¿A una asesina? No sabe lo que pide. Les agradecí infinitamente que me aceptaran a su lado, desquiciando sus vidas. —Reflexiona unos segundos—. Acaso no actuaban como recuerdo. Quizá los convertí en personajes risibles, pintándolos en blanco y negro, con la injusticia de la adolescencia. O, posiblemente, ridiculicé los estereotipos que reinaban en esa época y que ellos imitaban. Hoy en día, la gente los consideraría absurdos. Sin embargo, en aquellos tiempos re-accionaban como la sociedad esperaba.

—¿Y usted? Algunos compañeros dudan que haya sido tan aventada.

—Yo era la excepción, Luis, y lo pagué bien caro. Jóvenes y adultos censuraban mis actos.

—Hasta que olvidaron su existencia. —La contempla, seme-jante al acólito que quema incienso ante su ídolo—. Rescate su vida. Las futuras generaciones y yo se lo agradeceríamos.

—Exige algo imposible. —Baja la cabeza y la tristeza se filtra en un suspiro—. Con todo lo que se ha dicho e inventado sobre mí, ni siquiera sé si existo como persona o si me trans-formé en una extravagante heroína de telenovela.

Se miran fijamente. Entonces el estudiante descubre el gran temor de doña María Teresa: odiaría que la compadeciera. Por tal motivo afirma:

—Pierda cuidado, maestra. Usted puede inspirar muchísi-mas cosas, menos lástima.

México, D. F., 4 de marzo de 1992.